阿爾菲雅
傑羅斯
凱摩・布羅斯

路賽莉絲
嘉內
雷娜
伊莉絲
馬卡洛夫
伊・琳
瑟琳娜
亞特

賢者大叔的異世界生活日記

16

Kotobuki Yasukiyo
寿安清

Kadokawa Fantastic Novels

Contents

序章　訂婚後少女們的對話

經過上午那段不知究竟能否算是約會的出門行程——或者說散步之後，路賽莉絲和嘉內回到教會。

兩人表現出的樣子卻是天差地遠。

「嗯哼哼～♪」

路賽莉絲心情愉悅地在打掃，但又不時停下手上的動作，看著戒指傻笑。

「唉～……」

相對的，嘉內則是坐在椅子上憂慮不已，一臉愁容地凝視戒指，然後又時不時會回想起什麼，突然慌張起來，做出奇怪的動作。而且不知道她是順便胡思亂想了些什麼，扭動身體喊著「討厭討厭」的模樣，實在跟平常的大姊頭形象相去甚遠。

而強尼、拉維、安潔、凱、楓這群小孩子則是躲在門旁的牆壁後面，用狐疑的眼神望著這兩人。

『我、我說拉維啊……你覺得那是怎樣？』

『她們應該是跟大叔訂婚了吧？不然無法解釋嘉內姊姊的行為舉止為什麼會這麼詭異。』

『畢竟她們手上還戴了戒指。好好喔～我也想要有人跟我求婚～』

『那種東西不重要吧。戒指又不能吃，既然要送，我還是想要肉。』

『凱啊，你就不能暫時忘記肉嗎？不過……在下還是第一次看到修女露出那種喜形於色的憨傻笑容。原來戀愛會讓人變得那麼沒用啊。』

『『『『唉，我們也只能在一旁用溫暖的眼神守候著她們了。總覺得有點噁。』』』』

孩子們說得很過分。

這也反映出兩人的行為和平常的落差實在太大，格外醒目吧。

而且他們雖然可以理解有著少女心的嘉內會做出這種反應，可是他們至今從未看過平常表現得像是聖女的路賽莉絲露出這種喜形於色的憨傻笑容，感覺好像窺見了某種禁忌的景象。

『可是真意外耶，那個修女竟然會這麼喜形於色……』

『強尼你不懂啦。修女再怎麼說也是少女嘛，我懂～』

『我是不知道安潔有沒有少女心，不過修女從一開始就很想跟大叔結婚喔？她應該老早就做好心理準備了吧。』

『拉維，你這話很失禮喔。是說結婚真的有這麼好嗎？在下不明白……』

『他們會舉辦婚禮嗎？希望可以在婚禮上吃肉吃到爽。』

這些孩子們真的是想說什麼就說什麼。

也不只有這些孩子住在這所教會裡。

孩子們的身旁傳來了有什麼東西掉在地上的聲音。

一回頭才發現原來是獨自去執行傭兵工作的伊莉絲正好回來了。

『『『『我、我們竟然完全沒察覺到她的氣息……』』』』

這不是因為伊莉絲的本事變好了，單純只是孩子們的注意力都放在路賽莉絲她們身上，疏於戒備。

「「啊……」」

不用說，路賽莉絲她們也因為這聲音注意到了孩子們和伊莉絲。

然後兩人就僵住了。

相較之下，伊莉絲正用超高速在腦海中處理接收到的資訊。

『路賽莉絲小姐喜形於色、嘉內小姐憂慮不已……看這情況，應該是那個吧。很像我常在漫畫裡看到的女高中生初戀時會有的反應……等等，她們兩個手上戴著戒指。也就是說……是這樣嗎！』

資訊處理完畢。

她緊接著採取的行動是——

「恭喜妳們，嘉內小姐！路賽莉絲小姐！兩位終於跟叔叔結婚了啊，恭喜恭喜。今天晚餐該吃漢堡……不對，該吃紅豆飯了！」

伊莉絲一開口就直搗核心。

而且還衝過頭了。跳過了訂婚階段，誤以為她們已經和大叔結婚。

路賽莉絲和嘉內聽了這番話才回過神來，同時意識到自己方才的失態都被看光了，瞬間滿臉通紅。

「不、不是……又還沒結婚！」

「沒錯，我們只是訂婚……」

「Oh～開葷～味噌串燒和關東煮走在紅毯上，超級入味超美味！所以說今晚要來開訂婚趴啦！」

「「妳在胡說什麼啊？」」

「大叔今晚會好好地享用兩位對吧。別擔心，我是成熟的大人，不會偷看的。說不定會偷聽就是了，還請見諒嘍♪」

「『我們還沒發展成那種關係（啦）！』」

所以──偷聽不是問題嗎？

「呼～年輕真好。滿溢而出的熱情搭上狂衝特快車突破天際，即使順從停不下來、無法阻止的愛欲和本能，做出這樣又那樣各種色色行為，也絕對不是什麼丟臉的事。這是很自然的現象啊，華生。」

「『妳這麼年輕是在說什麼鬼話啊？』」

「愛與被愛的3P大戰，眼花撩亂的新天地，情慾將在只屬於你們三人的反烏托邦裡開始流動對吧！」

「『抱歉，完全聽不懂妳在說什麼……』」

伊莉絲因為感動過頭而興奮不已。

然後就失控了。想到什麼話就全都胡亂說出口，連她自己都不知道自己在說些什麼。聽的人只覺得意義不明，無法理解。

儘管伊莉絲正值對這種事情充滿好奇心的年紀，但無論是誰看到她這猛喘著氣的失控模樣，都會反射性的想遠離她，這也讓路賽莉絲她們反而找回了冷靜。

「哎呀，這樣我們就能安心離開這裡了。」

「畢竟有大叔在嘛～不過我有點擔心嘉內姊姊耶？畢竟她似乎很愛逃跑。」

「呼……修女，妳要過得幸福喔。」

「婚禮記得準備堆積如山的肉。」

「嗯，兩位的緣分到了，實為一樁佳話。這樣在下一行人也可以毫無牽掛地獨立了。」

『『我們竟然被小孩子擔心了？我們看起來有這麼與婚姻無緣嗎？』』

在這個過了二十歲就算是錯過婚期的世界，兩人確實已經到了適婚年齡。

雖然兩人並不著急，不過她們確實也希望至少能在二十歲之前找到交往對象。只是路賽莉絲她們自己也沒料到，基於本能找到的合適對象竟然是魔導士大叔吧。

雙方年紀懸殊的婚姻在這個世界上很常見，所以她們倒是不怎麼介意這點。介意的人只有傑羅斯。

不對，嘉內也很介意。

比起一開始就對結婚抱持著積極態度的路賽莉絲，嘉內反而一直逃避去面對這件事。

一般而言，大多數人出現「戀愛症候群」症狀的當下便會立刻決定好婚事，在這種情況下，這三個人卻一直拖拖拉拉的，沒打算要湊合在一起，讓孩子們也忍不住擔心了起來。

傑羅斯憑著一股氣勢硬是逼她們收下訂婚戒指的行為，在某種意義上來說其實幹得不錯。

「哎呀～雖然修女從一開始就很樂意結婚，可是嘉內姊姊很難搞耶。我跟安潔還有拉維商量過很多次，也在各方面推波助瀾，現在總算開花結果了啊～不過凱和楓什麼都沒做就是了……」

「即使我們拐個彎想激她採取行動，她也只會臉紅起來，馬上就逃走了，真的很傷腦筋耶。」

「我們的辛苦總算有回報了呢，強尼……這過程真是漫長啊。」

「就算來找在下討論這些情啊愛啊的話題，在下也不可能明白吧？在下根本無法理解母親為什麼要那麼細心照顧那個沒用的父親。」

「擔心又不能吃～這下就可以放心的大口吃肉了，可喜可賀、可喜可賀。」

孩子們感覺就像是擔憂的父母。

因為各自擔憂的事情都沒了，孩子們三兩下便離開房間，只留下路賽莉絲、嘉內和伊莉絲。

「嘉內小姐、路賽莉絲小姐。妳們不可以沒計畫性地懷孕喔？」

「「我最不想被伊莉絲（小姐）妳擔心這種事啊……」」

「為什麼？」

「「還問為什麼……」」

在這個世界，女性年滿十三歲，男性則是在算是成年的十四歲後就可以結婚了。

由於伊莉絲也到了可以結婚的年紀，生小孩也不是與她無關的事。

由她來說禁止沒計畫性地懷孕這種話，也毫無說服力可言。

「伊莉絲……說起結婚這件事，也不是完全與妳無關吧。」

「就法律規定來看，伊莉絲小姐也已經到了哪時候結婚都不奇怪的年紀喔？」

「咦？咦咦？」

「很多女傭兵都會跟在外頭隨便認識的男人發生關係，不小心就懷孕了。」

「這種事情，不覺得與其擔心我，更需要擔心雷娜小姐嗎？」

「雷娜小姐嗎……我想就算不管她也不會有事吧。她即使未婚，也可以一個人好好養育小孩。」

更重要的是，她們根本無法想像雷娜結婚的樣子。

因為她是個嚴重的正太控。

有發生過關係的對象也都是剛成年的少年，對同齡的青年不屑一顧。甚至會在不為人知的地方對未成年少年出手。

是個讓人難以評論，徹頭徹尾的變態。

「外表看來明明是個大美女，真可惜……」

「那傢伙發現獵物的時候超可怕的……就算妨礙她，她也會強行突破。」

「真虧妳能跟她組隊到現在耶。」

「因為她工作時很能幹啊。」

『等等……照一般的邏輯來看，這個狀況不太妙吧……？』

嘉內和傑羅斯訂婚，搞不好會在今年內就跟路賽莉絲一起出嫁。

雷娜則是碰到少年就會跟對方發生關係，一個不小心就會因為懷孕而脫隊。應該沒辦法一直做傭兵的工作吧。

伊莉絲雖然也事先想過未來的狀況，開始獨立工作了，卻沒想過變化會來得這麼快，仍未做好充分的心理準備或所謂的覺悟，甚至可說她們這個小隊有很高的可能性會在近期之內解散。

她是真的很為兩人能夠獲得幸福一事感到高興，但在此之外，心中也留下了對將來的一抹不安。

「……我是不是該認真的拜叔叔為師啊？」

「妳成為他的徒弟之後，應該遲早會忘記自重為何物，做出超誇張的裝備吧？據說徒弟在這方面上會受到師傅很大的影響喔。」

「哎呀～我再怎麼樣也不可能變成叔叔那樣啦，我了不起只會做魔法藥吧。」

「想想妳也有可能會從徒弟變成第三個呢……要跟我們成為一家人嗎？」

「不可能不可能！要我當叔叔的老婆這種事，以年齡上來看也根本行不通吧。」

「是這樣嗎？年紀和傑羅斯先生差不多的人和伊莉絲小姐這種年輕女孩結婚也是很常見的事，我覺得這沒什麼好奇怪的啊？」

「…………」

在這個世界的老少配婚姻中，雙方的年齡差距幅度非常大。也有剛成年的少女嫁給年紀說得誇張點可以算是老人的男性。性別對調的案例不知為何很少見就是了……

實際上路賽莉絲她們雖然跟傑羅斯訂了婚，但雙方的年齡差距也大到可以當父女的程度。這就是這個世界的常識。不過對於地球的常識已經根深柢固的伊莉絲來說，她還是想跟年紀相仿，或者稍微年長一點的異性戀愛結婚。

只有看太多戀愛小說的人，想法才會比較貼近這個世界的人們吧。

「……妳要小心戀愛症候群喔。」

「我想這也不是小心就可以解決的問題。那是發自本能的衝動，順應那股衝動行事，心情上會比較輕鬆喔。」

「我倒是很羨慕路妳能看得這麼開……」

因為戀愛症候群屬於自然現象，無從防範，而且持有魔力量愈高，愈容易受到發自本能的衝動影響。

畢竟就算想張設魔法屏障防範，化為精神波長波動的魔力波也會穿透屏障，直接傳達到腦部。不如說精神波動反而會由於屏障而迴盪並增強，難保不會引發嚴重的失控現象。而且這些效果會在本人毫無自覺的情況下發動。

不會出現戀愛症候群症狀的人，不是已經跟意中人在一起，就是滿腦子只有研究，完全不關心周遭的超級大木頭了吧。

除此之外或許還有許多不同的發動條件，然而沒有人詳細調查過，所以至今仍是種神祕的怪病。

「唉～……要是讓雷娜知道這件事，她八成又要消遣我了。」

「是啊，嚇了我一跳呢。沒想到在我不在的短短時間內，妳們竟然就跟傑羅斯先生訂婚了。」

「「嗚哇啊！」」

雷娜不知何時出現在她們的背後。

事出突然，嘉內和伊莉絲都不禁驚叫出聲。只有路賽莉絲表現得毫不驚訝。

「嗯哼～訂婚戒指啊～而且還是祕銀製的戒指……原來如此、原來如此。」

「怎、怎樣啦？」

「唔呼呼，妳知道嗎？訂婚戒指大多都是銀製的，不過用祕銀打造的戒指可是有特別意涵的喔？」

「特別？妳、妳是指什麼？」

「妳想聽嗎？想知道嗎？」

雷娜一副故意吊人胃口的樣子。

這時候嘉內也心生防備，覺得雷娜有可能又會說些奇怪的話。

「妳們知道嗎？祕銀戒指啊，有『你是我的所有物』這層意義在喔。象徵深刻的愛。」

「咦？是這樣的嗎？雷娜小姐！」

「銀是誓約永恆的愛～但祕銀的含意是永遠的束縛喔。也就是說，傑羅斯先生啊～等於是做出了『妳們兩個已經是屬於我的了！』這樣的宣言呢。」

「哇喔，所以說叔叔是暗中向想對她們出手的男人們施壓，表示『敢出手就殺了你們』對吧。好厲害，叔叔的愛還真是沉重耶！」

『『我第一次聽到這種說法耶？』』

她們根本沒聽過祕銀帶有這種含意的事。

當然這是雷娜瞎掰出來的。她打算利用訂婚這件事來逗弄嘉內。

「嗯呼呼……怎麼辦呢？因為傑羅斯先生有點虐待狂傾向，我猜他可能會在床上對妳們做些很不得了的事情喔？」

「「「很不得了的事情？」」」

「那當然就是像色色的書那樣。像色色的書那樣！像色色的書那樣！」

『『『她為什麼要說三遍啊？而且還說得很開心……』』』

伊莉絲和路賽莉絲不解她為什麼要強調三次。

嘉內則是在聽到「像色色的書那樣」之後不禁妄想起內容，臉紅得像番茄一樣。

「咦？嘉內小姐，妳有看過色色的書，知道裡頭都是些什麼內容嗎？」

「以前住旅館的時候，雷娜曾經帶給我過，說是伴手禮。還說什麼『裡面這個被調教過的女性很像嘉內喔』。」

「咦？這我還是第一次聽說，是什麼時候發生的事啊？」

「是我們接到地底通道施工護衛委託時的事情。老實說我真不曉得她到底是怎麼在那種地方弄到那玩意兒的……順帶一提，那時候伊莉絲睡得可熟了。」

「妳們居然趁我睡覺的時候做這麼有趣的事！」

「一點也不有趣！」

這情況對伊莉絲來說雖然是很有趣的發展，但對嘉內而言只是自己成了雷娜惡作劇的目標，實在令人生氣。

不過即便如此雷娜還是會毫無忌憚地捉弄嘉內，也就表示嘉內是如此地信任她。

畢竟彼此之間若是沒有構築起信任關係，就會只有表面上的交流。

「雷娜小姐，妳那時候為什麼沒叫醒我？」

「唔呼呼～♪因為那本書的內容對還是小孩子的伊莉絲來說太刺激了點，所以我才會特地挑妳睡著的時候啊。那本書的內容真的很色呢。」

「會被雷娜小姐說很色的內容究竟是……」

「妳想看嗎？可是那個……不，如果把這視為性教育的一環，好像可以。」

「妳還帶著那本色色的書喔！」

「當然帶著啊。因為那本書無論是圖片還是內容都很出色又刺激，我覺得丟掉太可惜了，所以收在一個祕密的地方。」

「咦～我想看～只有雷娜小姐妳們自己享受，太狡猾了啦。」

伊莉絲純真的好奇眼神在雷娜看來實在太過耀眼，可是那本書的內容不僅是有點，而是超級刺激，所以愧疚感和罪惡感緊緊揪住了她的心。

人總有一天會長大。

隨著身體成長，本能會在不知不覺間理解關於那方面的行為，所以伊莉絲遲早要知道這些事，只是早晚的差別。

不過雷娜倒是很有興趣知道，給出於單純好奇的伊莉絲看了那本刺激色情漫畫後，她到底會有什麼樣的反應。

從心底深處不斷湧上的嗜虐心理。

「呼……拿妳沒辦法呢。我是可以破例讓妳看看……但妳可要把持住自己的心喔？絕對不能把書裡的內容跟現實混為一談，要強烈的告訴自己，這本書就是這樣的作品。可以嗎？」

「咦？內容誇張到妳要這樣嚴正提醒我的程度嗎？這……好像有點可怕。」

「別擔心，不過就是本書。其實我偷偷把它藏在嘉內最寶貝的布偶裡，我這就去拿。」

「喂，雷娜！妳在別人的東西裡面藏了些什麼啊！而且那本書不行吧！」

嘉內雖然試圖要阻止雷娜，路賽莉絲卻從後面擒抱住她，封住了她的行動。

「路，妳為什麼要阻止我？」

「……因為我也很好奇。那個，究竟是多麼不得了的內容……就當作是學習知識，可以吧？」

「『可以吧？』個頭咧！唯獨那本書……妳們絕對不能看那本書！」

「嘉內小姐……人啊，就是一種聽到人家說絕對不能看，反而會更想看的生物。」

「…………妳們會後悔的。」

「「就是有即使如此……即使如此還是想要得到的知識（或者說姿勢）！」」

在那之後過了一段時間，孩子們看到的是染成了一片紅的客廳。

像某位團長那樣倒在地上的路賽莉絲和伊莉絲，在指尖前方留下「那本書……太刺激了」的死亡訊息，嘉內則是和雷娜一起在收拾善後。

兩人看起來就像是在殺人現場企圖湮滅證據的現行犯。

雖然說好奇心會害死一隻貓，但是強烈過頭的好奇心，付出的代價實在太大了。

出版品未經審核造成的弊端，又創造出了新的犧牲者。

第一話　大叔得知迷宮存在的原因

度過了不知道該說是約會還是散步的上午時光後，傑羅斯在教會前和路賽莉絲她們道別，腳步有些急促地朝著自家前進。

除了要拆解多腳戰車之外，他還得確認搜刮回來的貨櫃裡裝了些什麼。雖說他是不放心把這些事情全都丟給亞特和好色村處理，不過大叔這無論什麼東西都要親眼確認過才肯罷休的個性，也許是他在當上班族時留下的職業病吧。

『不知道亞特他們處理的進度怎麼樣了……』

大叔一邊在意進度，一邊走回家。穿過咕咕們正在進行武術訓練的庭院，來到玄關前……發現餓扁了的小邪神倒在那兒。

「……呃，哈囉？那邊的阿爾菲雅小姐。妳為什麼要故意地倒在這種地方啊？妳剛才買了一大堆零食吧？」

「根本不夠～……零食再怎麼說都只是零食，吃再多都無法滿足吾啊。」

「妳的胃有滿足過嗎？」

「經汝這麼一說，確實沒有呢。吾吃下去的東西全部變化成了量子，所以吾也不像一般生物那樣需要排泄。」

「也就是說妳不管吃多少都無法滿足吧。像妳這種無窮無盡地吃光食物的黑洞，不配吃東西啦。」

「什、什麼……汝竟要剝奪吾唯一的樂趣？汝是鬼嗎！」

儘管有著人類的外表，說穿了仍舊是個非人的怪物。人類根本不可能準備出分量足以填滿小邪神胃袋的食物，傑羅斯交給路賽莉絲的餐費轉眼間就會見底了。

仔細想想他也沒有給出那麼多餐費，他有點在意那些不夠的錢是怎麼來的。

「我說阿爾菲雅小姐啊，妳不在家的時候，餐費是從哪裡來的？」

「嗯？當然是吾直接重組分子，從零打造出來的啊。」

「不不不，妳那樣做出來的是偽幣吧。妳怎麼會幹出這種犯罪行為啊！」

「無禮！吾怎會製造偽幣。那可是銀含量高達99．9999999%的純銀喔！」

「竟是11個9！」

這些偽幣反而比起市面上流通的銀幣純度更高。

由於邪神打造的偽幣作為錢幣的價值壓倒性地高，正規流通的銀幣反而有可能會被視為偽幣。一個不小心就會害國家現行貨幣的價值暴跌，使人民對於貨幣的信賴度大打折扣吧。

「妳怎麼會做出這種事……請妳下次做偽幣的時候降低品質。」

「那有些麻煩吶。」

「是因為比起打造不純物質，製作高純度的金或銀比較輕鬆嗎？」

「畢竟還得花工夫建構其他種類的金屬吶。打一開始就直接製作高純度的東西比較輕鬆。」

所謂的摻入不純物質，表示她不僅要打造銀元素，還要同時製造出多種物質，並以合理的比例分配調和。所以對阿爾菲雅來說創造單一金屬會比較輕鬆。

「妳趁外出遊蕩的時候蒐集金屬不就得了？我想拿現有的東西來提煉會比較輕鬆吧。」

「挖礦太麻煩了，還得去找出礦脈。」

「我是覺得憑妳的力量，要找也是小事一樁吧。」

「貫穿地殼也無所謂的話，那吾是做得到啊？吾現在很難控制力量，也無法進入迷宮。可能會不小心導致功能出錯吶。」

「也太極端了……而且妳所謂進入迷宮就會不小心導致功能出錯是指——」

若是直接照字面上的意思解釋，就代表阿爾菲雅的力量會對迷宮造成某些影響。也就是說迷宮和創世神或觀測者之間有某種關聯性。

察覺到這一點的大叔拋出了長久以來內心抱持的疑問。

「迷宮究竟是什麼？既然它連舊時代的兵器都能夠重新建構，表示它能夠讀取世界的情報。它不僅會擴張空間、創造出特殊領域，從它會吸引外界的人類進入其中這點來看，我是看得出迷宮應該具有某種功用……」

「嗯哼……吾該怎麼回答呢。」

「是解釋起來很複雜嗎？」

「不，在某種程度上，吾可以簡單地回答汝。但不能告訴汝會觸及吾等的禁止事項就是了。」

「沒關係。就我確認過的迷宮特性，它可以扭曲空間，打造出特殊的寬廣空間，並利用外界情報重現各式各樣時代景致，然後在內部管理、飼養魔物，但我不明白它為何要重現舊時代的建築物及兵器，而且還讓外界的人類進入那些區域。如果把它視為一個單純的情報蒐集裝置，感覺是太危險了一點。」

「既然汝都理解到這種程度了，那麼告訴汝也無關緊要吧。其中的一個目的是讓生命循環。」

「嗯哼，讓生命循環嗎？」

有形的物體終有一天會毀滅，生命遲早會面臨死亡。

但這並不是一切。

若要說明這些事，就必須提及包含高次元在內的現象法則，但人類使用的語言裡面沒有能夠解釋這些概念的詞彙，小邪神只能盡量挑選合適的用詞來開始說明。

「吾先從生命圓環開始說明起，這個世界充滿魔力，魔力偶爾會讓各式各樣的生命——靈魂脫離輪迴轉生的圓環。有時候會使一些已死的存在滯留於現實世界，這些生命最終會使淤積的魔力轉變成瘴氣，汙染這個世界。自我意識愈強的生物愈有這種傾向。即使那原本是父母疼愛子女的親情，也會因為靈魂長時間駐留於現實世界而逐漸扭曲，最後開始嫉妒起生者。在戰場這種有許多生命逝去的地方更容易引發這種現象。」

這應該就是不死者——不死生物（Undead）的概念吧。

「——回收並淨化因此駐留於這個世界的生命，送回圓環的輪迴中，就是迷宮的目的之一。原本把淤積的瘴氣送去迷宮是龍脈的工作，但龍脈現在因大量的魔力消耗，導致這項機能幾乎沒在運作。」

迷宮大多出現在龍脈洞穴——也就是龍穴附近。

要理解這個部分，可以把行星比喻為人體，龍脈就是血管，而被瘴氣汙染的魔力就像是運送過氧氣後流回心臟的血液。

就大叔的理解，迷宮應該具有等同於行星的肺部那樣的功用。

「妳剛剛說之一，意思就是它還有其他目的了？」

「還有一項是記錄生命的進化。進化是在漫長無比的時間內慢慢累積經驗之後，讓生命可以從現況往上提升一個層級。生存在迷宮內的魔物將刻意啟動這樣的進化程序，並且收集相關情報，以便打造適用於下個世代世界的規範，並順便讓牠們與外界生命相爭，達到促進緩步進化的目的。當然，這之中也包含了知性生命打造文明的過程。」

「下個世代的世界？是指這顆行星毀滅之後的世界嗎？」

「嗯，沒錯。當這個世界毀滅的瞬間，會將含有累積情報的『星之種子』擴散出去，在外宇宙重新建構起世界。宇宙這種東西就是這樣擴大的。換句話說，就是一種用來打造出容易出現生命的行星核心的系統。」

迷宮是一種裝置，用來產生能創造出培育次世代物種環境的種子，因此隨時都在記錄行星上的各種情報。換個觀點，也可以說它就是為了刻意創造新的行星而存在的系統。

然而這時候就出現了一個問題。

要給予迷宮情報，應該直接從阿卡夏紀錄安裝進去就好了，不需要特地用現在進行式的方法來持續收集情報。

「那直接從阿卡夏紀錄裡拉資料出來不就得了？」

「那裡收藏了可謂無限個世界的情報，除了現在這個世界之外，還有很多相近但不同次元世界的情報吶～要是不小心用上其他次元的情報，就會打造出不符合這個世界法則的行星，最壞還有可能會演變成導致宇宙崩壞的事態吶。」

「那是不是跟勇者們獲得的力量很像啊？那些無法回到原本世界的魂魄，現在就正在侵蝕世界的法則……」

「原理是一樣的。差別在於造成影響的異世界法則是行星規模大，還是來自複數異世界的那些刻有法則碎片的靈魂結合後的成果，這兩者之間的差距罷了。」

「原來一樣啊～……這根本就三流輕小說才會有的設定啊。」

「所謂的現實差不多就是這麼回事。不過除此之外的事會抵觸禁止事項，所以吾不能說喔？唉，反正就算吾想說，也會被防衛機制擋下，說不出口就是了。」

輸入不同世界的法則這件事本身就伴隨著危險。

本來在世界發生異常狀況時才會受召喚而來，相當於免疫抗體的勇者，靈魂會被調整成不至於對世界造成影響的狀態，卻因為四神的怠慢而未做調整，導致複數的異世界法則彼此結合，持續侵蝕著這個世界。

所以為了保護這個次元世界，阿爾菲雅必須拿回管理權限才行。

不斷從無數世界召喚大量勇者過來的結果，正讓世界一點一滴地步向滅亡，這樣下去，很有可能會使得這些為了在未來擴散生命所做的準備工作全數化為烏有。

次元崩壞更是絕不能發生的最糟狀況。

「迷宮裡面為什麼會有各種魔導具、寶物和資源存在？」

「這是為了即時觀察當下的知性生命，準備來當作誘因的。如果沒有獎勵，除非是碰上許多狀況想

自殺的人，不然不會有人願意主動踏入那種危險的地方吧。」

「嗯，確實是需要一點甜頭。」

「還可以順便讓進化後的魔物與知性生命戰鬥，藉此記錄雙方作為生物的成長情報。即使一方倒下，也可以分析屍體獲得資訊，還能順便當作迷宮核心的能量來源。是個回收循環系統，很環保吧？即使死在迷宮裡面也會被送回圓環，一切都發生在自然法則之下。沒問題。」

「這話突然變得可疑起來了耶。這一般來說等於是人體實驗吧？」

「汝說什麼呢。想得到高價寶物就得付出相應的代價，這不是理所當然嗎，汝難道忘記人只要活著，自然就會面臨大大小小的風險了？」

「雖說上帝不擲骰子，但實際上根本就擲得很開心嘛。要是知道這些真相，難保宗教國家不會高喊『上帝已死』，集體自殺喔。」

「哪有只會顧著人類方便的神啊。」

即使過著普通的生活，到人生結束為止的情報也會被收集起來，要是在迷宮裡，就連死了都躲不過情報收集。

一想到現在這瞬間也有人在迷宮內死亡，成為行星毀滅之後重生的基礎，他便覺得不太能接受。這是因為他是基於人類的感覺來看待這件事的嗎？

儘管有輪迴轉生，他還是沒辦法乾脆地把這件事切割開來看待。

「咦？這樣要是破壞了迷宮核心，不就無法製造星之種子了？」

「迷宮存在於世界各地，迷宮間會相互連動，共享情報。無論摧毀了多少終端，只要主機沒事，想增加多少迷宮就有多少。」

「那麼大規模的迷宮竟然是終端……主機應該就是這顆行星了吧。」

「正確答案。別說這種事了，吾肚子餓了～快拿供品來啊。」

小邪神竟然用「這種事」來一語帶過這麼重要的事情。

她應該覺得這種層級的事，即使讓人類知道，也不會有什麼問題吧。

「我好歹得先跟看家的那兩個人打聲招呼吧。準備餐點是在那之後的事。」

「別管好色笨蛋跟被病嬌纏上的男人，汝該優先處理吾的需求啊。吾想吃壽喜燒～」

「竟然已經進化到會指定要吃什麼了啊……咦？妳為什麼認識好色村？妳有見過他嗎？啊～該不會是有什麼無所不知的神明技能吧。」

「吾才不是無所不知，所知可是有限。別說這個了，吾還想吃龍王肉做成的骰子肉——不，龍王肉排。」

『這傢伙的臉皮愈來愈厚了耶～……』

歌德蘿莉神非常的厚臉皮。完全是個這也想吃、那也想吃，想吃更多、還要更多更多的大胃神。

不過追根究柢，她不管怎麼吃都吃不飽，給她吃也只是浪費。

「肉包、海鮮丼、俄羅斯酸奶燴牛柳、北京烤鴨、青椒肉絲、羅宋湯、鰻魚飯，甜點就來個跟婚宴蛋糕差不多大的閃電泡芙吧。」

「妳能不能客氣一點啊？」

「不要。吾最喜歡向他人展示權威並且讓對方『唔喔喔喔喔？』地哀嚎。」

「妳這不就只是找人麻煩嗎，個性很惡劣耶。」

「幹嘛說得這樣難聽。汝可是要供奉給吾這麼可愛的神唷，身為一個男人應該很高興吧？」

「……………妳很煩耶。」

「汝說這什麼話，吾要懲罰汝！」

大叔無視在一旁胡鬧的小邪神，邊想著『好了，不知道拆解工作進展得如何了～』邊走向地下室。

大叔站在自己費心製作的堅固鐵門前，雙手使力推開它。

「是說……汝有必要安裝這麼堅固的門嗎？感覺很重吶……」

「既然要保管危險物品，就要有這麼厚重的門板當防護。畢竟要是一個沒弄好，八十八公釐高射砲有可能會爆炸啊。」

「汝到底在做些什麼？」

房間中央放著拆解到一半的多腳戰車，拆卸下來的裝甲和電子儀器則分門別類放在牆邊。看樣子亞特和好色村有好好努力工作。

「亞特先生，有辦法做到三機合體三型態變化嗎？」

「沒辦法吧。那個是影像變形，已經完全跳脫物理法則了。尤其是要合體成不同的三種型態這點最困難，即使能重現，外型也會歪歪扭扭的不好看。」

「所以你才會做戰隊機器人？不過有兩架戰鬥機合體的機器人嗎？」

大叔從他們身後偷看，發現兩人正在拿稀有金屬來玩。

儘管做出的成品水準很高，但大叔可不記得自己有拜託他們做這些玩意兒。

「你們兩個在做什麼啊～？」

「「呃，傑羅斯先生？」」

聽到傑羅斯突然從背後向他們搭話，兩人緩緩回頭，臉上的表情簡直就像是遇到魔王的冒險者。同時也想起了自己正在偷懶，沒在進行拆解護衛機器人或多腳戰車的工作。

「「……明明還沒過中午，你怎麼回來得這麼早。」」

「這種事情不重要。是說，我應該是拜託你們來幫我處理拆解工作的吧。」

「「這、這是因為……」」

「而且還擅自把裝甲板提煉成金屬條，做成這種玩意兒……」

大叔握緊的拳頭不住顫抖著。

亞特和好色村也因為自己偷懶一事而感到愧疚，覺得傑羅斯釋放出的無言壓力非常可怕，下意識地往後退。

這時候兩人心想著『『糟糕……這下死定了』』，然而——

「我也是個男人，完全可以理解合體變形就是男人的浪漫。基本款就是孔巴V和雷〇，如果硬要我說我的最愛，我想推薦大家大〇王。」（註：「孔巴V」為《超電磁機器人 孔・巴德拉V》的簡稱。「雷〇」暗指「雷霆」，為《超電磁機械　雷霆五號》的簡稱。「大〇王」暗指「大劍王」，為《宇宙魔神大劍王》的簡稱。）

——傑羅斯反而對此興致勃勃。

「「咦？你不是在生氣嗎？」」

「但我無論如何都想問一件事。為什麼我做的木製ＭＳ裡面會有丘〇雷和甜〇機器人啊？而且還莫名的大張風呢。會這樣做的應該是亞特吧？好了，跟我說說理由。」（註：「丘〇雷」暗指「丘貝雷」，為《機動戰士Ｚ鋼彈》中登場的ＭＳ。「甜〇機器人」暗指「甜甜機器人」，為魔法少女動畫作品《甜甜仙子》中登場的機器人。「大張風」為日本動畫導演大張正己的風格，特色之一是繪製的機器人看起來閃閃發亮肌肉發達。）

「呃……玩哏？」

「只有這樣嗎？」

「我不後悔。我只是……不想欺騙自己的心。」

傑羅斯像某位美食家一樣惡狠狠地瞪著他，亞特則是臉上驕傲地寫著『要殺要剮隨你便』，帶著男人做好覺悟的表情，兩人默默地凝視著對方。

儘管沉重難熬的沉默持續了一段時間，但大叔突然咧嘴一笑，一副想說『呵……年輕人就是這樣』的模樣，靜靜地豎起大拇指。

然後兩人用力地握手，開始了男人之間漫長的機器人玩具話題。

至於被晾在一旁的小邪神，她嘮叨著『我的飯呢？』的聲音也空虛地被男人們的聲音給蓋過，處在一個無人理會的狀態。

男人們熱愛機器人的熾熱靈魂，似乎是連神都無法介入的領域。

第二話　大叔談論夫妻問題

當天傍晚，傑羅斯和亞特、好色村一起造訪了索利斯提亞公爵家的別墅。

一行人在茨維特和瑟雷絲緹娜催促之下做起家庭教師，順便吃了晚餐。而事情就發生在晚餐後的休息時間。

「「「「傑、傑羅斯先生（大叔、師傅）竟然訂婚了？」」」」

亞特、好色村、茨維特、莉莎和夏克緹五人不禁驚愕出聲。

大叔不小心自然地說溜了嘴，把今天終於正式（？）和路賽莉絲與嘉內訂婚的喜訊告訴了大家，大家卻不知道為什麼如此吃驚。

而且還不只亞特、好色村和茨維特，連在場的莉莎和夏克緹都很震驚。

傑羅斯心想著，這些人實在太沒禮貌了吧。

「那個，老師……恭喜你。」

「感覺往後我們應該有機會和傑羅斯先生兩家人一起交流呢。」

「嗯，只有妳們兩位肯老實地祝福我呢。這件事真有這麼令人意外嗎～……」

瑟雷絲緹娜和唯不為所動，立刻說出祝福的話語，可是其他人不知為何都帶著彷彿世界末日降臨的表情。

茨維特的表情看起來也很複雜，不過這應該是因為他回想起自己以前曾在洗腦魔法的影響下對路賽莉絲一見鍾情，趾高氣昂地告白還被甩了的事情吧。

狀況最嚴重的是好色村，只見他哀嚎著：「為什麼會跟這樣的大叔……絕望啦！我對這年頭的婚姻絕望啦！」之類的話。

「竟然同時和兩位女性訂婚，而且還都是年輕女性……」

「傑羅斯先生好差勁喔……」

「嗯，我知道兩位為何會用這麼冷～漠的眼光看我。但我很有自覺，所以請兩位別再重中這件事了好嗎？很傷人的。」

莉莎和夏克緹是轉生者，她們的常識當然是以地球的道德為基準。

即使身在能接受重婚的這個世界，她們的觀念還是沒有任何改變，卻萬萬沒想到身邊的熟人會做出這種事，在日本的常識下生活長大的兩人看著傑羅斯的目光實在非常冰冷。

「茨維特雖然有點震撼，不過感覺意外地冷靜呢。我本以為你會最介意這件事的。」

「嗯，畢竟我以前曾經搞砸過。雖然是有一些想法，但不至於嫉妒。」

「傑羅斯先生，不是這樣！同志他……他已經有女朋友了，是個叛徒啦！」

「嗯～思想很成熟呢。」

「咦？是這樣嗎？」

「對方的名字，就由我來回答吧～！」

「「「唔哇！」」」

大叔、茨維特和好色村都因為突然出現在背後的蜜絲卡而嚇了一大跳。

神出鬼沒、冷酷又愛惡作劇，完美且無敵。看起來充滿知性，實際上個性卻相當惡劣的能幹女僕蜜絲卡，毫無預警地突然出現在背後，任誰都會嚇到吧。

「蜜絲卡……妳能不能不要老是這樣突然出現？」

「我拒絕。普通地現身一點也不好玩啊。所謂的故事就是要突然出現戲劇性變化，具家庭性又暴力才有意思，不是嗎？」

「根本不懂妳在說什麼。妳到底是想以什麼為目標啦……」

「沒什麼，就是追求快樂的事情而已，有什麼問題嗎？當然重點是我要覺得快樂。」

「妳居然會為了自己的樂趣去捉弄別人喔。」

「不行嗎？」

蜜絲卡以完全不覺得這樣做有哪裡不好的態度乾脆地回話。

她這時實在表現得非常光明正大。

「好了，請容我在此高聲發表茨維特少爺中意的對象。各位做好覺悟了嗎？」

「「「「竟然是個只是要知道名字，就非得做好覺悟不可的大牌對象嗎？」」」」」

蜜絲卡的說法讓除了茨維特以外的所有人都不禁開口吐槽。

「不，只是個普通的貴族千金，有什麼問題嗎？」

「「「「「有需要這樣吊人胃口嗎？」」」」」

她的態度實在很不像服務於貴族家的女僕。死性不改。

「妳別這樣，為什麼要擅自揭露別人的隱私啊！而且還沒有正式定下來耶。妳好歹也是個受僱於公爵家的女僕，應該知道妳不能擅自做判斷，甚至不能洩漏情報吧！」

「那麼請容我確認，我不能偷打小報告嗎？」

「當然不行吧！」

「……嘖。」

「還咂嘴咧。妳為什麼可以這麼囂張啊……」

『『『『『『真的，我也很想知道為什麼……』』』』』』

在場所有人都認同茨維特的吐槽。

但因為蜜絲卡能完美地完成工作，現任公爵德魯薩西斯也認同她那無比正確的工作能力，所以選擇性地忽視了她眾多失禮的行為。

看來索利斯提亞公爵家其實相當寬容。

「沒辦法，那我就去打其他事情的小報告好了。」

「不是，剛剛茨維特才說妳不可以打小報告耶，妳為什麼還想重蹈覆轍？」

「我實在很不擅長應付這個人……」

「亞特先生也一樣嗎？我也不太知道怎麼應付她。」

相對於幾位男性公開表示不擅長與蜜絲卡相處，除了唯以外的女性同胞雖然也在暗自點頭，心裡想著『我完全可以理解』，卻沒有將這句話說出口。

至於原因，是因為事後會遭到報復。

而且這些報復行為都發生的非常自然，無從防範。

正當在場所有人都在心中嘆氣時，蜜絲卡不知從何處拿出一疊紙，臉上的眼鏡也詭異地閃閃發光。

「這是大小姐筆下最新作品的原稿，我想在此公開給各位。」

「什麼？為什麼那個會在蜜絲卡手上……我明明特地藏起來了。」

「大小姐，您太天真了。我已經熟知一千八百六十三種小姐可能藏匿物品的地方。」

「有這麼多嗎？我自己也很驚訝——等等，不行啦，不要公開！」

「我本人也尚未閱讀過內容，其實很期待喔。那麼事不宜遲，讓我來確認看看吧…………咦？」

蜜絲卡喜孜孜地翻開原稿，卻在確認了裡頭的內容之後，整個人都僵住了。

看蜜絲卡突然停止動作，大家都感到非常驚訝，神奇的是沒人敢出聲向她搭話，僅任憑時間流逝。

唯有時鐘的指針移動的聲音，迴盪在一片寂靜的房間裡。

「……怎、怎麼會。竟然會有這種事。」

『『『『『啊，她動了。』』』』』

除了瑟雷絲緹娜以外的所有人，都一臉稀奇地看著蜜絲卡慌張的模樣。

回過神的蜜絲卡以驚人的速度閱讀原稿，可能是內容真的太令人難以置信了吧，只見她閱讀原稿的途中有好幾次甩了甩頭，還數度看向瑟雷絲緹娜。

最後她彷彿死心了一般深深呼出一口氣，用一隻手推了推眼鏡，仰望著天花板。

「……大小姐已經走到相當遠的地方了呢。」

「「「「「什、什麼意思？」」」」」

所有人心裡都很在意內容。

而瑟雷絲緹娜則和大家不同，一副已經死心了的樣子。

「所以我才說不能看啊……」

「該說是新的境界嗎？完全超乎我的預料。接下來的內容我實在很難啟齒……」

「還給我啦！」

瑟雷絲緹娜從蜜絲卡手中搶過原稿。

原本蜜絲卡是不會讓人有機會從她手中搶走東西的，但可能是作品的內容讓她太過震驚，只見瑟雷絲緹娜輕易就搶回了原稿。

不過比起這種事，在場的眾人更是在意原稿的內容，在意得不得了。

『我、我說……傑羅斯先生。你認為那上面到底寫了些什麼？』

『天曉得？唯一可以確定的是，那是足以讓蜜絲卡小姐會想要逃避現實的內容。』

『咦？我記得小緹娜是個隱性腐界傳教士……』

『呃，你這話當真？她好歹也是公爵家千金吧？』

『啊啊～你居然說出來了……因為那是個人興趣，我才刻意不提的，好色村你為什麼偏偏要說出來啊～你就是這樣沒神經，才得不到女性的青睞吧？』

『不會吧～～～！』

至於這次的作品呢，跟過往瑟雷絲緹娜所寫，儘管是薔薇世界，依然具有文學價值的作品不同。這次寫的是沉溺於情慾之中的王步向滅亡的小說。

而且主角還是以法老男大姊為原型，最後一頁還寫了一句「僅將本作獻給身為同好之士的王」。

對瑟雷絲緹娜而言，這算是充滿了追悼意義而寫出的友情之作。

反正這類書籍也是從「梅提斯聖法出版」發跡，以毫無故事性的角度來看，在某種意義上來說也算是回歸了原點。

「對不起，大小姐……那個是絕對不能公諸於世的產物。請容我對於自己抱著輕佻的心情隨意閱讀的行為誠心致歉。」

『『『內容糟糕到她會老實道歉的程度嗎？』』』

在場所有男性都不禁在心裡吐槽。

看樣子這部小說危險到連那個蜜絲卡都得低聲下氣地道歉。

男性們雖然打死都不想看那玩意兒，但女性們似乎並非如此。尤其是唯和莉莎，兩人都用興致盎然的眼神看向瑟雷絲緹娜——正確來說是她手中的原稿。

「怎、怎麼了？我不會讓妳們看這個的喔？畢竟這作品尚未完成，我也不打算對外公開。」

「那個……瑟雷絲緹娜小姐，讓我瞄兩眼就好。」

「沒錯！畢竟我也看過那方面的漫畫，我想可以給大小姐一些意見作為參考。」

「莉莎，原來妳對這方面也有涉獵啊，我都不知道呢。唉，我自己也有在女性週刊上看過漫畫啦，但還沒看過小說呢。」

唯、莉莎、夏克緹三人來到了這個異世界之後，非常缺乏娛樂。

三人都很懷念地球的娛樂產業，而若能滿足這項需求，即便是剽竊的作品——還是違背道德倫理的漫畫也無所謂。就算是開滿了薔薇花朵的那種作品也沒問題。

雖然大家可能會想說：『這麼想看，去書店買書不就得了？』但唯她們是寄住在公爵家且受僱於公爵的勞動者，當然不可能把市面上那些毫無故事性可言，且對教育會帶來不良影響的書籍帶進別墅裡。

正確來說，其實是國內的各大貴族家主動下達了禁止攜帶有害書籍進入宅邸的禁令，不過貴族們應該作夢也想不到，住在貴族家裡的人竟然會親自投入創作活動吧。

而且瑟雷絲緹娜的著作內容算是遊走在灰色地帶，加上作品本身的文學價值甚至獲得了足以收入圖書館的出色評價，不至於成為焚書的對象，這才是最棘手的部分。

結果導致國內也開始出現一些專門遊走於灰色地帶的作家。

「拜託您。蜜絲卡小姐的收藏已經被燒光，請讓我用瑟雷絲緹娜小姐的作品滿足我的飢渴吧。實在太痛苦了。」

「呃……唯小姐？」

「無論內容多變態都沒關係，請對我們伸出名為娛樂的援手……請您可憐可憐我們吧啊啊啊啊啊！」

「咦？連莉莎小姐都這樣？」

「能拯救我們的只剩下大小姐您了。哎呀，不過我只是出於好奇，不像另外兩位那麼飢渴喔？沒錯……我並不飢渴。」

「夏克緹小姐？妳一邊說一邊逼近，是不是不想放過我啊？」

『『『簡單來說就是不管什麼都好，快把妳手中的娛樂交出來的意思吧？』』』

男性們儘管在心裡吐槽，也打死都不要介入這個話題。大夥正以團體運動競賽選手都自慚形穢的眼神交流來溝通，貫徹旁觀的立場。

原因是他們憑直覺感受到『介入的話感覺會很麻煩』。

『畢竟男人隨便介入女人間的話題，是不會有好下場的啊～』

這是傑羅斯的看法。

也就是說，這裡沒有人能幫助瑟雷絲緹娜。

「唔呼呼，到底是些什麼樣的內容呢。真令人期待。」

「好了，Please把那份原稿交給我們。我會從頭到尾，一字不漏地仔細閱讀的～」

「大小姐，我看您還是死心吧。乾脆點交出原稿可以躲過許多麻煩。」

「被妳這樣一說，我反而不能乾脆地交出去了啊！請容我傾盡全力保護它。」

「「「妳以為妳逃得掉？」」」

「我會賭上爺爺的大名，盡全力逃跑給妳們看的！」

『『『不要隨便搬爺爺的名字出來啦，爺爺會丟臉到想哭喔。不對，他說不定會很高興就是了……』』』

無視男性們心中的吐槽，只見拋下羞恥心與外在形象，使出渾身解數逃跑的瑟雷絲緹娜，正被眼中閃爍著異樣光芒、想要補充娛樂的獵人追殺。

「據說在某東方島國有句俗語，叫做三姑六婆……還真不假呢。」

「「「明明就是妳造成的，還敢說。」」」

「亞特先生，夫人拋下孩子出去了，您不用照顧一下嗎？」

「喔，對喔。那傑羅斯先生，我先帶華音回房間了。」

「小心別撞到正在上演大逃殺戲碼的她們啊。」

「只能祈禱她們不會這麼不知節制了。」

大叔看著亞特抱起女兒走出房間的背影，心想著『看樣子之後該做一台嬰兒車出來送他呢』。

這個世界的嬰兒用品開發進度依然相當落後。

「已婚人士真好～根本是人生勝利組啊。」

「好色村你就只會羨慕別人。」

「亞特可是為了養家而得努力工作，唯小姐實際上也為了照顧小孩，沒怎麼好好睡覺吧？已婚人士也是很辛苦的喔～」

『『這個單身漢在說些什麼啊……』』

茨維特和好色村心裡會這樣吐槽也是不無道理。

不過傑羅斯的人生經驗遠比他們豐富，他看過很多次加班到很晚，回家卻因為小孩夜哭睡不好覺，隔天悽慘無比地來上班的部下或同事。

他看到已婚人士辛苦的模樣都會幫他們一點忙，所以非常了解他們有多辛苦。而這些已婚人士找他商量家庭問題也不是一次兩次的事了。

「結婚之後啊～夫妻之間的互相理解就變得很重要，尤其是男方，經常會忽略照顧小孩的事。不對，應該說男方心裡或多或少認為照顧小孩是女方的事，拿工作當擋箭牌不肯幫忙的例子很多。我就聽說很多次老婆因此氣炸了的狀況呢。」

「咦？家務跟照顧小孩不就是女人的事嗎？」

「唉～……好色村啊，你這就是自我中心的男人會有的想法。雙薪夫妻彼此之間可是平等的。」

「因為貴族家大多都有聘請奶媽，所以比較少聽到這類案例。不過也是有親子關係不佳的貴族就是了。」

「那就是親子之間的溝通不足造成的。過去不太關心小孩，卻突然擺出父母的架子來，自然會引起小孩的不滿。這也就表示父母根本不了解小孩的想法。啊，是說好色村，你那種想法肯定會毀了家庭，因為那等於是在鄙視妻子的付出。」

傑羅斯就是因為陪很多人商量過這方面的煩惱，所以格外了解這種事。

尤其是他以前任職的公司常常需要加班，好幾天沒辦法回家也是常有的事，甚至有員工會因此哭喊著『我要面臨家庭危機啦～！』之類的話。

而願意陪伴這些人，聽他們訴說問題的傑羅斯，說不定是個好主管。

「尤其是女性，從懷孕開始到小孩長大到一定程度為止，這段時間都無法放鬆，要是沒有丈夫的協助，很容易罹患憂鬱症。照好色村你的想法，是打算把包含顧小孩在內的所有家務都丟給女方處理吧？那樣太不負責任了。」

「確實……不是結了婚就沒事了呢。我跟老爸之間的關係也不好，說不定真的會弄出類似的家庭環境來……」

「在貴族之間也常聽說小孩學到父母輩壞的一面呢。是說好色村你跟父親處不好喔……」

「有權有勢的貴族可以聘人來照顧小孩，而且如果到了公爵家這種程度，還可以接受高等教育，所以教育這方面基本上沒問題。不過還是得多少會照顧一下自己的小孩吧。」

「以這個角度來看，亞特先生算是好爸爸嗎？」

「好色村，現在下結論還太早了吧。一般來說到小孩成年之前，都不能掉以輕心喔。不論小孩多大，都還是有很多事情可以教孩子的。」

小孩子是在以父母的家教為基礎的家庭環境下成長。

茨維特因為從小就接受貴族教育，所以不僅擁有將來統治領地時必須具備的知識，為了讓他能夠獨立判斷事情的好壞，也在給予他一定程度的自由情況下，讓他學習何謂責任，由周遭的人事物嚴格地教育他。

雖然德魯薩西斯看似放任，其實背地裡做了許多安排，聘來的家庭教師也都是精挑細選過的菁英。相較之下，好色村則是有著因為父母一股腦把期望丟到他身上，只要是他自己想做的事情全都被一句『無聊』打發掉，導致他最後產生反抗心態並離家出走的背景。

茨維特雖然沒有受到父母的肯定與否定，但成長的過程中有刻意培養他要擁有自己的想法。好色村則是因為一直以來都遭到父母否定，才會做出拋下一切逃走的失控行為。

這兩人接受的教育可說是兩種極端。

「如果小孩能夠理解父母的愛，那就算是在好的環境下長大的吧。」

「父母的愛嗎……我沒印象有接受過來自母親的愛呢。從以前她就把我當成公爵家的繼承人對待，我覺得她表現得實在不像一位母親。老爸雖然嚴厲，但該講清楚的地方就會講清楚。我是有點疑惑這樣到底算不算一種愛就是了……」

「因為公爵殿下的紳士氣質高得莫名其妙啊～雖然不知道他這是基於愛還是徹底計算過的結果就是了。我個人認為是後者。」

「我想德魯薩西斯閣下應該是有想過這方面的事就是了。會讓人覺得一切事情都依著他的想法運作，正是他的可怕之處啊。」

即使只是平常地生活，家庭的形式也因人而異。

所謂的養育小孩是指理解孩子的感受，而且父母要能接受小孩子有興趣的事物，不厭其煩地啟發、引導孩子，並且要讓孩子學習克服他不擅長的事物。

在小孩做出危險行為時要明確地制止。

在成長過程中，過度將父母的理想投射在孩子身上，只會造成孩子的負擔，反而會給孩子帶來不良影響，最終導致孩子的人生嚴重走偏。

對兄弟姐妹有差別待遇也不好，如果只是導致孩子自暴自棄，那還算有救，事實上仍少不了諸如家庭毀滅或孩子自殺一類，令人不忍卒睹，慘絕人寰的發展。

雖然這也可說是現代社會的黑暗面，但即使在異世界，養育小孩仍舊是父母的責任。

「所謂的父母啊，必須對孩子負起很大的責任。亞特接下來可有得辛苦了。要怎麼養育小孩端看亞特和唯小姐怎麼做，我們也只能陪他們商量這些煩惱。」

「原來如此……」

「同志你還沒結婚吧，現在就開始煩惱要怎麼養育小孩會不會太早了？」

「茨維特可是擁有悠久歷史家族的繼承人啊，需要早點生個繼承人出來。即使在工作了一整天快要累倒的狀況下，也必須勉強自己努力做那檔事，生下繼承人。這就是他的義務啊。」

「背負的期望也太沉重了吧～如果因為壓力太大，做不了那檔事怎麼辦啊……」

「雖然有些令人反感，不過春藥就是在這種時候拿出來用的。畢竟繼承人問題比什麼都重要啊。」

「「真的很令人反感。」」

就算要勉強自己，也得生下孩子。

在與政治相關的貴族家庭中，只要沒有發生任何違法行為，基本上爵位屬於世襲制，大多是讓繼承人接班。

畢竟也不能讓無能的孩子當自己的接班人，為了從眾多候選者當中選出真正有能力的人，貴族必須重婚，就算是用藥，也得強行生下許多孩子。

「要是夫妻其中之一是不孕體質該怎麼辦啊……」

「不孕體質？那是什麼？」

「茨維特應該沒怎麼聽過這個詞吧，這是指從醫學的角度診斷出夫妻其中一方無法生育的狀態。一般來說無法懷孕大多會把矛頭指向女性，但有時候問題也會出在男方身上。」

「真有這種體質嗎？」

「「有喔。」」

在醫療技術不發達的這個世界，無法順利懷孕時多半會責怪女性。

明明不具備相關的醫療知識，無法懷孕總是女方要負責的常識卻深植人心，奇怪的是從沒有人想過有可能是男方的問題。

不僅是索利斯提亞魔法王國有這樣的傾向，周遭的國家也是類似的狀況。

恐怕是因為把問題怪罪到從其他家族嫁來的人身上，比較不會損及自家名聲吧，但從醫學的角度來看，這不過是藉口，問題出在這個世界的文明水準低落到連這樣的藉口都還能橫行無阻。

「有時候也會因為來自外在的期望太高，導致當事人壓力過大、精神疲勞，因此無法懷孕喔？這情況無論是男女雙方都有可能發生。」

「……有些貴族一直生不出孩子，大多都是基於這個原因吧？」

「同志……貴族的壓力有這麼大喔？」

「很大。尤其是身為繼承人的孩子，還必須維持親戚家族之間的關係。無論是媳婦還是招贅進來的女婿，身上都背負著過多的期待。雖然也未必每個貴族家都是如此，不過生下來的孩子也要背負著成為繼承人的期待，確實有不少人承受不了這麼沉重的壓力。連貴族都這樣了，王族的壓力更是不得了。」

包含王族在內的貴族們，由於肩負國家的重要職位，繼承人問題就顯得格外重要。

更何況除了建立姻親關係之外，政略婚姻可是自古以來就存在的手段，在索利斯提亞魔法王國當然也經常會這麼做，放在能牽繫起兩家的小孩身上的期望自是無比沉重。

雖然基於血緣形成的派系令人頭痛，但包含王族在內的有力貴族，確實也常利用與其他家族締結姻親關係的方式鞏固權勢，實際上王家周遭的高階貴族幾乎都有親戚關係。

如果沒生下繼承人，或繼承人是個扶不起的阿斗時，繼承問題就會引發巨大爭議。

這對民眾來說只是徒增麻煩。

「等你繼承了公爵家，我覺得即使工作繁忙，還是要以家庭為重比較好喔。尤其是你很有可能會因為太專注在工作上，就忽略了家庭。」

「畢竟同志個性很認真啊～確實有可能會發生這種事。」

「不是，繼承家業之後工作變得更忙也是無可奈何的事情吧，更何況嫁來的女方也是貴族出身喔？既然都嫁到公爵家來了，應該可以理解有很多工作要忙這件事吧。」

能夠理解跟實際上的狀況還是有差別。

雖然不清楚高階貴族的工作究竟有多繁重，但所謂的貴族就是政治家。

儘管過著奢華的生活，背地裡卻每天都要執行能讓國家順利運作的政務工作，其辛苦程度絕非一般家庭可比擬。

即使忽略家庭也必須以經營領地為優先，同時也得對國家負責。

這確實是很辛苦的工作，可是因此造成家庭破碎，那可就本末倒置了。

「你太天真了。如果是造成的家庭破碎的原因出在男方身上，大多是因為丈夫以工作為優先，而忽略了家庭。把家裡的事情全部丟給妻子，即使是稍微關心一下家庭狀況就能防止的問題，若是以忙碌為由，完全置之不理，結果就會演變成最糟糕的狀況。其實只要能稍微體恤一下妻子的辛勞，或者為家人做些什麼就夠了，但連這點基本的小事都不做，便會埋下家庭不和的種子。這種小小的關心或協助是很重要的。我聽過最糟糕的丈夫，就是加班到半夜回家，碰到小嬰兒夜哭，卻只會對正在努力安撫小孩的妻子丟一句『快讓他閉嘴』。然後假日不僅不照顧小孩，也不會幫忙打掃洗衣，開口就是一句『我上班很累』，拿這種樣板化的說詞當免死金牌，自顧自地去玩。即使在妻子身體不適，很難受的情況下，也只會頤指氣使地叫妻子『快點做飯』，人家做好了飯，嘴上還要一直嘮叨說『我媽的手藝比較好』，抱怨個沒完，還自以為自己的地位比較高，是撐起這個家的老大。如果是個媽寶那就更糟了。也有把妻子當成傭人，開口閉口就是『錢可是我在賺』，只顧著彰顯自己的地位。還有會說『第一個小孩要生女兒，懷了男孩就打掉』，或是『要是妳懷了女孩，我就馬上跟妳離婚』這種鬼話的人。一個跟我同時間到職的討人厭同事就是這樣離婚的。」

「「……………你也講太多了，而且竟然全是真人真事喔。」」

因為傑羅斯會陪同事或部下商量煩惱，為了能夠給出客觀的意見，所以查過許多這方面的網站作為參考。

他在智慧型手機尚未出現的時代，利用電腦和手機上網搜尋各種正規或非正規網站的類似案例，比對當下找他求助的人的狀況，稍微加入一點自己見解，藉此達到掌握職場人心的效果。

後來甚至連主管都來找他求助，他也在不知不覺間變成專門負責整頓職場環境，處理他人煩惱，像是顧問的角色。

結果他雖然因此升官，卻也給人留下了『會真心誠意地傾聽部下煩惱的好主管』印象，在那之後找他商量的人依舊駱繹不絕。

大叔本人明明只是希望能順利做好工作而已……

「儘管聽起來格外具體，不過那是一般家庭的狀況吧？而且你是不是把好幾個案例混在一起講了？如果這些全是同一個人幹的好事，那個人也太爛了。」

「師傅講的例子聽起來好像都是男方不好耶……」

「哎呀，也不全然都是男方不好就是了～女方那邊常看到的，就是趁丈夫工作不在家時搞外遇，硬是把照顧小孩的工作丟給老家的父母或朋友，利用丈夫賺的錢每天吃喝玩樂當貴婦。不然就是奉子成婚，但肚裡其實懷的是別人的種，結婚只是覬覦男方的錢。利用父母的權勢每天貶低入贅的丈夫。還有聽說過睡走了朋友的丈夫還不滿足，甚至腳踏三、四條船的人呢～還有隨便參加陌生人的聚餐，在付帳之前就先開溜，或是覬覦遺產才出席葬禮，再不然就是偷走朋友家裡的值錢物品拿去變賣，再拿錢去買名牌服飾或珠寶，而且這樣還不夠，又跑去偷婆家的財產，甚至去借高利貸，最後搞到丈夫主動離婚。除此之外還有跟朋友借錢一概不還之類的……總之只要查一下就能找很多誇張的案例。」

「「就說你講太多了！」」

雖然男女之間的問題很難一概說是哪一方的錯，不過會惹出問題的人，通常都是在個性或常識這些一般的思考邏輯上有著根本性的缺陷，會用自我中心的想法來做出判斷，行動時只顧當下，即使利用他人的善意，也認為要對方實現自己的願望是理所當然的那種人。慘一點的案例甚至無法意識到自己的所作所為已經是犯罪了。

如果能意識到自己在做壞事那還有救，但這種人總是會自顧自的用他自己的一套標準來行事，毫無常識可言，等真的發現自己犯法了，才開始慌張。

習性就像塵蟎或是寄生蟲。

「若要說不好的家庭案例，就是明明已經有一個不滿周歲的小孩，卻讓妻子懷上了第二胎，以沒有錢生活為由強行帶著妻子去醫院（婦產科），留下一句『沒墮胎之前不准回家』就把妻子丟在醫院的案例。丈夫完全沒跟自己的老家或岳家商量過就擅自做出這種決定，而且妻子還已經懷孕四個月了。妻子痛心地拿掉孩子之後留下了嚴重的心靈創傷，出現自殘行為，而這樣的壓力也讓任性的丈夫得了憂鬱症，等丈夫受不了，提出協議離婚後，妻子便自殺了。而這丈夫事後還在說什麼『我太太是看上錢才接近我』的鬼話。」

「『嗚哇～……真的假的？』」

「正常人都知道小孩會長大，會想到出生之後沒多久，現在穿的嬰兒服很快就不能穿了。在這樣的情況下還讓妻子懷上第二胎，就知道這個丈夫絲毫不關心妻子。也感覺不出他有想要和妻子互相理解。關於養育小孩的問題，最重要的就是夫妻之間要好好溝通喔？」

「這種狀況在貴族之間還滿常見的。擔任要職的家族其實非常忙碌，也有一些人會故意在表面上裝出家庭和樂的模樣。唉，其實一眼就能看穿了啦。」

「那就是所謂的表面工夫家庭吧。不過，如果是那種把家務都丟給妻子處理的家庭，反而該懷疑丈夫是不是有外遇。實際上，我以前一個女性部下的丈夫就是時間管理大師，竟然同時劈腿了七位女性。我覺得好色村會走上跟那個丈夫一樣的路呢。」

「我還以為你這些長篇大論都是講給同志聽的，結果是要指責我嗎？你居然、居然這樣對我！」

「你一定是那種會拿工作當藉口，不幫忙顧小孩的人啊。」

「畢竟好色村很輕浮，反而是女方會先受不了他吧？」

「也可能會遇到個沒常識的女人呢。這種情況下說不定是對方讓好色村戴綠帽，然後拋棄他喔？」

「難道只有我出軌或我戴綠帽兩種結果嗎？別看我這樣，我可是很純情的，我覺得我是會為了對方奉獻一切的類型喔？」

「「你哪裡是？」」

茨維特這邊的話，因為傑羅斯不清楚貴族的日常生活，也輪不到他來出主意。

不如說他現在比較擔心好色村。因為好色村嘴上說著想要受女性歡迎的夢想，所做的行為卻一點也不現實。

「好色村太單純，搞不好被人戴綠帽了都不知道呢。任憑對方玩弄，只有錢都落入對方手裡。」

「我不需要這種女人……我要溫柔、願意理解我，再加上是個前凸後翹的美女那就更棒了。現充都是我的敵人啦，可惡。」

「他開始說些不切實際的願望了喔，師傅……」

「你不認為如果不是超乎常人的女豪，沒人能跟好色村這種人結婚吧？得要是超過妻管嚴的程度，可以把他呼來喚去，真材實料，超超超級現實主義中的強者才行吧。」

「我才不要那種女人！」

好色村哭號著。

不過傑羅斯認為像好色村這種沒什麼定性的人，配一個妻管嚴恰恰好。

唯一令人在意的，只有他身上到底有什麼特質能夠得到女性的青睞。

「我就別再玩弄好色村了……話說茨維特，你不用回學院去嗎？你已經回來好一段時間了吧。」

「你話題不要改變得這麼突然好不好……我是有準備要回去啦，但講師應該不希望我回去吧。」

「這又是為什麼？」

「因為沒有講師能教名列前茅的學生了啊。現在已經釐清解讀魔法文字的方法了，所有研究都得從頭來過。現有的講師頂多只能指導我們該如何在實戰中使用魔法，可是這點我們也能自行練習。我甚至覺得乾脆讓庫洛伊薩斯去擔任講師還比較快。」

大叔的腦海裡浮現出庫洛伊薩斯假借教學名義進行奇怪實驗，連同學生一起爆炸的景象。

無論怎麼想他都不適合擔任講師。

「不可能，要他當講師，他應該寧可專注在自己的研究上。不如說這樣做只會讓更多人成為爆炸下的犧牲者，不要比較好喔。」

「先不論庫洛伊薩斯，我是需要去收藏了大量歷史書籍的學院圖書館，所以打算回去和伙伴們一起做研究。幸好我可以自由做研究。」

「我記得你是在進行以魔法實戰為目的的戰術研究？因為學院裡有很多歷史資料，方便做研究是吧……所以你打算什麼時候出發？」

「六天後吧。我跟同個研究室的伙伴有通信往來，我想回去之後應該可以馬上開始進行研究。」

「真突然呢。你那些朋友會不會放假放太久懶了，結果都沒回學院去啊？」

「不要說這種讓人不安的話啦，感覺好像真的會發生這種事。」

學院容許成績名列前茅的學生在畢業之前不用到校聽課，可以自由地做研究。

這實際上等於是學校掛保證，表示他們已經完成學業了，所以他們是處在只要能維持成績，就算什麼都不做也能輕鬆畢業的立場上，不過茨維特還是想要好好做自己的研究。

最重要的是和伙伴一起討論戰略和戰術本身非常有趣，而之所以能做到這件事，就是因為他們還是學生。一旦畢業之後，就不知道大家要什麼時候才能齊聚一堂了。

「就我的立場而言，我還有很多事想和現在的伙伴一起去做。畢竟當中也是有一旦畢業，恐怕就無法再見面的人了。」

「以貴族的身分來看，確實會有下半輩子都見不到面的朋友出現呢，所以才要好好把握現在這段時光啊。嗯，真是青春呢～」

「不是這樣啦。只是因為只有現在，我因為貴族這個身分所受到的限制比較小，相對來說可以過得更自由。」

「人與人之間的相遇是機緣，世界上有多少人，就有多少種不同的人生。即使現在是伙伴，將來走上不同道路之後，或許就再也無法見到某些人了。茨維特的地位會讓這件事變得更是艱難。」

傑羅斯在畢業之後，也只有與學生時代的朋友見面過寥寥數次。

雖然有去參加同學會，但幾乎沒有全班到齊過。甚至還有因為意外或生病而過世的人。

時間有時候真的會讓人見識到殘酷的現實。

「反正你記得，趁現在好好跟朋友們享受學院生活。創造這些回憶也是年輕人的特權啊。學生時代的朋友可是很寶貴的。」

「他們都是些笨蛋就是了。」

「等過了一段時間，你就會覺得跟伙伴們一起做蠢事也是很好的回憶。」

「有人可是每天做蠢事耶？」

茨維特指了指好色村。

方才明明還很失意的他，現在已經在嚷嚷著『男人喜歡女人有什麼不對。沒錯，不管怎樣的帥哥，只要生為男人，就全都是超級好色的變態紳士啦。每個人都是順從下半身的啦。現在正是該解放本能，回歸人的原點，裸體——回歸天體營的時刻啦！』這種莫名其妙的話。

儘管他重新振作的速度一如往常地快，卻也給人一種他又往不好的方向一頭栽進去的感覺，實在不忍看下去。

「我看我們頒發個恥柱的稱號給好色村吧。是說我覺得當他每次從失意狀態之中振作起來的時候，都會把身為人的某些寶貴部分，連同周遭人對他的好感度一併捨棄耶。」

「師傅，你這等於是拐彎抹角地在說他『逐漸變成了一個腦袋很可悲的傢伙』喔……」

「我～…………沒有這個意思喔。」

「你可不可以不要別開目光講這句話啊？這樣是騙不了我的喔。雖然好色村確實是每天都在朝著更不妙的方向前進啦。」

這兩個人幾乎已經徹底放棄好色村了。

第三話　這時候的四神們

當茨維特告知師傅傑羅斯他要回學院後的第四天早上，一位稀客造訪了他所居住的索利斯提亞公爵家本館。

在一般情況下，他應該要歡迎來客，不過說實話，唯有這個人，茨維特實在不歡迎他來。

這個人就是——

「……你終於還是來了嗎。」

「等等，茨維特！明明是好友來訪，你說成這樣太過分了吧？」

——茨維特的朋友，迪歐。

這裡畢竟是已經大到說是一座城堡也不為過的公爵家宅邸，實在不是一介庶民能來的地方。會來這裡的也就只有他父親德魯薩西斯公爵的貴族客人，或是想來兜售商品的商人吧。

然而迪歐來了。

而且還毫不掩飾自己來此別有意圖與盤算。

「真虧你進得來耶？」

「嗯～其實我在門口也是吃了閉門羹啊。守衛也攔下了我。不過蜜絲卡小姐碰巧出現——」

那是當迪歐在公爵家宅邸前晃來晃去，被守衛誤會是可疑分子，在盤問他的時候。

雖然迪歐拚命解釋自己只是來找朋友的，想要解開這個誤會，守衛卻非常盡忠職守，堅持不肯讓迪歐與茨維特見面，正當雙方之間將要進入無止境的一問一答時，她出現了。

迪歐發現門後有個認識的人走過去，便叫了蜜絲卡的名字，希望她能幫幫忙，但蜜絲卡卻在看見迪歐之後，突然渾身顫抖起來。

『竟、竟然有朋友來找茨維特少爺……怎麼會……不可能有這種事！那個孤單的！孤單的！孤單的茨維特少爺竟然會有朋友來訪……這是夢，蜜絲卡，這是一場夢！這麼超脫現實的事情竟然會發生，難道明天世界就要滅亡了嗎！喔喔……神啊，原來一切都要結束了。既是偉大的神又是至高存在的安哥爾志摩前啊，請憐憫我們……』

說了一大串鬼話。

連迪歐都忍不住吐槽。

『為什麼？茨維特有訪客這麼奇怪嗎？而且妳是不是在向邪神尋求救贖？那個安哥爾志摩前到底是什麼啊！』

『那是會把人生過得相當充實，尤其是男性的某些部位扯掉的可怕神祇，同時也是會賜福給與女性無緣之人，慈悲為懷的一位神祇。主要是會賜下一些奇怪的面具……就是了。』

『那個神只會讓與女性無緣的人變得更多吧？雖然我沒有女朋友……』

『那就沒問題了。那麼請進。茨維特少爺，查水表了！』

『查水表？難道不是蜜絲卡小姐幫我帶路嗎？』

『好麻煩喔，我才不要。我會讓那邊的守衛放你進去，你就自己隨意去找茨維特少爺幽會吧。』

『妳居然在光天化日之下講這種話？』

蜜絲卡在大庭廣眾之下說出了這種不得了的話，告訴守衛可以放迪歐進來之後，就帥氣地離開，撒手不管了。

只留下莫名地揹了黑鍋的迪歐跟瑟瑟發抖的衛兵。

只是碰巧經過的一般人的視線也令迪歐感到無地自容。

「——發生了這樣的事情。蜜絲卡小姐打從一開始就不正常。」

「蜜絲卡這傢伙！」

在自己不知情的狀況下染上了莫須有的嫌疑，讓茨維特怒不可遏。

但他又不能對蜜絲卡做些什麼，只能把自己的無力發洩在物品上。

儘管他這樣顯得很沒出息，但這就是索利斯提亞公爵家的階級制度。

在德魯薩西斯公爵與克雷斯頓之後，地位最高的就是這個女僕長。

「蜜絲卡小姐應該是受僱於公爵家的女僕吧，為什麼不開除她呢？」

「你去問我老爸啊……」

「她明明是個很優秀的人才，就是個性有問題。雖然這我之前就知道了。」

「我身邊都是這種人啊。」

其實以茨維特的父親為首，包括師傅傑羅斯、護衛杏、蜜絲卡、弟弟庫洛伊薩斯、好色村，以及作為魔導士而言很令他尊敬的祖父克雷斯頓，這些人的人格都有些奇怪。

雖然不到有問題或是整個人走上歪路的程度，但他們的行為都太不合乎常理了。即使這些人就算採取合理的行動也能得到相應的結果，他們仍舊老是脫軌。

「瑟雷絲緹娜也在蜜絲卡的影響之下出版了腐向書籍啊～我根本不想知道她最新作品的內容……」

「你、你也想點辦法啊！要是瑟雷絲緹娜小姐的興趣更深入了該怎麼辦啊！」

「迪歐……這世界上有做得到跟絕對做不到的事情。而且啊……」

「而且？」

「已經太遲了。」

「不會吧？」

茨維特用已經放棄了一切的表情在勸誡迪歐。

他不僅沒有足夠強大的力量可以勸阻身邊那些人格或興趣有些問題的人，而且他直到最近才發現，眼前的摯友迪歐似乎跟那些人也是一掛的。

茨維特已經體悟到，不可能靠言語來阻止某些個性特別強勢的人展開行動。

「…………你是不是在想些什麼很沒禮貌的事情？」

「……沒有。不說這些了，你為什麼想來我家啊？一個不小心就會被當成可疑人物打入大牢喔。啊不，你不用說了……反正你的目的一定是瑟雷絲緹娜吧。」

「沒錯。我很了解茨維特，所以我猜你應該差不多要準備回學院了，在想我有沒有機會和你一起同行呢～才來拜訪你的。」

「你這傢伙的直覺別用在奇怪的地方啦。」

「這也是天意啊。我沒想到兩位大後天就要出發，時間真是抓得剛剛好呢。」

茨維特是不介意和迪歐一起回去伊斯特魯魔法學院。

前提是迪歐沒動歪腦筋，想藉機接近瑟雷絲緹娜。

迪歐只是拿友情當擋箭牌，想搭順風車罷了。

「你該不會……想住在我家吧？」

「我沒這麼厚臉皮，我有訂好旅館了。」

「那就好。我也不想看到迪歐在我面前被爺爺殺死。」

「一般來說不是都會勸說，阻止對方嗎？這才是友情的表現吧？」

「別說那種不可能的事情，天底下有誰阻止得了我爺爺啊。只要碰上跟瑟雷絲緹娜有關的事情，他就會脫離常軌喔。」

「最大的難關果然是克雷斯頓殿下嗎……」

戀愛中的好青年迪歐已經盲目到沒救了。

真要說起來，要成功勸說溺愛孫女的克雷斯頓根本是不可能的任務，若要說唯一有可做到的這件事的，就只有瑟雷絲緹娜本人了。

在瑟雷絲緹娜眼中，迪歐目前的立場不過是跟哥哥感情不錯的朋友罷了。

也就是說，在現階段迪歐肯定會被克雷斯頓殺死。

「你聽說過飛蛾撲火這句成語嗎？」

「那是什麼意思？是說茨維特…………」

「你幹嘛突然這樣忸忸怩怩的啦，很噁耶。」

「不是，就是……瑟雷絲緹娜小姐在這裡嗎……」

「那傢伙不在這座宅邸裡喔，她跟爺爺住在別墅那邊。你在門口遇到蜜絲卡了對吧？她應該是在回別墅的路上碰巧遇見你了。」

「是、是這樣嗎？」

「我之前說過，她跟爺爺住在一起吧……爺爺跟我母親她們的關係不好，而且比起本館，他更喜歡別墅，所以不在這裡。」

「…………我不記得這件事。」

「因為只要事情跟瑟雷絲緹娜有關，你的腦袋就會自動把不利於自己的情報剔除掉啊。如果你先去了別墅，真不曉得你現在是死是活……撿回一條命了呢。」

克雷斯頓不會對接近瑟雷絲緹娜的男人客氣吧。

照在別墅工作的女僕們所言，克雷斯頓會背地裡查清楚來說媒的貴族底細，挖出不利於對方的事實來威脅對方。

茨維特認為只靠已經隱居的克雷斯頓當然做不到這種程度，父親德魯薩西斯恐怕也有暗中幫忙吧。

「而且這是我從蜜絲卡那裡聽說的，據說瑟雷絲緹娜喜歡年長的對象喔。」

「咦？真、真的假的？該不會……」

「我先聲明，師傅不在她的對象之內。雖然他是位值得尊敬的魔導士，但就一個人的角度來看，他的評價就不太好了。瑟雷絲緹娜對附加的地位也沒什麼興趣。」

「也就是說不能靠地位，必須靠人品來一決勝負吧。不過她喜歡年長的對象……」

「是說我最近發現，如果想對瑟雷絲緹娜下手，要面對的對手可不僅是我爺爺，連我老爸也在內喔。雖然老爸看起來不怎麼理會小孩，但他也是很疼愛瑟雷絲緹娜的。」

「呃？是、是這樣嗎？」

「嗯……同是四大公爵家的某個笨蛋，在老爸面前直接說出瑟雷絲緹娜的名字，當成自己的結婚對象候選人，後來似乎被迫跟某個邊境伯爵的女兒訂婚。那個女孩似乎是個體態豐腴的胖妹喔。」

「……真的假的？」

這是迪歐不太想聽到的消息。

四大公爵家是權威僅次於王族的家族，然而德魯薩西斯公爵卻能毫不留情的懲處四大公爵家後代，實在恐怖。

「不過那傢伙個性有問題，這也算是下了帖猛藥吧。」

「我是不是會從這世上消失啊？而且茨維特你都知道這麼多了，為什麼不幫幫我呢？」

「我是很想，但重點還是要看瑟雷絲緹娜本人的意願吧。即使是那傢伙自己選的對象，家庭成員和交友關係也一定會被徹底調查過一輪吧。」

「總覺得索利斯提亞公爵家好可怕……」

「假設瑟雷絲緹娜選上了你，只要調查出來的結果有一丁點不理想，最糟糕的狀況就是……你會消失在這世界上。」

儘管表面上沒有那麼疼愛瑟雷絲緹娜，但德魯薩西斯比誰都希望女兒能獲得幸福，加上溺愛孫女的克雷斯頓。要與這兩人為敵的風險實在太高了。

對一介平民的迪歐來說，打從一開始就困難過頭了。

就連用憐憫的眼神看著迪歐的茨維特，也沒想過要為好友赴湯蹈火，倒不如說，他還希望迪歐早點死心。

這讓他們的友情顯得有些冷淡，但其實已經夠溫馨了。

「……先不要管我怎麼樣，你覺得瑟雷絲緹娜小姐會喜歡怎樣的男性？我完全無法想像耶。」

「那是當然吧。我也不清楚。」

「她好歹是你妹妹吧？你這樣不會太冷漠嗎？」

「我沒那個立場去干涉她的人生喔，因為我從小就是一路欺壓她到大的。即使知道那是基於我的無知而造就的結果，仍無法抹滅我自己過去所做過的事。所以我打算盡可能地支持她所選擇的路。」

「可是就算我說『我會讓瑟雷絲緹娜幸福』，你也不打算支持我耶？」

「我說過很多次了，這部分你自己想辦法。真要說起來，那傢伙只把你當成一個認識的人喔，你還是別依賴別人，努力想辦法讓她多關心你一點吧。」

茨維特也不是不能理解迪歐的想法。

可是他很難接受好友想在與妹妹成為情侶的過程中耍一些小手段，所以就算要他出手幫忙，他也想先看到迪歐本人為此所付出的努力。

他也擔心這樣下去迪歐的心意會愈走愈偏，最後變成跟蹤狂的一員。

不，其實迪歐已經出現成為跟蹤狂的徵兆了。
「話是這麼說沒錯，可是我想不到跟她有什麼共通的話題啊……」
「你只想靠別人，我也很難處理啊。你要不要乾脆表示你能理解瑟雷絲緹娜的特殊喜好呢？雖然我覺得她最近愈陷愈深了……」
「快跟我說這是騙人的啊，兔兔！」
「誰跟你兔兔啦！不如說你要是不肯接受她的嗜好，根本無法有進展吧！」
「找我嗎？」
「「！」」
兩人看到突然出現在眼前的杏，臉上帶著驚嚇的表情僵住了。
這是因為她的打扮——
腳踏高跟鞋，配上年幼女孩不該穿的清涼黑色網襪。
身上穿著特別強調她那不合理胸部的亮面漆皮緊身衣。
頭上戴著象徵兔子的長耳朵頭飾。
——也就是所謂的兔女郎裝。
如果不是在這個世界，應該馬上就會有人報警了吧。
「「妳怎麼穿成這樣啊？」」
「……這是為了矮人的太太們設計，能夠增添夜晚情趣的誘人套裝。價錢也設定得很親民喔。」
「「妳打算要拿去賣喔！」」

「即使是丈夫是工作狂，今晚也肯定會因為這套衣服而賣命到升天吧。爸爸看到媽媽打扮成這樣也會燃起熊熊愛火。不覺得很吸引人嗎？」

「「父母的夜間小祕密被女兒知道了耶！」」

兔女郎杏渾身散發出犯罪的氣息。

看杏擺出撩人的姿勢，茨維特和迪歐不禁冷汗直流。要是這場面被人撞見，兩人的人生毫無疑問的會走上絕路。

「妳快去換下來！穿成這樣實在不好吧。」

「嗯，太犯罪、太危險了，要是被人撞見是該怎麼辦？」

「嗯……不過，好像太遲了點。」

「「妳、妳說……什麼？」」

兩人回頭看向杏所指的方向，只看到一位年長女僕正驚愕地不住顫抖。

好巧不巧成為目擊者的女僕，彷彿想否定眼前的現實般搖著頭，一步步地往後退，甚至忘記撿起從手中掉落的托盤，只顧著挪動顫抖的雙腿，想要淡出這畫面。

掉落的托盤發出的噹啷聲迴盪在寂靜的房內。

或許是聽到這個聲音後，總算接受了這無法否定的現實，當她面對自身服侍的主人之子犯下了難以接受的過錯時，做好了要無情舉報的覺悟。

「茨、茨維特少爺！茨維特少爺跟朋友一起犯罪了啊！」

「「這是誤會————！」」

演變成了最糟糕的發展。

兩人拚命想要化解誤會，但年長女僕不知是因為一時錯亂，還是因為腦袋還沒整理好而說錯話，只見她喊出了『兩位該不會想壓制住美麗的我，逼我穿上那身衣服吧？禽獸啊！』這種話。

茨維特和迪歐也因為這段話而氣炸了，做出『『別鬧了！誰會因為把阿婆打扮成那樣而開心啦！厚臉皮也該有點限度！』』這種失禮的反駁。

這發言又招致了不必要的誤解，引得其他家臣也前來關心狀況，導致場面更加混亂。

一個人被排除在這團混亂之外的杏，唇邊勾起了笑意。

看來茨維特和迪歐的冤罪在短時間內是無法洗清了……

◇◇◇◇◇◇

「聖域」。這裡是維持行星環境或觀測在時間流逝之中變化的現象而存在的特殊領域，只允許管理者進入的空間。

倘若說迷宮是收集存放情報的裝置，聖域就是一手掌握、管理行星的監控室，這樣說應該會比較好理解。

然而它原有的功用現在也被棄置不理，成了四神躲起來耍廢的房間。

「……最近沒看到溫蒂雅耶。」

「也沒看到蓋拉涅絲喔？」

「我想蓋拉涅絲應該只是窩在某個地方睡覺，可是沒看到溫蒂雅很奇怪耶。就算她愛亂跑，至今也從沒發生過她這麼長時間不在的狀況吧？」

「在這個缺乏娛樂的世界裡，應該沒什麼事情能勾起溫蒂雅的興趣，這麼說來確實有點奇怪喔。」

四神已經習慣異世界——尤其是像地球這種進步的娛樂文化。

身為風屬性女神的溫蒂雅看起來是個沉默寡言的少女，卻因為屬性的關係非常好動，不太能靜靜地待在一個地方，所以常常不見人影。

掌控大氣的她容易被振動大氣的音階——也就是音樂吸引，常常會出現在例如慶典或劇場這類會公開演奏樂曲的場合，不過因為她已經厭倦了沒有變化的傳統文化音樂，沒兩下就會跑回聖域。

而她的另一項嗜好是角色扮演，可是這個世界缺乏新穎變化的樸素時尚風氣也讓她徹底絕望，對這方面不期不待。

其他三位女神跟她的情況也差不多，可以說她們就是因為這樣才會變成家裡蹲的。

所以同類長時間不在聖域，令她們起了疑心。

「既然這樣…………是她發現了什麼有趣的東西嗎？」

「妳覺得這個世界有那種東西嗎？我偶爾也會去地上看看，但這個世界真的很原始無趣耶。勇者們也派不上用場，只顧著打仗。」

「人類真的很喜歡打仗耶。雖然他們滅絕了也很傷腦筋，不過真希望他們能節制點～」

四神在邪神戰爭之後，將唯一殘存的勇者召喚魔法陣交給人類管理，是為了提昇文化，回到魔導文明期的水準。

然而現況卻與阿奎娜塔她們的盤算相去甚遠。

召喚異世界人前來所帶來的知識，確實多少提昇了文明水準，卻因為宗教掌控了權力，否定了科學技術及魔導技術，就連醫學都被當成褻瀆原始姿態的行為而遭到彈壓。

結果梅提斯聖法神國雖然茁壯成為了一個大國，卻沒能培養出率先吸取新事物的觀念，成了一個封閉且欠缺發展性的國家。

娛樂甚至被當成扭曲人心的邪惡事物，高層抹消了一切不符合國家倫理觀念的事物。儘管如此仍想尋求娛樂的人們，只能悄悄在暗地裡活動。

雖然這些地下活動帶來的經濟價值得到認同，發展為「梅提斯聖法出版」這個的國家事業是個好現象，可是出版品的內容近期被視為是一大問題，各國都開始限制起這些出版物。

這樣想要恢復到魔導文明時期的文化水準根本就是天方夜譚。

「早知道就該給魔導士更好的待遇。魔導士至少比那些腦袋僵化的神官好，再說化妝品也屬於化學領域……」

「妳之前不是說『不管我們說什麼都會照單全收的神官，對我們來說比較方便嗎』？」

「我一開始是這樣想沒錯。可是他們實際上只會照著自己的欲望，打造出對他們自己方便的國家啊～真是失策啊。」

「召喚陣也被人破壞了，不能再召喚勇者過來了耶。」

「關於這點我們也有責任。不過誰想得到這可能會導致世界毀滅啊。以結果而言是轉生者幫了我們一把，但我也不想感謝他們就是了。」

雖然在轉生者的幫助下，防止了勇者召喚魔法陣造就的魔力枯竭，不過那也只是結果論，這件事情原本就已經大幅偏離四神的盤算了，四神當然不可能感謝他們。

更重要的是轉生者的力量強大，跟勇者相比有著決定性的差距。

就連阿奎娜塔她們都覺得轉生者是個威脅。

「我想在那些轉生者當中，應該混有前來暗殺我們的刺客。至少該把我們之前遇到的那兩人徹底當作是敵人吧。」

「嗯～……可是人類的壽命頂多上百歲吧？真的會派那種過沒多久就會死掉的傢伙當刺客嗎？對方應該也知道，人類無法對待在聖域的我們出手，所以我想應該另有其他目的喔～」

弗雷勒絲意外地敏銳，卻沒能推論出最終的目的。

轉生者的目的是讓邪神——觀測者復活，而且這個目的已經達成了。只是現在的她們無從得知。

無法妥善運用聖域系統的這二神，不會察覺有哪裡不對勁的。

「即使有目的，只要我們待在聖域，他們就拿我們沒轍。那些傢伙雖然很強，但說穿了也只是區區的人類啊。」

「嗯～如果是這樣就好了……」

「比起這個，最近聖女們一直囉唆著催促我們救濟才是問題吧。從早到晚催個不停，害我的皮膚都變差了。」

「啊啊～那個確實很煩耶～說是龍怎麼樣了……下界的事情人類自己解決就好了啊，他們卻事事都想仰賴神。」

「龍？」

「好像是說有一條龍誇張的四處大鬧喔？據說那條龍專門攻擊神殿或教會之類的地方。不過就這點小事，真希望他們派勇者去處理一下～」

「等等！那是什麼時候的事？」

龍算是智能較高的魔物，可是從未對神殿產生興趣過。

這樣的生物專挑神殿下手是相當異常的情況。

「為什麼龍會攻擊神殿啊！」

「我不知道啦！妳去問龍啊～！」

「弗雷勒絲，妳懂這是什麼狀況嗎？雖然神官派不上用場，但是為了達成我們的目的，我們還是需要人類。要是國家因此滅亡，我們不就沒有乖乖聽話的僕人可以差遣了嗎！如果又變成了一個整天在打仗的世界，那不是很麻煩嗎！」

「…………啊。」

四神就是一種任性到極點的存在，根本沒想過要把人類引導到正途上。她們自己過得爽就好。

在還是妖精的時候，她們只要能窩在魔力濃度高的地區就行了，可是現在她們成為女神，知道了娛樂這麼誘人的世界後，要她們回到過去那種無聊至極的生活中，她們在精神上實在無法承受。

如果放著那條龍不管，讓龍摧毀了梅提斯聖法神國，她們就又要從頭開始引導人類了，這可是攸關她們死活的問題。

「首先要調查一下那條龍……」

「唔～……在這麼關鍵的時候，那兩個傢伙到底上哪兒去了啊～！」

弗雷勒絲對在緊急情況下仍不見人影的另外二神氣憤地大喊著。

然而不管是溫蒂雅還是蓋拉涅絲，都已經不會再回到聖域了。

因為她們早已不再是神。

◇◇◇◇◇◇

當弗雷勒絲在聖域大吼大叫的時候。

說起身為當事者之一的蓋拉涅絲在做什麼，那就是被人封印在索利斯提亞魔法王國某間民宅裡的一個房間裡，在溫暖的夕陽映照之下熟睡著。

她原本就對神的地位沒什麼執著，把管理權限還給阿爾菲雅之後，就享受地睡著懶覺，怎麼睡都不厭倦。

「……？」

這樣的她碰巧醒過來之後，用手揉揉沾了眼屎的眼睛，愣愣地環顧四周。

然後她思考了一下，想到了什麼好點子似地敲了一下手，利用殘留下來的神力在沒有任何東西存在的空中創造出了一個黑色洞穴。

原為大地女神的蓋拉涅絲能利用重力操控空間。

她活用這股力量，把自己的私人物品收藏在亞空間內。

這跟轉生者的道具欄和勇者的既有技能道具BOX是同性質的東西，她是因為覺得很方便才拚命學會的。

放眼過去與未來，她也只有在學這個的時候有用認真的態度努力過。

而她也可以利用這扭曲的空間移動到別的地方。

這也是她為了可以移動到舒服好睡的地方而學會的技術，從來沒有拿來用在其他事情上面過。努力完全弄錯了方向，這就是蓋拉涅絲。

「嗯～…………放去哪裡了呢？」

她把手伸進亞空間之中，像是在翻攪什麼似地尋找想要的東西。

順帶一提，她想找的是企鵝布偶裝睡衣。她很喜歡那蓬鬆柔軟的觸感，但一直找不到，讓她臉上的表情顯得愈來愈不悅。

就在這時候，她感覺到被窩裡有個不同於枕頭的柔軟觸感。

「…………嗯？」

「……妳終於醒了。」

蓋拉涅絲睜開惺忪睡眼所看到的，是不久之前被阿爾菲雅封印的溫蒂雅。

她疑惑地歪了歪頭。

「我有買過……這種抱枕嗎？」

「我不是……抱枕。」

「……溫蒂雅？妳怎麼會在這裡？」

「我之前都被邪神封印住，是蓋拉涅絲妳把我從封印空間裡面抽出來的啊……在那之後我又被睡迷糊了的妳給拖進了被窩。」

「有這回事嗎？嗯……邪神？」

蓋拉涅絲一副感到非常奇怪的樣子，嘴裡嘀咕著。

「我管理世界的權限被搶走了……得通知阿奎娜塔她們才行。不過這裡張設了結界，現在的我出不去。妳幫我一下。」

「不要。這裡是與世隔絕的天堂。」

「…………咦？」

根據溫蒂雅的調查，目前她所在的地方——這個房間恐怕被強大的結界給隔離開來了。

要從這裡出去需要相當大量的魔力，可是溫蒂雅現在身上並未殘留足以從內部解開結界的力量，更不可能連同結界一併破壞掉這個房間。

蓋拉涅絲是她唯一的希望，這希望卻一口回絕了她。

「……我說蓋拉涅絲，妳也被封印了耶？」

「嗯～……所以呢？」

「該不會妳也是被邪神……」

「不是……我把管理權限還給她之後，她就打造了這個天堂給我。」

「咦？」

「把管理權限獻給我們的至高神，那偉大的存在之後，她就給了我安眠枕頭、羽絨被，還有這個天堂……這樣我就可以不受任何人打擾的睡個好覺了。」

「咦？咦咦……？」

簡單來說，就是蓋拉涅絲歸還管理權限之後，獲得了安眠枕頭和羽絨被作為回報，還自己爽快的答應被封印。

她不像溫蒂雅是強行遭到封印，而是主動選擇要被封印的。

只為了能夠盡情地睡懶覺……

「……妳背叛了我們？」

「嗯？我本來就不想當神啊。管理世界這麼麻煩，我才不想要這種力量。雖然我根本什麼都沒做就是了。」

「對喔…………蓋拉涅絲妳原本就是這種個性。」

「嗯……妳能理解真是太好了～我好睏。」

溫蒂雅雖然知道蓋拉涅絲的個性本來就很懶散，卻萬萬沒想到她會主動交出管理權限。

溫蒂雅變回一個不過就是力量比較強的妖精後，她是很感謝蓋拉涅絲把她拉出了那個甚至無法從自然界補給魔力的黑暗空間，但也只是換了一個封印的地方，完全沒有改變現況。

而且就算她試著請求協助，蓋拉涅絲聽起來也不想幫忙。

「……妳被封印了吧？不覺得不滿嗎？」

「不會，沒有麻煩的事情，可以放心睡覺。若說這不是天堂，那還有哪裡是天堂呢？」

「妳以為我不會叫醒妳嗎？」

「既然我能連上異空間，我想我應該可以把妳送進一片虛無的空間裡喔。要試試嗎？」

「……」

大概只有眼前這位懶散的前女神會覺得這裡是天堂。

蓋拉涅絲看起來不會協助溫蒂雅解除封印，儘管如此，溫蒂雅也不打算就這樣什麼也不做，懶散地生活下去。

溫蒂雅是風屬性，與她冷漠少女外表不同，其實相當活潑好動，非常不喜歡一直留在同一個地方。

從黑暗的封印空間裡生還，這下換成了陽光舒適怡人的封印空間。但是她也不想因為惹蓋拉涅絲不高興被丟到虛無——也就是宇宙空間裡。

現在的溫蒂雅若是被丟出去，甚至無法憑著自己的力量回來。

「總覺得跟妳說話也變得好麻煩喔……」

「等一下？」

蓋拉涅絲突然抱住溫蒂雅，就這樣直接鑽進了被窩裡。

「妳、妳想……做什麼？難道妳又要……」

「我要抱著溫蒂雅當抱枕睡覺……大小剛剛好呢，晚安…………」

「放、放開我……這樣很熱耶，等一下！妳竟然已經睡著了……」

蓋拉涅絲把溫蒂雅當成抱枕之後不用一秒便已進入夢鄉。

或許用「墜入夢鄉」這個說法會更貼切吧。

溫蒂雅在從抱枕狀態中解脫之前，再度體驗著被大蛇纏繞住的受害者的心情，意識也反覆來回於昏厥與清醒之間。

在逐漸遠去的意識中，溫蒂雅只覺得自己還不如繼續被封印在黑暗空間裡，等著自然消滅好了……

第四話　路賽莉絲訂婚後的日常

路賽莉絲起得很早。

她早上會先採收田裡的蔬菜或藥草，再去找傑羅斯家的咕咕們拿無精蛋。

應該說，最近咕咕們似乎學會了「鑑定」技能，覺得與其白白浪費這些無精蛋，還不如給人類食用，變得會主動提供無精蛋給她。

咕咕們從未停止過進化的腳步。

接受這些咕咕鍛鍊的孩子們也隨之進化，或者該說有了顯著的成長，成長的幅度簡直令人嘆為觀止。雖然孩子們確實變得非常強健可靠，但是路賽莉絲也擔心這會導致他們過度自信。

「好了……我也差不多該出去看診了。」

路賽莉絲在書房確認過梅提斯聖法神國送來的文件，從椅子上起身之後，拿起放在一旁架子上的大藥箱，走向禮拜堂。她若是要外出看診，直接從教會正面的入口出去比較快。

最近她做為藥師的名聲愈來愈響亮，希望路賽莉絲能來醫治他們的病患也愈來愈多了。

然而這背後的原因，其實是隔壁的大叔教了路賽莉絲要怎麼調配藥劑。

『昨天是走舊追馬大道路線吧。』

路賽莉絲外出看診也不是每天都走同樣的路線，她將舊街區分成了三條路線，每天換一條路線走。

雖然會依病患的症狀來做調整，不過她這麼做是為了避免連續幾天都去幫同一位病患看診。

偶爾會出現路賽莉絲只是去看診，病患卻以為路賽莉絲對自己有好感，想跟她親密接觸的案例，路賽莉絲也有認真思考過『我是不是該揍這傢伙一頓？』不過她好歹是位神官，所以還是忍了下來。

由於她的語氣和態度跟以往不同，會吸引到一些奇怪的人跑來接近她，這也是她最近的煩惱之一。畢竟人只要活著就會碰上各式各樣的狀況。

尤其路賽莉絲的出身較為複雜，儘管她繼承了阿爾特姆皇國正統的皇室血脈，母親梅亞當時卻因為無端背負了外遇的嫌疑，而獨自出奔國外。

可是即使已經釐清真相，知道那不過是一些卑鄙小人的胡亂推測，仍改變不了此事讓這對母女的命運有了巨大轉變的事實，結果梅亞遺憾地辭世而去，路賽莉絲也選擇朝著自己所堅信的道路邁進。

現在才說這一切全是誤會，也於事無補了。不管路菲伊爾族的皇族再怎麼道歉，也無法補償已經發生的過錯，更何況在路賽莉絲的認知裡，沒什麼自己和這些皇族是家人的感覺，就算他們要路賽莉絲回國，她也不可能答應。

雖然不知道阿爾特姆皇國的皇族現在是怎麼想的，但是路賽莉絲早就走上了自己的路，只誠心希望他們不要事到如今了才來干涉她的人生。

她手上拿著跟購物袋差不多大的藥箱，今天也一如往常的上門為病患看診。

『今天先從寇克先生家開始吧。』

路賽莉絲最近會評估病患的傷勢及病症，依此改變看診的順序，從症狀較嚴重的患者開始看起。

而且儘管她的魔力量比一般人豐富，能使用神聖魔法（光屬性魔法）治療的次數依然有限。

她到不久之前為止，曾多次因消耗過多魔力而差點暈倒。就是為了防止這種事情再次發生，路賽莉絲才會先評估病患的狀況，再判斷是否要使用魔法。不過她本人其實很想盡早對病患進行有效的治療。

畢竟這個世界的衛生觀念也還不夠成熟，即便用神聖魔法治療，傷勢也有可能會惡化。人們對病原體的存在也一無所知，很多病症都被當成原因不明的怪病。

不過這也是在路賽莉絲遇到傑羅斯之前的事了。

「哎呀～這不是小路嗎？今天也要去幫人看診啊？」

「托馬爺爺，午安。我聽說你最近閃到腰，只能躺著休息，還好吧？」

「喔喔～沒事啦～現在已經好多了，都能跟年輕女孩玩耍啦。」

「啊哈哈……既然這麼有精神，那應該是沒事了呢。」

路賽莉絲只要走在鎮上，一定會有認識的人向她搭話。

甚至連最近才移住到舊街區的人都很敬重她，彼此之間建立起了會輕鬆地互相問好的交流關係。這在一般神官身上是不會發生的。

路賽莉絲無意間看向前方，只見一位她認識很久的青年正朝這裡走過來。

對方似乎也注意到了路賽莉絲。

「大姊好。」

「哎呀，這不是奇歐嗎？好久不見了，今天不用去工作嗎？」

「我今天休假。就算我是個土木技師，也不會像矮人那樣賣命工作到連假都沒在休啦。」

「根據我聽說的消息，矮人們好像真的很誇張呢。聽說他們會若無其事地說出『要工作到死為止喔』這種話……」

「那是真的……在工地每天都會聽到他們這麼說。不僅如此，還有工匠可以整整三天都不吃不喝地持續工作喔。」

一臉無力地答話的青年，奇歐。

他跟路賽莉絲一樣是孤兒，是路賽莉絲小時候的壞小孩伙伴之一。

當然也認識嘉內。

「我說，你還好嗎？聽說有矮人在的職場非常辛苦……」

「……說實話，超糟的。在工地會一直反覆過著被迫工作到倒下，再被矮人們灌下奇怪的藥物弄醒，繼續工作的生活。一整天下來腦子裡都只能想著工作的事。我甚至覺得以前跟大姊混在一起時，鬧出來的那些事情根本就是小孩子扮家家酒呢。」

「我那時候也是很亂來…………等等，你剛剛是不是說被灌下奇怪的藥物弄醒？那該不會是什麼危險藥品吧？」

「那是老大不知道從那裡買來的魔法藥。那玩意兒也是厲害了，超有效的，可以一舉讓昏睡的傢伙徹底清醒過來呢。」

「昏睡？咦？那很危險吧……沒有副作用嗎？」

奇歐聽了路賽莉絲這番話，表情一下子變得陰沉下來。

該怎麼形容他的表情呢？那就像是跨越了所謂的苦難，再三受到惡夢的折磨，最終窺見了位在絕望之後，遙遠對岸的世界——那樣的人才會露出的表情。

「嘿嘿嘿……那種藥完全沒有副作用喔～全身上下明明都因為疲勞而慘叫著，但只要喝下那個，精神瞬間就會亢奮起來。很不得了啊……那玩意兒真的很不得了。該怎麼說，感覺可以從各種事物當中解脫，全心全意地沉浸在工作之中喔。反覆服藥之後，甚至會開始覺得老大的指示聽起來像是神諭啊，真是太神奇了。咿嘿嘿……」

「那、那種藥真的沒問題嗎？光是聽你形容，我就覺得那不是什麼正當藥物耶……」

「我現在沒有那種藥就幹不下去了。明明是操到爆的工地……我卻覺得工作起來快樂得不得了。說起建築物完成之後的成就感啊，那簡直就是言語難以形容、最棒的快感啊……」

「我好像在哪裡聽過類似的狀況……」

一段時間沒見，奇歐已經變成稱職的「工作狂」了。他只能從工作中找到自己的存在意義，步上了僅為工作而生的人生道路。

那就像是某種宗教的教義，原本是只有矮人們才能到達的精神高度。

如果要換一種說法來形容，最貼切的就是洗腦了。

「奇歐工作的地方該不會是飯場土木工程公司吧？」

「對啊，真虧妳知道。我以前曾經疲憊到連飯都吃不下去，對工作感到絕望，現在多虧有了那種藥，我每天都過得很快樂。真想知道老大到底是從哪裡弄到那玩意兒的。」

『這麼說來，我記得之前舉辦二手市集的時候，傑羅斯先生說過「我賣出了很多魔法藥喔……哈哈哈」這樣的話，難道是……我就覺得他明明賣出了商品卻很消沉的樣子有點奇怪，該不會是罪惡感造成的吧……』

路賽莉絲有種記憶中的某些事情接上了的感覺。

可是她沒有證據，這時候說「請你別使用那種可疑藥物」也沒有意義，最重要的是，她也不好削減奇歐快樂享受工作的幹勁。

這對眼前正自豪地說著「哎呀～一開始真的是地獄，不過習慣之後就覺得工作很快樂呢」的奇歐太失禮了。

「請、請你別太勉強自己了喔。畢竟太過依賴藥物也很傷身，無論是什麼事情，都還是要有所節制比較好。」

「這還得看老大的安排呢。比起這個……」

奇歐的目光投向戴在路賽莉絲手指上的銀戒指。

接著彷彿意識到了什麼，滿意地咧嘴一笑。

「大姊，妳結婚啦？哎呀～真是恭喜恭喜。」

「不、不是結婚啦！我才剛訂婚而已！」

「「「「妳說什麼——————！」」」」

在一旁豎著耳朵的男人們異口同聲地發出震驚之語。

這些人都暗中對路賽莉絲有好感，儘管彼此之間相互牽制，卻也沒人能夠告白，每天都在檯面下進行名為互扯後腿的熾烈戰爭。

對他們而言，路賽莉絲訂婚等於將他們推落名為絕望的峭壁，所有人都受到了嚴重的精神打擊。

「都結束了……再會了，我的青春……」

「真是短暫的春天啊……咦？我的眼淚為什麼……」

「早知道會變成這樣，就不要一心顧著把其他競爭對象踢下去，早點告白就好了……」

「哈哈哈，儘管取笑我吧。笑我這副悽慘的模樣～」

「對象是誰？我要宰了他啊啊啊啊啊啊啊啊啊！」

眾人接著詛咒起這毫無道理可言的現實。

從這些人的角度來看，就是當他們還在鷸蚌相爭時，一旁的漁翁便趁機得利了。實在是太愚蠢、太悲慘了。

「大家是怎麼了？」

「不是，我說大姊……？這些人全都看上妳了喔，妳沒有發現嗎？」

「看上我？該不會是對我以往做過的事情懷恨在心吧？」

「妳為什麼會想到那邊啦！那些傢伙全都迷上大姊妳了，所以他們聽到妳訂婚的消息，才會這樣大受打擊。」

「……你是…………開玩笑吧？」

「……妳為什麼會懷疑啊？」

路賽莉絲心裡想得到的可能性，只有這些人是對自己還是小孩幫派首領時期痛揍他們的行為懷恨在心，完全沒想過這些人會對自己有好感。

她意外地對於來自他人的好感很遲鈍。

「你又在鬧我了，奇歐從以前就很會開玩笑呢。」

「妳為什麼不相信我啊？任誰看到現在的大姊都會心動啦。大姊認識的那些老爺爺們也有說過『妳願不願意嫁給我孫子啊～』之類的話吧。」

「那不是閒話家常時會說的玩笑話嗎？」

「不不不，他們可是認真到不能再認真了！」

而且路賽莉絲對自己的評價也很低。

畢竟她明明有著每個男人都會忍不住多看兩眼，每個女人都會羨慕的外表，卻覺得自己很普通。

而且以民族，應該說以種族的角度來看，她也屬於較為優秀的那一群。

她的祖先是過去被稱為使徒的種族，也是路菲伊爾族這個有翼種族當中能力最強大的皇族公主，潛能媲美中階龍種。

雖然路賽莉絲由於隔代遺傳，有著人類的外觀，但她也只是沒有翅膀而已，仍然保有一族特有的能力，持有的魔力也壓倒性地勝過高階精靈，簡直是天選之人。

跟靠後天強行補強的轉生者或勇者們不同。

不過或許是因為路賽莉絲的強大戰鬥能力並未開花結果，只停留在持有魔力比一般人更多的程度，所以她完全沒有意識到自己有多麼受到上天的眷顧。

「那些傢伙還真可憐啊……嘉內大姊在這方面也沒自覺，妳們對自己的評價為什麼都這麼差啊？」

「嘉內的狀況啊，我想她多半是覺得那些人一定是在鬧她吧？」

「是大家以前太愛捉弄她造成的後果嗎？真不想承認這種因為當時年紀小而犯下的過錯呢……」

小孩子就是會說些不經大腦的話，毫無意義地去貶損他人。即使當事人早就忘記自己說過那種話了，遭到貶損的一方卻會對此耿耿於懷。

而且儘管路賽莉絲現在有著清新脫俗的氣質，小時候卻是個脫韁野馬般的粗魯孩子王，嘉內也因為過去是個容易遭人欺負的女孩子，所以即使長大了，她們仍對自己的外貌出眾程度不太有自信跟自覺。

路賽莉絲在產生自覺前接受了神官修行以及放蕩祭司長的戰鬥訓練，因此幾乎沒有經歷過少女時代會慢慢學到的女性教養，在意識到自身的美貌之前便長大成人了。

不，考慮到她若是有所自覺，可能會培育出傲慢的性格，以某種程度上而言，要說她身心健全地長大成人了也沒錯，但不管怎樣都會令男人心碎落淚。

實際上現在就有一群男人正在落淚。

「該拿這些傢伙怎麼辦呢……」

「啊，我差不多該去看診了。對不起，下次再好好聊吧。」

「……好喔（啊～……因為她從以前就是決定好某件事之後，便會直直向前進的個性呢～根本不關心周遭的人事物）。」

先不論嘉內，路賽莉絲真的從以前就是這樣。

一旦決定好某件事，她就絕對會去實行，不退縮、不變通、不逃避。瞻前不顧後，壓根不會回頭的態度，就像某位墨鏡團長。

她在隔壁區的小孩幫派頭頭面前，大喊『你以為我是誰啊！』的時光真是丟臉——不是，令人懷念的回憶。

「那個大姊居然訂婚了啊……是說你們還是乾脆地死心吧。事情會演變成這樣，也是因為你們老在那邊互扯後腿啊。」

「奇歐，你別說了……」

「不要再挖開我的傷口啦～～～～！」

「神已死……」

「我已經無法再相信任何事物了……」

「我的心好痛啊～～～～！」

落入絕望深淵的男性們朝四周散發出悲壯與哀愁感，陷入了無法重新振作起來的狀況。

這些人當中有些人手上還有工作要做，不過想必暫時無法工作了吧。路賽莉絲真是在不知不覺間成了罪人。

『她那樣真的是太卑鄙了……整個人變太多了啦。』

奇歐交互想起過去那個勇猛的壞女孩，以及路賽莉絲現在宛若聖女的模樣，為時間的惡作劇感到害怕，同時死心地嘆了口氣。

順帶一提，其實他也是偷偷暗戀聖女路賽莉絲的人之一——

◇◇◇◇◇◇◇

路賽莉絲的患者，主要是得了感冒一類的輕症病患，或是身上有撕裂傷、骨頭小裂痕之類的傷患。

雖然患者也可以用回復藥水等魔法藥來自行治療，可是一般人能買到的魔法藥功效不一，也有人買到假藥過，所以民眾普遍不太信任回復藥水的功效。

由於直到不久之前，都是魔導士團獨占了優質的回復藥水，市面上流通的回復藥水品質良莠不齊且要價不菲，大概只有傭兵會購買。

魔法藥對一般民眾而言沒有什麼優點，頂多會準備一份在家裡當常備藥品，所以銷量很差。不過最近由於某家商會開始販賣品質穩定且便宜的回復藥水，讓購買回復藥水不再是件難事，也出現了受傷死亡的人數因此銳減的傳聞。

先不論實際統計結果，但這件事也間接讓路賽莉絲不須無謂地使用回復魔法，所以她很感激這個轉變，不過畢竟之前有過那樣的狀況，導致不少人至今仍對回復藥水抱有偏見。

「回復藥水奏效了呢。」

「大姊姊，謝謝妳。」

「不會不會，不用客氣。」

路賽莉絲用幾滴低階回復藥水治好了患者的擦傷後，轉往下一個患者家。

自從藉由使用自製回復藥水節省魔力消耗，變得可以治療更多傷患和病人後，路賽莉絲也更致力於到府診療了。

「真的怎麼感謝傑羅斯先生都不夠呢。」

路賽莉絲從傑羅斯身上學到了許多醫療知識，包括消毒傷口與細菌造成的感染有多危險等知識，並將這些知識實踐在治療上。

雖說傑羅斯的醫學知識也不過就是家庭醫學的程度，但光是這樣就足以提昇路賽莉絲的治療技術，也間接提高了鎮上民眾對她的評價，使她更受到民眾的信賴。

而且傑羅斯帶來的影響不僅如此。

傑羅斯也為她所使用的神聖魔法帶來了巨大的改變。

『沒想到他竟然連神聖魔法都能改良……要是聖法神國得知這件事，事情會變得怎麼樣呢？』

梅提斯聖法神國獨占了神聖魔法——也就是回復魔法。

一般來說，神官這個職業具有提昇回復魔法帶來的效果，並且略為減少所需魔力的能力，由於是能夠左右他人性命的職業，所以在面對其他國家時占有優勢。

然而到了現在，這樣的常識已經開始瓦解了。

原因出在市面上販售的回復魔法卷軸，以及鍊金術師開始自稱為醫療魔導士這個新職業同時執行醫療行為。

新出現的回復魔法可以利用外界的魔力，藉此減輕施術者的魔力負擔，儘管回復效果不及神官，但是只要搭配回復藥水等魔法藥，便足以彌補魔法效果的差距。

神官們雖然也會調配魔法藥，可是比起原本就習於調配各式藥品的鍊金術師，兩者之間的魔法藥在效力上有著決定性的差距，居於劣勢的反而是神官。

簡單來說就是鍊金術師成為了地方醫師，完全搶走了神官們的工作，再加上這些醫療魔導士是一口氣出現在周遭的所有國家，讓梅提斯聖法神國再也無法保有優勢。

『再這樣下去，神官就要沒事可做了。祭司長他們今後會怎麼樣呢？』

最近神官的立場變得很尷尬。

梅提斯聖法神國將神官送往各國從事醫療工作，藉此賺取外幣。

神官會在戰爭、內亂，甚至討伐盜賊時，作為醫療人員跟隨騎士團出兵，以超乎常理的價位為人治療，所以風評非常差。

醫療魔導士就是各國培育出來取代這些神官，專精於醫療工作的魔導士。

在戰場上配屬醫療魔導士擔任醫護兵，不僅讓神官沒了出場的機會，也很難以此賺取外幣了吧。反過來說，這也表示梅提斯聖法神國就是如此嚴重地惹惱了周遭諸國。

神官們的未來一片黯淡。

雖然多虧有傑羅斯在，路賽莉絲能夠行使和醫療魔導士同樣的魔法，不過除了梅爾拉薩祭司長之外沒人知道這件事。

路賽莉絲學會回復魔法的契機，是她碰巧撞見了伊莉絲在請教傑羅斯如何製作魔法藥的場面……

『路賽莉絲小姐，我有件事情想請妳幫忙，不知道方不方便？』

『要我幫忙……？』

『嗯，我試著改良了基礎治癒術，可是我自己試用，魔法的效力實在有效過頭了，我沒辦法判斷實際運用起來的感覺如何。我是有拜託伊莉絲小姐試用，但是沒人受傷，她也用不到回復魔法，即使我想聽聽她的意見，也沒有多少機會。』

『所以才希望經常使用神聖魔法的我提供一些意見嗎？』

『畢竟路賽莉絲小姐感覺有不少機會能使用基礎治癒術，作為答謝，我可以送一份改良後的魔法給妳喔。』

之前發生了這樣的事。

路賽莉絲以前就聽傑羅斯說過，神聖魔法其實和魔導士使用的魔法是同樣的東西，而且實際上她也面臨了使用神聖魔法的基礎治癒術時會耗費大量魔力的問題，所以她二話不說就答應了傑羅斯的提議。

以結論而言，改良後的基礎治癒術超級方便好用。

改良後的基礎治癒術在使用時會利用自然界的魔力，可以延緩自身魔力用盡的時間，拜此所賜，路賽莉絲可以看診的人數變成了過去的三倍，所以路賽莉絲很主動地表示願意配合傑羅斯的這項實驗。

不過她在途中才想到『哎呀，這事情是不是得向祭司長報告才行？』這回事，跑去向喝酒喝茫了的梅爾拉薩祭司長報告，然而……

『改良過的神聖魔法啊，無所謂吧？既然魔法能變得更方便好用，對我們正在對應的病患們來說也是好事啊。照路妳的想法去做就好了。』

……祭司長就這樣乾脆地同意了。

幾天後甚至還跑來說『讓我也用用看改良後的魔法吧』。

因為這魔法還在公開發表前的改良階段，所以這件事情成了路賽莉絲和梅爾拉薩祭司長兩人之間的小祕密，她們當然也沒有向梅提斯聖法神國報告。

她們也沒打算要報告。

按照梅爾拉薩祭司長的說法，就是『這事要是讓上頭知道了，他們就算硬找理由也會發動戰爭來凝事。還會趁火打劫，搶走這魔法，所以還是對上頭保密比較好。畢竟那些傢伙的個性已經爛到骨子裡了啊～』這麼一回事。

『梅爾拉薩祭司長也真是的，她難道沒有自己是那個國家的高階祭司的自覺嗎……雖然我之前就多少有這種感覺了啦。』

這個難保不會被異端審問官派懲罰部隊前來處置的放蕩祭司長，今天也活力十足地享受著美酒與賭博，偶爾還會跟人打架。

她總是毫不在乎地做些不怕神罰的行為。

『我以前很崇拜她就是了……』

最近她倒是開始擔心會不會有懲罰部隊來找上梅爾拉薩祭司長。

然而梅提斯聖法神國現在正拚命地在處理國內的問題，根本沒有餘力派遣懲罰部隊。

不知道這個事實的路賽莉絲，心中懷抱著無謂的擔憂，前去為下一位患者看診。

「奶奶，午安。妳手臂的狀況還好嗎？」

「哎呀～這不是路賽莉絲小姐嗎？啊～今天是來看診的日子呢。手臂？是還有點痛，不過打掃這種小事已經不成問題了喔～」

「奶奶妳的手臂可是骨折了，不可以太勉強自己喔？」

「說來真是慚愧啊～我不過就是把那個老愛拈花惹草的老頭當沙包打，竟然這麼輕易就骨折了。歲月不饒人啊。」

「老爺爺的傷勢比較嚴重就是了……畢竟他現在都住進診療院了。」

「嘖……那個沒出息的竟然還活著，真是命大啊。他回來之後可得好好送他上路才行，不然他肯定又會重蹈覆轍。」

老太太幹勁十足地想送老爺爺上西天。

而且還不忘做好準備，俐落地揮拳練習。真的是位強健有力的老婆婆。

「妳的骨頭才剛接上而已，還請妳別太亂來，不然又要骨折了喔。」

「說是這麼說，但沒做每天該做的鍛鍊，我就覺得哪裡怪怪的呢～平常因為有我家老頭在，所以是還好。」

「老爺爺也會鍛鍊身體嗎？」

「沒啊。只是因為他一有機會就會去摸附近女孩的屁股，我會揍他，給他點教訓……不過他看起來一點都沒學乖啊～還養成了躲過我的追殺，對那些女孩下手的壞習慣。他一定是在享受這種賭命行為帶來的刺激感啦。」

「老爺爺也真讓人傷腦筋呢……」

這些老人家都太有精神了。

「路賽莉絲小姐妳也要小心喔。因為我家老頭也想對妳下手呢。他之所以願意讓我揍，也是因為他想找藉口見妳啊。」

「他每兩天就會來一趟教會接受治療，該不會是因為……」

「當然是為了把妳這個妹啊。聽好嘍？妳要喜歡年長的男性是無所謂，可是年紀差太多也不行喔～尤其是像我們家色胚老頭那種都用下半身在思考的男人。」

「這部分奶奶妳不用擔心。是說我們差不多該來治療了。」

路賽莉絲先解開繃帶，塗上軟膏，對傷患施以「基礎治癒術」，接著擦藥並覆上紗布，最後再重新纏上繃帶。

這一連串動作她用不到五分鐘就完成了。

「好，這樣就好了。因為妳太亂來的關係，有點腫起來了喔？」

「要花多少天才能恢復到能痛揍老頭的程度啊？」

「在骨頭接好之前都請妳好好保重。起碼要觀察一個月左右。」

「唉～……這段時間只能放任老頭了呢～即使他住院也不能安心，真傷腦筋啊。」

「就算是爺爺，都身受重傷了，也沒辦法再亂來了吧……」

「那個老頭就是會喔～即使手腳的骨頭都粉碎了，只要兩腿間的那玩意兒還有精神，他連女醫師都敢下手啦～」

「…………」

讓這個強健有力的老奶奶說成這樣，看來老爺爺也真不是普通的好色。

「今天的診療就到這裡。奶奶妳真的不可以太勉強自己喔？」

「好吧，這也沒辦法～我就在老頭回來之前，做做復健等他嘍。」

「我很在意妳說的復健內容就是了……」

路賽莉絲離開老奶奶家之後，突然冒出了『是不是因為老奶奶是妻管嚴，老爺爺才會那樣到處對其他女性出手呢……？』這個想法。

儘管從正想著這些事情的她前腳才離開的民宅裡傳出了『碰碰啪啪！』地像是有人正在敲打什麼東西的聲音，路賽莉絲仍決定當作沒聽到。

就算後頭傳來『奶奶……路賽莉絲姐姐有叮嚀妳，要妳別亂來吧。妳為什麼又在練拳了？』和『這點小事不算什麼啦～當然要先把變遲鈍的拳頭給重新鍛鍊起來啊～』之類的對話，也只是她聽錯了吧。

◇◇◇◇◇◇

同一時間。

閒著沒事的傑羅斯和亞特，今天也致力於拆解舊時代的遺物。

他們正在拆解一個傑羅斯稱之為魔導力引擎的圓筒狀零件。

卸下拴緊到不能再緊的螺帽型五金，好不容易成功拆開之後，兩人才發現裡頭的構造極為單純。

「總覺得這東西就是一具發電馬達嘛。」

「這個我們應該也做得出來吧？」

魔導力引擎裡面的結構與馬達相似。

作為軸承的細長型圓柱棒子穿過了幾個厚實的圓盤，這些圓盤上刻滿了魔法術式。而用來裝這個核心結構的圓柱體外殼內側四面都有固定住的金屬塊，金屬塊上也同樣刻上了密密麻麻的魔法術式。

這東西雖然能吸收及壓縮外界魔力，並藉由同時進行這兩個步驟，將外界魔力轉化為魔力能源，不過必須連接到其他零件上才能產生出大量的電力。

「這幾乎是永動機了。不知道轉化為電力的魔力是會被消耗掉呢，還是根本不會影響到整個世界可容納的魔力量，這部分倒是很令人在意。」

傑羅斯和亞特對舊時代的技術感到驚嘆，然而一旁的好色村仍不發一語，繼續將堆積如山的資材分門別類。

或許是長時間進行這種單調工作有些膩了吧，只見好色村時不時會去撈撈看貨櫃裡面有些什麼。

「這個貨櫃裡的工務機械能用嗎？」

「那個像個人電腦的玩意兒或許也能用呢。還有那種會出現在工廠裡的機械手臂，索性來打造一間地下工廠好了。」

「聽起來像祕密基地，令人熱血沸騰呢。要不要試著用這個動力來發電啊？」

「這主意不錯。也來檢查一下其他器材吧。」

大叔和好色村停下拆解工作，開始檢查起工務機械。

兩人把收納在貨櫃裡的工務機械調查了一輪後，發現裡頭除了車床、焊接、加工之外，還有能用來魔導鍊成的器材，而這些器材的外型全都一樣，設計成可以從直向或橫向，彼此連接的構造。

看樣子這些器材是要以用來輸入欲設計或加工的物質之比例資訊的裝置為中心相互連結，作為一個類似３Ｄ列印機的方形工務機械來使用。

如果全部連結在一起，想必很有分量吧。

恐怕會是幾乎塞滿整座地下倉庫的巨大機械。

「……我是不是該試著把這個組裝起來看看啊？」

「傑羅斯先生你也這樣想嗎？雖然有一些零件需要更換，但我也在貨櫃裡面找到那些零件了。只要有這個，甚至可以輕易地刻出公釐單位大小的魔法術式。也不需要一一用魔導鍊成來處理了。」

「不僅如此，這玩意兒甚至可以製造出守衛機器人的拷貝版吧。因為所有工序都能用這台組裝起來的工務機械完成啊。不過得從零開始寫程式，建構裡頭需要的作業系統就是了。」

「這部分就是我的專長了。」

「你們說的作業系統是不是這個啊？這是我在貨櫃深處挖出來的。」

「「咦？」」

突然出聲的好色村手上拿個一個盒子，上頭寫著「錢德勒２６００」。

雖然不知道內容物是什麼，不過這顯然是安裝到機械上的程式光碟。

確實很有可能是作業系統。

「喂喂喂，真的假的……」

「命運到底想要我們做什麼啊……如果這真的是作業系統，那我們豈不是可以為所欲為了嗎？」

「大叔，做一台機器人吧！機器人！」

「嗯，我想我是能做得出不太像樣的多腳戰車，可是我覺得那玩意兒應該沒什麼實用性喔？再說我也很擔心這些工務機械到底能不能好好運作，先試著做點東西來測試一下之後再挑戰比較好吧。」

「我雖然也想做一台機器人看看，不過做出來多半也是放著生灰塵吧。好色村你做機器人出來是想幹嘛啊？」

「「……」」

「咦？你問我幹嘛……不就是會因此得到女孩子的青睞嗎？機器人駕駛很帥啊。」

大叔和亞特看向好色村的眼光非常冷漠。

好色村竟然是因為想獲得女孩子的青睞才想做一台機器人，實在是愚蠢到家了。

就算他們最後真要動手做機器人，也不會想為了這麼無聊的理由去做。

「好色村小弟……先不論這樣到底會不會得到女孩子的青睞，你說的機器人是一種人形兵器。刻意營造出英雄感的外型跟變形合體機制這些有的沒的，不過是有缺陷的設計，靠雙腿直立行走的造型在平衡性上也很糟糕。就算我們克服了這些障礙，要是真的做出一台能靠魔力運作的機器人，這東西肯定會成為戰爭的火種，你做好這樣的覺悟了嗎？」

「……咦？」

「好色村……你仔細想想。這個世界的文明頂多只有中世紀歐洲的水準。如果在這樣的環境裡突然出現一台人形機器人，一定會在貴族之間掀起騷動，紛紛吵著說『我也想要一台』吧。」

「那有什麼問題嗎？」

「「問題可大了。」」

在中世紀世界裡，人形機器人等於是盔甲與劍的延伸物。

人形會由於其外觀及泛用性，被視為是力量的象徵並且神聖化。在這種定位下，能操作機器人的自然是貴族或王族。機器人將成為用來展示權威的道具。

而且機器人在戰場上將會成為用來決定勝負的最終決戰兵器，要是在錯誤的時機投入戰場，肯定會有許多人慘死。

若是運用魔導力引擎，確實能夠打造出具有這等威力的兵器吧。

『唉，雖然也是有辦法靠魔法來廢了機器人啦。所以我才覺得做成人形根本沒屁用。』

傑羅斯理所當然的注意到了人形兵器的缺點。

比方說只要利用魔法弄出一片沼澤讓人形兵器陷入其中，如此一來不僅關節的活動度會大打折扣，人形兵器也會因為本身的重量而自行下沉。而且活用魔法也有可能打倒人形陸戰兵器，所以人形兵器作為兵器來說，實用性其實不值得期待。

不如說人形兵器還有製造成本和保養維護等各方面的問題，製造普通的槍械或戰車還比較划算。光是適用層面廣泛是無法成為兵器的。

「——所以說，人形兵器只會落入王公貴族手裡，變成一個簡單易懂的權威招牌。而且會出現更多企圖追求權勢的人，將會一舉拉大貴族與平民之間的階級差距。對於執著於榮譽和名聲的傢伙來說，應該會是個方便好用的玩具吧。即使真的做出來了，好色村你不過是一介平民，根本沒機會當駕駛員喔？更重要的前提是，人形兵器的製作成本得花上一大筆錢吧。」

「真的假的……夢想……我的夢想……」

『不是，好色村小弟你只是想得到女孩子的青睞吧。是說我現在雖然沒打算要做人形兵器，不過有機會的話，試著挑戰一下也不錯就是了。』

好色村聽了亞特的說明後十分消沉，一旁的大叔則是暗自在心中吐露出他身為工程師的願望。機器人果然是男人心中的浪漫。

而消沉的好色村在兩天後，就要作為茨維特他們的護衛，隨行前往伊斯特魯魔法學院了。所以就結果而言，他沒能參與組裝這台萬能工務機器的過程，但這時候他也沒意識到這件事。

吊掛著的八十八公釐高射砲，正在這些男人的身旁空虛地搖晃著。

第五話　大叔把玩撿來的舊型個人電腦

傑羅斯基本上是個自由人。

務農是為了生存。

製作奇怪的武器或裝備是出於興趣。

鍛鍊咕咕和孩子們是受人所託。

而現在他正為了盤點收納在貨櫃裡頭的器材，在庭院裡把玩機械。

在他眼前的是瑟雷絲緹娜，以及前來公爵家拜訪瑟雷絲緹娜的卡洛絲緹，傑羅斯一邊忙著自己的事情，一邊指導她們鍊金術。

「戶外教室啊……戰後各地都有這種學校呢～」

「傑羅斯先生，你為什麼說得一副很感慨的樣子啊……」

即使傑羅斯和亞特在講一些廢話，瑟雷絲緹娜和卡洛絲緹仍帶著認真的眼神，利用滴管將蒸餾出來的藥水移到試管內。

「妳們明天就要回學院了吧？雖然現在問這個好像太遲了，但是大叔我有點不懂妳們為什麼會來這裡學鍊金術耶……」

「我已經做好回學院該做的準備了，老師不需要擔心喔？」

「那卡洛絲緹小姐呢？妳應該是來找瑟雷絲緹娜的吧？」

「就是因為來找瑟雷絲緹娜小姐，我現在才能在這裡接受魔導士先驅——傑羅斯大前輩您的指導啊。畢竟我是其他領地的貴族，沒辦法隨便過來找您。」

『所以說是趁機跑來找我討教的嗎？』

卡洛絲緹是少數知道傑羅斯實為高階魔導士的人。

她是專精研究魔法的魔導士家系，聖捷魯曼家的直系血脈，聖捷魯曼侯爵的獨生女，她也覺得自己該成為魔法這項領域的研究家，日夜不懈地在學習。

有這樣背景的她非常嚮往會在傳說中登場的賢者，會毫無保留地對高階魔導士表現出她的尊敬。

面對如此純真的少女，總是我行我素，只為自己而活的大叔心境有些複雜。

「傑羅斯先生……那應該是光碰到皮膚就足以致命的九頭蛇毒液吧？你為什麼讓她們碰這麼危險的東西啊？萬一出了什麼意外可就糟了吧。」

「這項實驗的主要目的就是要去除毒性啊，毒性太輕的話沒辦法認真起來吧。而且她們都有戴橡膠手套，只是沾到手上不會死啦。我還會順邊教她們『萬能結合溶劑』的調配方法。」

「不是，九頭蛇毒液光是滴在地上就會汙染周圍環境吧！汽化了不也是要人命的劇毒嗎？」

「我有先做過處理讓它不會汽化，所以只要穩穩地動手做就好了。畢竟調配高級藥品總是伴隨著危險啊。」

魔法藥水有許多種類。

例如恢復體力、補充魔力、解毒、解除麻痺狀態、解除石化狀態、解除混亂狀態、強化體能、強化免疫能力等等。

藥品愈高級，功效愈強，然而調配難度也會等比提昇。藥物的事前處理工作和細緻的調配比例等工序也會變得更為複雜，有時候還會伴隨著危險。甚至要從特定動物的排泄物之中萃取具有藥效的成分。

可以輕易用魔導鍊成搞定這些問題的大叔當然不需經歷這些辛勞，可是還在成長過程中的瑟雷絲緹娜她們只能親手調配藥品，並且在與危險相鄰的情況下加強自己的知識。

作業過程中只要做錯一步就有可能會喪命，也因為這樣的危險，讓她們兩個做得遠比平常更認真、慎重。

「她們手上的玻璃棒在抖耶？」

「畢竟燒杯裡的溶劑也是一種劇毒，只要濺到一點點就會吃不完兜著走。目前採用的是以毒攻毒，混合兩種劇毒後使之中和的做法，畢竟要是她們不認真點進行，也很傷腦筋吧？」

「你有事前處理過吧？」

「有把毒性減輕到不會致死的程度啦。」

大叔已經確認她們將少量乾燥後的「巨骨舌龍魚鱗」（一種類似骨舌魚的淡水魚的鱗片）粉末加入剛調配好的藥劑，使藥劑變成紫色，完成所需的溶劑了。

不過接下來的步驟才是問題所在。

她們必須把剛調配好的溶劑，利用玻璃棒一點一滴地混入原本在燒杯裡面的液體中，試著慎重且緩慢地注入溶劑。

由於她們的手在顫抖，頂在燒杯開口的玻璃棒發出了「喀啦喀啦」的碰撞聲，雖然看起來很危險，但這已經是最後一個步驟了，大叔和亞特也不好插嘴，害她們分心。

『『好、好危險喔……』』

反而是看著的人因為擔心她們是否會失敗而忐忑不安、冷汗直流。

深紫色液體順著玻璃棒緩緩地往燒杯裡的另一種劇毒流下，透明燒杯內的液體起了化學反應作用，逐漸從紫色變為黃色。

「我說傑羅斯先生……」

「什麼事？亞特。」

「我不知道這是不是我的錯覺，可是燒杯裡面的液體是不是在冒泡？液體發熱了吧……」

「反正液體已經變色，在變色的當下，毒性就已經被中和了，就算噴出來也沒關係。」

「別的試管理面還有殘留的毒液耶……沒用到的部分要怎麼處理啊？」

「把做好的萬能結合溶劑與回復藥水混合，做成中級解毒回復藥水啊。可以輕鬆中和掉吸血蝙蝠這種程度的毒素喔。」

正因為九頭蛇毒液的毒性非常強，要做到使之無害的事前處理程序極為繁瑣，即便是宮廷鍊金術師也難以處置。

她們這兩個在學中的學院生卻完成了這件事，這要是讓講師們看到，應該會嚇死吧。平常根本不可能讓學生進行這種實驗。

但是瑟雷絲緹娜和卡洛絲緹充滿研究意願，面對未知的挑戰總是會一頭栽進去。而且在處理藥品時也很細心謹慎。

儘管是初次執行，她們的動作依然俐落穩重。

「……呼～總算是成功了呢。」

「我緊張得快死了……我可是第一次接觸這種劇毒呢。」

「接下來只要放置一段時間，藥性就會定下來了吧。那麼趁現在來記錄實驗結果吧。」

「說得對。今後調配藥品時，這種溶劑應該可以用來結合各式各樣的藥品，記下來一定不會有損失。雖然得賭上性命來調配就是了……」

『真的有這麼賭命嗎～？卡儂小姐調配的時候還哼著歌耶。』

大叔教兩人調配的溶劑，是以前「殲滅者」伙伴之一的卡儂做出來的「萬能結合溶劑」，這種藥劑可以在不影響藥效的情況下，結合擁有各種效果的藥品。

這種溶劑本來是要經過繁複的工序才能完成的，不過卡儂在反覆製作的途中找到了簡化配方的方法，傑羅斯就是從卡儂那邊學會了這個方法，再教給瑟雷絲緹娜她們。

雖然嚴格來說，是因為傑羅斯當時三天兩頭就會去幫卡儂做實驗，自然而然就學會了，不過就這個世界的鍊金術而言，這仍是難度極高的調劑技術，光是使強烈的九頭蛇毒液失效的處理工作，就能運用在許多方面上。

貪心地想吸收各種知識和技術的瑟雷絲緹娜和卡洛絲緹儘管本事還不到家，但她們拿出了極為認真的態度挑戰，拚命地想學會新的調配技術。

就算是簡化過的技術，當中確實仍有好幾個一步走錯就會喪命的步驟要完成，所以大叔也沒有疏忽發生緊急狀況時要保護好兩人的準備。

「我有點令人在意這種溶劑究竟適用到什麼程度呢。」

「不然我們運用在多種魔法藥上，試著檢證藥效的差異怎麼樣？」

「如果是這樣，就需要有人負責服藥呢。不知道能不能請父親幫忙準備一些重刑犯呢？」

該說這兩人不愧是研究家嗎，她們已經開始討論下一個實驗計畫了。

這款溶劑的厲害之處，就在於即便將兩種帶有魔法效果的藥品結合在一起，也不會產生危險的反應，反而能夠成為媒介，藉此做出保有多種藥效的魔法藥。

「看樣子是順利完成了呢～」

「要是她們失敗了，你打算怎麼辦啊……」

「我們不就是為此而存在的嗎？一旦狀況有危險，我就會採取行動啊。」

「唉～……也是啦，傑羅斯先生你就是這種人。我是有預料到你會讓她們做些亂來的事，可是遠比我想像的還要誇張啊。」

「你說的這是什麼話。既然想要鑽研鍊金術，不擅長處理毒藥是不行的吧。既然不能分析成分，就只能以實做方式，讓她們了解並記住魔物的毒素會變成怎樣的藥品啦。」

「你乾脆做一台離心分離機如何？」

「我已經做了。可是這裡不像地球那樣，構成東西的物質都有名稱了，所以只能憑感覺來判斷。亞特你能說明甲醛是由哪些物質構成的嗎？」

「辦不到。」

在傑羅斯他們這些從科學發達的世界轉生過來的人眼裡，這個奇幻世界總是有種不夠完整、完善的感覺。

雖然這裡確實跟地球一樣，有鐵、銅、鋁之類的金屬存在，卻也有祕銀和山銅這種無法理解的金屬存在。

因為無從得知構成這些東西的物質是如何連結的，他們只能憑大概的感覺來加工自己發現到的東西後使用，在這方面，鍊金術的狀況也是一樣的。

儘管知道藥草和毒素的名稱，卻沒人知道這些東西的藥效成分和組成物質。雖然會利用藥物和劇毒的化學反應來做出各種回復藥水，卻徹底忽視，不去深究『為什麼會產生這種反應？』、『到底是什麼讓它發揮毒性的呢？』這類問題，調配時只追求所需的藥效。

目前的鍊金術師大概就位在從中藥步向現代科學調劑技術的路途中吧。

高階的魔法藥製作技術也因為文明曾一度毀滅，一切都得重新來過。

「雖然將不同藥草混合加工後就能製成魔法藥，卻沒人思考過為什麼會產生這些效用呢。可以說只重視結果不在乎過程吧。」

「但是那樣也有可能會因為搭配組合不同，碰巧製造出劇毒吧。很危險耶。」

「是這樣沒錯，不過以目前的文明水準來看，這是理所當然的事。像我們這種介意明確化學反應過程的人才是異類啊。這世界的人光是在確認藥效時，會找死刑犯之類的罪犯當投藥實驗對象，已經算是很有良心了。」

「人權到底消失到哪去了呢……」

「那種東西在這個世界，就像氣球一樣輕盈啊。」

雖然魔法藥的調配技術降到了中藥的程度，但為了確認藥效，這世界的人常會利用死刑犯來進行人體實驗，對於以日本人的觀念在異世界生活的亞特而言，還是會覺得這樣對待罪犯不妥。反而是乾脆地接受了這狀況的大叔比較奇怪。

「說到罪犯，好色村怎麼樣了？」

「我想他應該差不多要從地下室上來了吧。」

「亞特，接上那條線。」

「好喔。」

兩人一邊指導瑟雷絲緹娜她們調配魔法藥，一邊拆解從地下室搬出來的器材，運用鑑定技能確認哪些是必要的零件，組裝好變壓器，再用配線連接上小型的魔導力引擎。

他們是在準備調查撿回來的幾台舊時代的電腦，不過最令人在意的是一個巴掌大的金屬方塊。那也是傑羅斯他們用黑盒子來稱呼的東西之一。

魔導文明的機械全靠這些大小不一，類似黑盒子的金屬方塊來控制，所以大叔認為要是沒有經過變壓處理，個人電腦可能因為負載過大而變成破銅爛鐵。

既然不想讓好不容易取得的遺物白白報廢，身上自然背負了不小的壓力。

「大叔，我把看起來最老舊的電腦拿來嘍。」

「喔，好色村也回來了，這麼一來實驗前的準備就完成了。」

「那麼事不宜遲，我們來看看吧。好色村，你拿來的電腦是怎樣的玩意兒？」

「因為生鏽的貨櫃裡堆滿了這些東西，我就把包含螢幕在內的配件統統拿過來了。」

「「……螢幕？」」

好色村帶過來的東西，是螢幕和鍵盤合為一體，比前一個時代的桌上型電腦更為老舊的款式，主機上用來插入磁碟片的插槽，讓傑羅斯無論如何都會聯想到記憶中的古董級個人電腦。造型老舊到就算拿去放在機器博物館也不會令人感到不協調的程度。

不過也可能只是外型相似，其實內部構造是這個世界特有的其他東西，所以他們還是需要做確認。

不管怎樣，得先讓這玩意兒運作起來才能弄清楚。

「哎呀～這玩意兒比看上去的還重喔。我還順便拿了幾張磁片上來～」

「這東西真的能運作嗎？你說的磁片還真的是磁碟片耶。有夠老！」

「喔～亞特這年紀的人也知道磁片是什麼啊。」

「我好像只有在倉庫裡面看過這種外型的電腦，上頭還滿是灰塵……」

「我也是……大叔你那個年紀的人應該有用過吧？」

「我高中的時候，視聽教室裡面有類似的玩意兒喔。因為那裡被電腦社當成了社辦……電腦社的人還把色情遊戲的嗯哼嗯哼場景給印出來，丟在垃圾桶裡呢～真是令人懷念。總之先試著把線接起來，開機看看吧。」

「「你們那個電腦社有認真在進行社團活動嗎？」」

電腦本身就有附帶線材，所以不用費什麼工夫就能連接到螢幕上了。

一旁的瑟雷絲緹娜她們臉上則是帶著不可思議的表情，看著三個大男人在那邊把玩機器。

「那個是什麼呀？」

「我也不清楚呢。」

「雖然我是知道那是老師在迷宮裡發現的魔導文明期的魔導具啦……」

「咦……迷宮？迷宮裡面能找到魔導文明的遺物嗎？」

「只是碰巧發現啦。我是覺得以學術調查的觀點來看應該要仔細探索那個區域，可是裡頭全是些對現在的世界太過危險的物品，所以老師摧毀了那個區域。」

「這部分可以請妳詳細說明嗎？」

卡洛絲緹用充滿好奇心的純真眼神凝視著瑟雷絲緹娜，可能是那眼神實在太過耀眼，害瑟雷絲緹娜承受不了吧，她簡單地說出了事情的來龍去脈。

「即使妳要我告訴妳詳細經過，我也很難解釋。畢竟當時我們是在地底下單方面遭到攻擊……老師負責打頭陣，破壞了魔導文明期的大型魔導兵器。」

「魔導文明的兵器……竟然還能運作嗎？那確實很危險。根據過去傳承下來的資料，那些兵器甚至能直接攻擊位在遠方的大陸。據說光靠一發攻擊就能摧毀一座都市……」

「是沒有誇張到那種程度，不過那兵器確實擁有即使動員整個騎士團應戰，也能輕鬆地使騎士團全軍覆沒的威力呢。」

「那就已經夠有威脅性了吧？」

然後瑟雷絲緹娜說的大多都是在迷宮裡探索古代建築物的事。

從未見過的技術產物、慘無人道的實驗結果，以及老師因為了解這些事物的危險性，決定連同建築物將之徹底摧毀的英明決定，以及後來撤離現場的狀況。

瑟雷絲緹娜把自己所知範圍內看到的事物都告訴了卡洛絲緹。

「這樣子啊……所以那座設施已經不存在了呢。」

「在回來的途中，老師說『這或許也只是一時的因應之策』。」

「一時的？」

「因為那可是迷宮製造出了古代遺物的複製品喔？往後不知道還會再發生多少次同樣的狀況。」

「這……」

卡洛絲緹察覺了這之中隱藏的重大危險性。

雖然這件事情以摧毀了迷宮內的魔導文明設施作結，然而無法保證迷宮不會再產出同樣，甚至是在那之上的設施，那些頻繁進出迷宮的傭兵也有可能會碰上這些魔導文明的複製品。

若是傭兵將發現到的危險魔導具帶出迷宮，釋放到地面上，那後果光想都覺得可怕。要是有連騎士團都無法應付的強大兵器存在，那就更不用說了。

「雖然也要看是什麼東西，不過魔導文明期的遺物總是會被人以高價收購呢。就算乍看之下只是毫無價值的破銅爛鐵，裡頭卻充滿了各式各樣的智慧。即便已經毀損，還是有很多人搶著要呢。」

「尤其是庫洛伊薩斯哥哥。」

「這也是因為庫洛伊薩斯學長是個收藏家……就怕是個什麼都不懂的傭兵把用途不明的魔導具帶出迷宮，然後那個魔導具就自己運作起來了吧。」

「換成庫洛伊薩斯哥哥，應該會說：『身為一名研究家，就算因此喪命也正合我意！』吧。」

「瑟雷絲緹娜小姐，請妳別再說下去了……我很明白，庫洛伊薩斯學長雖然是我們研究室的代表人物，但是作為一個人，他在許多意義上都是個特立獨行之人。」

在這種時候，一般來說只要說庫洛伊薩斯是個怪人就行了，不過重視禮節的卡洛絲緹還是對就地位來看屬於高階貴族的庫洛伊薩斯表現出了應有的敬意。

然而庫洛伊薩斯有著為了追尋智慧，不惜拖累周遭眾人的個性也是不爭的事實，不管說得再怎麼好聽，依然拐彎抹角地認同了庫洛伊薩斯是個麻煩人物。

「……已經開機了吧？可是螢幕上除了游標之外什麼都沒有耶。」

「是在載入作業系統嗎？有夠慢的耶……」

「不知道是因為設備老舊，還是有哪裡壞了……拆開的話有辦法看得出來嗎？」

好色村拿來的電腦得花上好一段時間才能啟動。

「傑羅斯先生，那個……我剛剛試著鑑定了一下，我們即席製作的變壓器似乎沒在運作喔？看起來是黑盒子自己會調整電壓。」

「意思是說只要有魔導力引擎跟黑盒子，就可以將轉化成能源的魔力再轉化為電力嗎？而且從它有在調整電壓這點來看，只要有這兩個玩意兒，就能讓大多數的機械運作了……我愈來愈搞不懂黑盒子裡面到底是什麼了。」

「啊，螢幕上有東西了，顯示著『No File』。既然裡面沒東西，表示連作業系統都沒有？得先放入程式資料片才能啟動啊。好不方便……」

這是一台實際上比外觀看起來更老舊的電腦。

該說是專門用來輸入指令的嗎？這台電腦本身恐怕連保存資料的儲存介面都沒有。

「……該先去調查那些電池沒電的筆記型電腦嗎？不過筆記型電腦不多，不能隨便亂試啊～」

「要是壞掉就傷腦筋了，還是仔細檢查一遍比較好吧？啊，這片磁碟片說不定能派上用場？」

「這東西是好色村你拿來的，光是這樣就讓我難掩心中的不安啊……」

「亞特先生，你這話是什麼意思？」

「既然都拿來了，我們就來確認一下吧。我也對這片舊時代的磁片裡面到底存了些什麼資料很感興趣呢。」

大叔將磁片插入磁碟機，讀取資料的聲音持續了一段時間。

儘管處理速度緩慢，卻也不至於慢到永遠無法結束。漫長的處理終於結束後，電腦開始播放起輕快的流行樂，螢幕上出現了許多畫風可愛的少女圖像。

「「「……把、把妹遊戲？」」」

把妹遊戲、成人遊戲，或者改用高尚點的美少女遊戲來稱呼，對色色的東西有點興趣的人一定接觸過，一回神才發現自己已經陷入萬劫不復的深淵，是墮入黑暗的入口。

這類型的遊戲到了現在才會注重能打動玩家的故事性以及畫風，讓許多阿宅愛到無法自拔，苦悶不已。但是過去這類型遊戲的水準落差極大，有時候會玩到在玩家還丈二金剛摸不著頭腦的時候便突然開始做起色色的事情，讓玩家困惑不已的作品，或是在遊戲外包裝上看起來像是女主角的角色，實際上只是個不重要的配角，在故事前半沒兩下就領便當下場了，諸如此類，在負面意義上背叛了玩家的期待，罪孽深重的惡魔之作。

看樣子這個世界的舊時代也有所謂的成人遊戲文化。

隨著電子音譜出的輕快音樂，可愛的美少女角色矯情地露出肌膚，讓看著畫面的三人瞬間失去了思考能力。

「傑羅斯先生……你說這是從哪裡撿回來的？」

「……迷宮。而且是重現了魔導文明時期的軍事設施裡面。」

「連把妹遊戲都重現了，就表示……以前在那座設施裡任職的員工，到底都在辦公室做些什麼啦啊啊啊啊啊啊啊啊啊啊啊啊啊！」

『『以前的員工居然被好色村給吐槽了……』』

雖然不知道那個員工究竟是單純的玩，還是製作了這個把妹遊戲，他們只知道過去在這座軍事設施裡面的員工手上確實擁有這種見不得人的東西。

換成清涼寫真雜誌感覺還好一點。

「這遊戲的畫風也很老派呢。這個……內容應該不值得期待吧。」

「說不定是很出色的作品喔？」

「我可以試玩看看嗎？可以吧？」

遊戲內容屬於校園戀愛冒險遊戲，主角就是個老套的遲鈍木頭男。

看完不是很重要的前言及自我介紹文字後，在沒有任何徵兆及脈絡可循的情況下，主角就跟看起來像是女主角的美少女角色做起了色色的事情。

「「「為什麼啦！」」」

三人一齊吐槽。

打從一開始就完全沒有遊戲性可言。

而且每次進入遊戲事件就得換磁碟片這點也很麻煩。

再加上讀取很花時間，更是令人煩躁。

「好色村，除了這些磁片之外沒有其他東西了嗎？」

「沒了，我是看到市售磁片盒裡面剩下這幾片磁片才拿來的，可是裡頭除此之外就沒裝別的東西了喔？而且我找到這個磁片盒的時候，這磁片盒還是藏在貨櫃深處的桌子抽屜裡的最角落。」

「我想這盒子應該是偽裝用的。」

「亞特先生能看穿這點，該不會是因為做過一樣的事情吧？你其實很悶騷？」

「誰悶騷啦！」

『以前……朋友在藏ＶＨＳ錄影帶的A片時，也用過一樣的手段吶～』

大叔回想起這件事，同時無視亞特和好色村，繼續推進遊戲。

接著遊戲裡突然又出現了一個不知道是乾妹妹還是親妹妹的角色，反覆和女主角爭奪主角，還說了『妳這狐狸精，哥哥是我的！』這種話，打算用手裡抱著的一條類似旗魚的大型魚類刺死女主角，然而腳下一滑沒站穩，反而誤殺了主角。

「「「………主、主角就這樣……突然死掉了。」」」

看樣子這妹妹是個具有傻妹屬性的角色，總之他們決定忽略凶器是旗魚這件事。

故事還是繼續以主角的觀點進行下去。

後來女主角和妹妹為了讓哥哥復活，進入了探索城鎮的模式。

「居然是點陣圖RPG喔，有夠老……」

「好像三兩下就能玩完了耶，總覺得是款同人遊戲。」

「遊戲裡的事件圖還滿漂亮的，不過除此之外的部分都很爛……」

登場的美少女角色隨著遊戲進展逐漸增加，因為是過程中完全沒有戰鬥的冒險類型遊戲，毫無樂趣可言。再加上入住旅館後突然進入沒有任何伏筆及鋪陳的百合事件，搭配上主角有如正在偷窺的實況報導內容。

最後終於迎來了本遊戲最初的一場戰鬥，在打倒最終頭目之後，遊戲就結束了。

進入了主角沒能復活的百合後宮結局……

「主角就這樣被遺忘了耶……」

「這遊戲大概跑個三十分鐘就結束了呢～這一定是同人遊戲啦。」

「這是不是研究員趁著工作空檔，利用公司的器材製作的啊？」

「即使如此，這遊戲還是不行啊。」

「看起來就算選了不同的對白也無從改變遊戲結局。既然這樣，或許是會依移動畫面時所走的路線，來導入不同結局的類型吧。」

「反正我們中間有存檔，這次隨便選個不一樣的路線吧。」

於是他們又以驗證為由，繼續玩了起來。

就結論而言，他們總共試出了三種不同的結局。分別是無視主角存在的百合後宮結局、跟所有女性角色都只是朋友的普通結局，以及主角復活之後再次遭到殺害的結局。

『『『……這什麼鬼啊。』』』

百合跟朋友結局就算了，主角復活之後再次遭到殺害的結局，是所有美少女角色無情地拷問、虐殺主角的噁心結局。

而且處理屍體的方式還格外地殘酷血腥又仔細，非常執著且徹底。

固執地處理到連骨頭都不剩，其心狠手辣的程度不禁令人敬而遠之。

「我還以為開場就跟主角搞上的那個妹子是女主角，沒想到竟是目標放在妹妹身上的百合角色……那個妹妹還滿合我喜好的說……」

「你說那個想用旗魚殺人的妹妹？話說回來……除了妹妹以外的主要角色全都是有百合癖好的妹子。我本來還想說她們怎麼突然就在旅館搞起來了，結果只是遭人夜襲後被攻陷的發展，這種內容到底哪裡有趣了？」

「妹妹的百合癖好最後也覺醒了耶……這種類型的橫刀奪愛也太嶄新了。應該說這遊戲也未免太爛了吧。」

「綜合以上各種問題……」

『『『到底為什麼要花這麼多精力在殺掉主角上啊？』』』

這是部令人感受到製作者黑暗面的作品。

畢竟拷問、處理屍體的血腥圖片壓倒性地多過情色場面的事件圖。

而且每個角色那殘酷血腥的姿態和表情，不僅誇張到會給人留下心理陰影，甚至可以窺見製作者內心的黑暗，令人不禁產生『製作者該不會是把某人當成了主角，想要殺害對方吧？』這樣的想法。

而且最後主角還有一段獨白『於是我就這樣體驗了第二次的死亡……我已經不會再醒來了吧。晚安，警示燈。』

這部磁碟片九片裝的大作，在遊戲性上有著相當嚴重的問題。

「那個拷問……真的很不得了耶。美少女角色的百合之愛太沉重，對主角的殺意不禁令人毛骨聳然啊。連吃人肉的橋段都寫進去了，我只覺得裡頭充滿了製作者的惡意。」

「從遊戲文本來看，主角也真是沒在用腦呢。明明出現過好幾次可疑的台詞，他卻完全沒察覺到女性角色們的殺意。復活之後還在傻傻地道謝，根本是個爛好人。」

「不知道為什麼……我總覺得我能理解製作者的心情。看到那種遲鈍卻超受歡迎的主角，不知道為什麼心裡就會湧上一股怒氣耶～所以基本上我比較喜歡橫刀奪愛型的遊戲。」

「──那是因為好色村（小弟）你跟製作者是同類（啦）。──」

「過分！我心中可是從未有過那麼殘忍血腥的恨意喔！」

自製的遊戲劇情要如何發展，都是製作者的自由。

但以玩了這款遊戲的玩家角度來看，這毫無疑問是款讓人想要大喊『退錢啦！』的大爛作，這如果是一款商業作品，不是堆在成人錄影帶店一角作為二手商品賤價拋售，就是根本賣不出去，直接拿去銷毀了吧。

「不管怎樣，這台個人電腦應該沒辦法拿來用。感覺這電腦是專門用來讀取磁片用的，說不定要連接其他器材才能使用。可以把它視為是外部終端的廢棄品吧。要是沒有專門用來存檔的磁片，我們就連存檔都辦不到。」

「反正我打一開始就不期待這種化石級的電腦能用。畢竟就連能不能運作都很難說了，光是開得了機就該謝天謝地了吧。」

他們至少確認了由迷宮生成的複製品可以正常運作。

這樣一來其他機械能運作的可能性也隨之提高，傑羅斯雖然表面不動聲色地暗自竊喜，心想這下就有很多花樣可以玩了，但在另一方面，他也愈來愈在意黑盒子的謎團了。

雖然黑盒子非常方便，但畢竟是內部構造和製造方法都不明的機械，傑羅斯判斷這可能是某種專精控制的人工智慧。畢竟黑盒子會自行將轉化為能源的魔力再轉化為電力。

傷腦筋的是這個黑盒子不接受魔導鍊成，所以是個就連想拆解都辦不到的奇妙裝置（時代錯誤遺物）。

「不知道能不能多弄到幾個黑盒子來呢……啊？」

他們剛才專注地在玩爛遊戲，忘了瑟雷絲緹娜和卡洛絲緹都還在場。

三個大男人就這樣在兩位少女面前玩起了色情遊戲。

老實說現在的氣氛尷尬到不行。

「這……這個不可思議的魔導具，到底是什麼……？而且……」

「竟、竟然是這麼猥褻的東西……老師你們太差勁了。」

「這、這是誤會啊！」

「聽到女孩子說我『太差勁了』耶！感覺有點高興。」

「好色村……你這傢伙，竟然已經糟糕到這種程度了……」

兩位少女夾雜了害羞的輕蔑視線有夠傷人。

亞特正因為這事要是讓唯知道，自己絕對會被送下地獄而焦急不已。好色村則是聽到女孩子對他說了這種動漫畫中常見的台詞，很是高興。只有大叔的反應不同。

傑羅斯點起一根菸，接著呼～地吐出一口煙霧。

「兩位，能不能不要用那種眼神看我們呢？我們只是想確認這台機械是否能正常運作，不知道裡面的內容物是怎樣的東西啊。」

「就、就算是這樣，也不需要在我們面前做這麼不知羞恥的事吧？」

「嗯～關於這部分呢，其實這是一款前人打造的遊戲，而儲存在這個磁片……薄板子裡的資料，必須透過機械讀取，才能顯示在畫面上。也就是說，不啟動這台機械，我們就無法確認裡面的內容。」

他特地強調這一切都是為了研究，他絲毫不覺得有任何愧對良心之處。

甚至還刻意挑起兩位魔導士的好奇心。

「讀取資料顯示在畫面上？是跟照片一樣的原理嗎？」

「相似但不同。因為作者可以隨意打造載體裡面的資料，所以不是像照片那樣原原本本地呈現出來，甚至能夠打造一個非現實的世界。舉例來說，就是可以把虛構小說裡的世界化為影像呈現出來並樂在其中的遊戲。」

「遊戲……意思是說以前有很多這種不知羞恥的東西嗎？」

「這遊戲確實是不知羞恥到了極點，但這只是偶然。這種遊戲的類型非常廣泛，故事內容有可能是冒險、戰爭，或男女之間純純的戀情等各式各樣的題材。過去確實有一段文明，擁有能夠大量產出此種娛樂的高等技術。既然是追求知識的人，就必須承認這件事。」

「『竟然把這種高等技術用在娛樂產業上……』」

在技術水平退化到中世紀等級的這個世界，古代人將魔導具用在娛樂上的這種想法，對瑟雷絲緹娜她們來說簡直難以置信。

就她們的認知，魔導具主要是用來攻擊或防衛的手段，即使是輔助性的魔導具，用途多半也是偏向擾亂、俘虜敵人，所以得知有以娛樂為目的的魔導具存在，也難怪她們會那麼驚訝。

「這個機械原本不是用作娛樂，而是用來打造基礎術式的計算機。我的廣範圍殲滅魔法也是用類似的機器打造出來的呢。」

「咦？那只要使用這個魔導具，就能夠打造出複雜的魔法術式了嗎？」

「這真是不得了的大發現呢！」

「也不盡然。必須具備專門知識才能活用這台機器，而能理解這些知識的人不多。在學會這些知識前要花上漫長的時間，而且既然現在的世界無法製造出記錄術式用的媒體，這東西就是無用之物。最重要的是這機械一旦損壞就無法修理了，這才是最大的問題。」

根本性的問題就出在除了轉生者和勇者之外，沒有其他人會使用電腦，而且就算會用，電腦壞了也沒辦法修理。也不可能特地去迷宮或遺跡尋找其他電腦或零件，再說就算找到了，也不見得能用。

照目前的狀況，這東西只具有收入寶物庫裡嚴加保管的價值。

「就連老師也沒辦法修理嗎？」

「沒辦法。尤其是裡頭的精密零件，需要我無法掌握的知識和技術呢。」

「沒想到連傑羅斯大前輩都無法修復，魔導文明的技術力竟是到了這種程度……」

「想要取回一度毀滅到幾乎消失殆盡的文明與技術，必須要花費難以計算的時間與勞力。儘管幾乎所有的研究家都在追尋舊時代的足跡，致力於研究，但我想至少也要花個七百年才能追上吧。」

「至少……」

「……七百年。」

光是失去了一段文明，就得耗費漫長的時間才能重現其技術。

她們體認到，單是一項技術就需要相對應的考證、實驗，並且在反覆成功與失敗後才會逐漸成形，等那項技術達到實用階段時，她們其實也已經離開人世了。

當中也會出現研究家永遠無法釐清製作過程的魔導具吧。

「可是傑羅斯大前輩順利讓古代魔導具運作起來了。就算您明明具備這種程度的知識，也還是無法重現嗎？」

「哈哈哈，我不可能知道裡面的細小零件是怎麼做出來的啊。我也做不出在製作零件時所需的氟化聚醯亞胺、矽晶圓、光阻劑那些東西啊。那些不是我的專長。」

「「那些是什麼啊……」」

對現在這個世界的人們來說，製造半導體所需要的原料名稱聽起來就像是難以理解的暗號。就算想深究，也要經過好幾個時代才能得出答案吧。

即使透過文獻知道所需的物品為何，在現階段也無法理解那是些怎樣的東西。即使如此仍不死心地繼續探究，這就是所謂的研究家。

「妳們現在不懂沒關係，在遙遠的未來，總會有人得出答案的。不過對於探究知識來說，那將會是一段漫長又艱辛的挑戰過程呢。」

「這表示我們現在都在做些毫無意義的事情吧。」

「總覺得很不甘心呢。」

「妳們現在正在進行的研究絕對不是沒有意義的事。因為未來會有人繼承妳們的腳步，並一步一步地將時代往前推進。」

『每個成果都是環環相扣的』。大叔突然想起這句老套的說詞。

這是毋庸置疑的事實，也是真理。

文化或技術將會被繼承下去，配合時代產生變化，繼續發展。

而在其他方面上，這點也是一樣的。

「嗚哇，這個也是把妹遊戲……不對，目前還沒出現情色場面，說不定只是普通的戀愛冒險遊戲。嗯，不過差點就要列入十八禁的描寫（姿勢）很多耶，這點倒是不錯。哈哈哈哈♪」

好色村開始試起同樣是過去遺物的其他磁片。

不過真希望他不要把心裡想的事情全都說出口。

好色村喜孜孜地盯著螢幕上擺出撩人姿態的美少女，真正的少女們明明用鄙視的眼神看著他，他卻完全沒察覺。

「好色村……你這種擺明了自己就是個色胚的行為也該有點限度吧。剛剛那款同人遊戲還沒讓你學到教訓嗎？」

「傑羅斯先生，沒用的……這傢伙的腦袋有三分之二都用無謂的妄想上，而且全都朝著不好的方向運作。我有這種感覺。他應該是沒救了。」

「…………喔喔！仔細想想，現在說這種話確實是太遲了。」

「你們也太過分了吧！畢竟久違地能玩到遊戲，享受一下又有什麼關係。即使內容爛透了，還是可以用來打發時間啊。」

「好色村你啊～起碼考慮一下時間和場合吧。」

「你……現在可是徹底被鄙視了喔。畢竟你不是探求知識之人而是探求情色之人啊，雖然我早就知道你是這種人了啦。」

「……啊。」

好色村總算察覺到了瑟雷絲緹娜她們的冷漠目光。

就常識而言，在美少女面前玩成人遊戲當然是直接出局。

他漸漸承受不住現場的氣氛。

「不、不不不、不是的！拜、拜託不要用那種眼神看我～～～！」

然後就逃走了。

看來好色村因為後悔著自己的大意，於是哭著跑走了。不過他是個沒有學習能力的人，想必之後又會重蹈覆轍吧。

在雞舍享受著小雞們毛茸茸觸感的杏一臉疑惑地看著他悽慘的模樣，不過馬上又忘了這件事，繼續把臉埋進小雞的絨毛裡。

和感覺十分幸福的杏相反，咕咕跟小雞們正因為這無處可逃的狀況而陷入混亂，不過這也不是什麼重要的事情就是了。

第六話　大叔第二次的送行

閃光劃破黑暗。

黑色的影子伴隨著尖銳的金屬碰撞聲，在林木間來回交錯。

『咕……真棘手啊。』

桑凱潛伏在黑暗中，靜靜地守護著山凱的身影。只見山凱將雙翅的長長銀色羽翼化為刀刃，使出無數次的劈砍，對手卻彷彿早就看穿了牠的攻擊軌跡，接連躲過。

桑凱很清楚山凱為何焦躁，因為牠們努力鍛鍊至今，可謂登峰造極的各種招式，對眼前的對手卻完全起不了作用。

『烏凱已經被打倒了，山凱正戒備著對方，等候時機。牠應該是想找機會使出拔翅術（拔刀術）吧。就連我等都被逼入了這等絕境，也難怪其他同胞根本無能為力，只能屈服。未料與和師傅實力相當的強者為敵，竟是如此恐怖的事……』

桑凱冷靜地判斷現況。眼前的對手正是如此高強。

對手無聲無息地突然出現，在許多同胞都還來不及反應時便打倒了牠們。

技術純熟到在一瞬間便擊倒了烏凱。

桑凱承認對方的實力遠遠凌駕於牠們之上。可是身為一介武人，牠的自尊不允許牠未傷到對手分毫便落敗。然而光靠這份意念，仍不足以扭轉殘酷的現實。

『對手的實力壓倒性地勝過我等……究竟要如何才能擊倒這樣的對手？』

畏縮的心態只會讓招式變得不夠俐落，焦躁會使自己露出破綻。就算想要一些小把戲，對方也早就都看透了。

即使如此仍想抵抗，乃身為武人的堅持。

『只能……做好覺悟了嗎。』

有時必須在做出捨身的覺悟後，才有機會開出一條活路。

在無法回敬對手一招的狀況下告終，那才是牠們絕對無法接受的屈辱。

幸好敵人抱持著玩鬧的心態。這份大意正是可趁之機。

就連正在應戰的山凱全力使出的劈砍都被對手的小太刀擋下，這樣下去牠們將會被對手給壓制住。

恐怕在下一次出手時就會分出勝負了吧。

若是錯失良機，就沒有下一次了。桑凱按捺住焦急的心，拚命地尋找機會。

那個瞬間立刻就到來了。

『就是現在！「雙翼十蓮解散」！』

『山凱！我也來！「五方翼葉之舞」。』

山凱也認定只有現在這個好機會了吧。

在黑影奔馳的同時，利用雙翅施展出的十連擊。

桑凱也配合這波攻勢，撒出一片片注入魔力、化為刀刃的黑色羽毛，從五個方位團團包圍攻擊對手。即使是能夠高速移動的敵人也無法逃開。

這是封鎖住對方的退路，使出渾身解數的完全包圍攻擊。

『『贏了！』』

咕咕們很確定自己獲勝了。

黑色羽毛刺中了高速來回跳躍移動的敵人，山凱施展的連擊則成了致命一擊。

桑凱和山凱都確實感覺到自己的攻擊命中了，當牠們鬆了一口氣，慶幸自己順利存活下來時——

『怎、怎麼會……這是圓木？』

『竟然是……替身？是故意引誘我等上鉤嗎？既然如此，那傢伙……』

——牠們才察覺到自己錯了。

牠們為了尋找敵人而環顧四周，然而對手看準了這瞬間，山凱的身影消失了。

『山、山凱？』

「給～～我～～揉～～～～～……」

『唔喔哇啊啊啊……』

奇怪的叫聲和山凱的慘叫聲逐漸遠去。

桑凱立刻追了上去。

『住、住手……這等屈辱。不如殺、殺了我……給我一個痛快吧！』

「我揉揉揉揉揉……」

『住手啊……再、再這樣下去……啊啊……』

已經來不及了。
桑凱如此判斷。
『……被揉了啊。這樣一來就只剩下我了……呵，已經沒有退路了嗎？』
認定戰況不利於己的桑凱立刻試圖逃離現場。
咕咕是會成群行動的魔物，儘管具有伙伴意識和情誼，在面對生死時卻相當無情，會立刻捨棄落敗的同胞。
桑凱冷酷無情的判斷，也不是基於牠的個性，而是出自本能的反應。
正因為與生俱來的生存本能刻劃在體內，牠才能夠完全不顧落敗的同胞，立刻選擇撤退。可是這次牠的對手實在太難纏了。
不，正確來說，應該是這次「也」很難纏才對……
「……給我～～～～揉～～～～！」
『已經追上來了嗎……但我可不會這麼輕易就被逮著。』
桑凱隱藏自身的氣息，潛伏於黑暗中。
桑凱擅長匿蹤行動、偷襲、暗殺等出其不意地攻擊敵人的戰術，與自然同化的能力十分出色。然而牠的對手也是如此。
畢竟對方是忍者，這是一場隱身於黑暗者之間的對決。
不，應該說桑凱處於劣勢。
從幾乎已經阻絕了所有氣息，隱身於黑暗之中的桑凱背後射來一道目光，彷彿在告訴牠『我已經看到你了喔』。

『嘖，果然還是騙不過嗎！「雞毛線縛陣」、「影分身」！』

桑凱結合了將編為線狀的羽毛像蜘蛛網一樣張開的捕捉技能「雞毛線縛陣」，以及能製造出自己的分身，用來欺瞞敵人耳目的擾敵技能「影分身」，盤算著要藉此誘導欺敵並捕獲敵人。

這招要是失敗，牠就沒有退路了。

『咕……我的功夫還不到家啊。儘管事出突然，但我竟然只能製造出十個分身……』

這要說這是牠最後的王牌，那實在不夠可靠，然而這已經是現在的桑凱唯一能做出的抵抗了。

牠只能在內心祈禱對方會踩進這個陷阱裡。

可惜現實是殘酷的。

桑凱雖然製造出了十個帶有自身氣息的分身，卻突然有超過十個以上的氣息出現在牠周遭，團團包圍了牠。

『怎、怎麼可能……這是具有質量的分身嗎……？』

桑凱知道對方是個強敵。

但是牠完全沒想到對方可以創造出多到能不把拘束陷阱當一回事的分身，而且遠勝過於自己所製造出的數量。

桑凱的陷阱捕捉到的全是對方的分身。

『我～～要～～揉揉～～～～～！』

『不、不要過來——————！』

儘管是分身，有無數個敵人逼近自己的景象還是很可怕。

而且敵人的本尊必然混在這些分身當中。

桑凱雖然想好好分辨出哪個是敵人的本尊並加以反擊，卻因為敵人的本領太過高強，使牠不僅無法看穿，還因為敵人發出的怪聲而逐漸失去冷靜。

牠很清楚。被這個敵人捉到的話，將會有什麼下場——

因為牠早就親身體驗過那個地獄了。

也正因為感受過那份恐懼，更讓牠無法冷靜地應對。然後——

「抓到了～～～♡」

『咕咕！』

敵人一把抓住了桑凱的尾羽。

這行動所代表的意義，令桑凱全身上下流出大量的冷汗。

「我揉我揉我揉我揉我揉我揉我揉我揉我揉我揉揉揉～～！」

「咕咕～～～～～～～～～～～～～～～～～～～～！」

桑凱接下來只能單方面地讓敵人——也就是杏猛揉到她滿意為止了。

武鬥派咕咕們就這樣在一個愛揉毛茸茸的人手底下全滅了。

據說這是前後總共歷經了十二小時的漫長死鬥。

「……杏小姐，妳大半夜的在做什麼啊……吵成這樣，我根本沒辦法睡啊。」

「嗯……晚安，殲滅者。我正在充分享受咕咕們毛茸茸的羽毛。」

「不是，我看桑凱都暈過去了耶？妳真的只有揉牠們嗎？」

「……不告訴你。」

大半夜的外頭卻格外吵鬧，搞得傑羅斯不得不出來看看是什麼狀況，結果發現杏和咕咕們因為無聊的理由展開了一場壯烈的戰鬥。

庭院裡面有一群和桑凱一樣昏厥倒地的咕咕和小雞們，宛如屍體。

「杏小姐，明天……不對，這時間已經換日，所以是今天了，妳應該要作為護衛，跟著離開桑特魯城吧？都這麼晚了，還在這邊吵吵鬧鬧的，不要緊嗎？」

「所以我才來。要是錯過今晚……就會有一段時間揉不到了。」

「妳這樣會吵到鄰居吧。」

「……原諒我。」

看來對杏而言，揉這些毛茸茸生物是就算會吵到左鄰右舍，也非做不可的重要事項。

「唉～……妳揉夠了就早點去睡喔。不是預定一早就要上船了嗎？」

「沒問題……我可以揉上一整晚，到船上再補眠就好。」

「妳打算揉上一整晚喔！」

大叔看著已經屍橫遍野的咕咕們，頭痛不已。

這樣單方面地遭人蹂躪，就算是武鬥派咕咕們，也會消沉好一陣子吧。

畢竟牠們不僅無法報一箭之仇，甚至還是在對方手下留情的情況下吃了敗仗。

『咕咕們啊，你們已經努力奮戰了。問題是對手實在太強了……』

大叔雖然很同情牠們，但也沒有出手相助。

因為大叔要是在這時候阻止杏揉毛茸茸，這次就換他得和杏大打出手了。但是他根本不想打這麼麻煩——應該說沒意義的戰鬥。

「妳要適可而止喔。」

「……嗯。」

於是桑特魯城的夜更深了。

◇◇◇◇◇◇

桑特魯城的碼頭總是無比喧囂。

負責搬運貨物的船員忙碌地工作，準備前往其他城鎮的乘客一邊閃躲船員，一邊登船，還可以看到商人們正在進行商談的模樣。

現在又有一艘船頭處設有上臂二頭肌造型裝飾的船正在進港。

船隻們絡繹不絕地進港、出港，將乘客和貨物運送到桑特魯城來。顯示了這座城市的經濟活動有多麼熱絡。

「這裡還是一樣熱鬧呢。」

「畢竟這裡是桑特魯城的大門啊。」

「是不是該出去看個一次海呢。」

「海啊……」

「哎呀，茨維特你不喜歡海嗎？」

「與其說不喜歡，不如說我不能忍受海水特有的那種氣味。雖然我對位在大海另一端的大陸和島國是很有興趣啦……」

「你意外地纖細耶。」

傑羅斯很能理解茨維特對外面的世界充滿嚮往的心情。

他自己也很想去看看。

「來，好色村先生。請你把我的行李搬到船上。」

「為什麼要我搬啊……我的工作是護衛耶～」

「男性就應該要親切體貼地對待女性啊。行為紳士的男人分數比較高喔。」

「不是吧，是說妳的行李為什麼這麼多啊？而且還很重……」

『『好色村（小弟）……』』

好色村正在被卡洛絲緹呼來喚去。

自從知道之前在溫泉勝地進行集體偷窺的主謀是好色村之後，卡洛絲緹便要好色村負責搬運行李，算是用她自己的方式在懲罰好色村。

不過在拚命搬運行李的好色村旁邊拿著鞭子的蜜絲卡也很令人在意……

「好色村先生，等你搬完卡洛絲緹大小姐的行李之後，我的行李也拜託你了。」

「不是吧～～連蜜絲卡小姐妳都這樣喔～咦？這麼說來，小杏呢？」

「要找杏小姐的話，她在桅杆上喔，似乎是在睡覺。比起那種事，你要是不努力工作，我可要鞭打你了喔？啊，還是說你就希望我能鞭打你呢？」

「蜜絲卡小姐……妳平常到底都是怎麼看我的？」

「這話我作為一個淑女，實在是說不出口。」

「原來妳覺得我糟糕到令妳難以啟齒的程度嗎！」

傑羅斯一邊聽著他們兩人的對話，一邊抬頭仰望船隻後，發現杏坐在桅杆的第二節附近，正倚靠著支柱在睡覺。

儘管那是個非常不穩定且危險的位置，她的身體看起來卻會隨著船隻的晃動維持平衡。

『……她是靠下意識做到這件事的嗎？』

不知道這是仰賴技能，還是她天生的平衡感所造就的結果，但她完全不像會掉下來的樣子。真的非常靈巧。

「這平衡感真是不得了啊。這種程度該用爐火純青來形容了吧？」

「爐火純青是什麼啊？」

「算是對能夠做出高難度動作的人的一種讚美吧？我雖然也能在樹上睡覺，可是要在總是搖搖晃晃的桅杆上睡覺就有～那麼點困難了吶。」

「但你沒說做不到呢……」

不管是哪個，茨維特都做不到。

雖然能做到的話，這確實是很方便的技術，不過他也不想勉強自己學會。

「是說蜜絲卡，我沒看到庫洛伊薩斯耶，他怎麼了？是要用別的方法回學院去嗎？」

「不，少爺在喔。就在這裡。」

「在哪啊？」

「那邊的木桶裡。」

「木桶？」

茨維特仔細一看，在一個橫倒在地的木桶裡看到了銀色的頭髮。

沒錯，庫洛伊薩斯不僅嘴裡卡著布條，全身被五花大綁，甚至被塞進木桶裡，只露出一個腦袋，就這樣被人搬上了船。

「這傢伙……為什麼會變成這個樣子？」

「由於庫洛伊薩斯少爺明明預定好要回學院了，卻沒做任何準備，一股腦地持續進行實驗和研究，我只能搬出強硬的手段。」

「該怎麼說，有種拿一把劍捅進去，他就會彈起來的感覺呢。」

「一般來說那樣捅下去他會死吧。」

「要試試看嗎？我想心臟大概是在這個位置。」

「『妳是要我們送他上路嗎！』」

儘管把庫洛伊薩斯弄得如此悽慘，簡直像是某種刺激的多人同樂遊戲，或是遭到海賊處刑的受害者，蜜絲卡依然輕鬆地說著黑色笑話。她也是一點都沒變。

「好色村先生，請你幫忙把庫洛伊薩斯少爺搬進貨艙。畢竟要是隨便釋放他，他很有可能會在船上開始做起實驗。」

「要是因此引發了爆炸，那確實吃不消啊……不過真的要把他搬去貨艙裡嗎？」

「無所謂。可以的話，請你大力滾動木桶，一路用滾的把他搬去貨艙。」

『『真不留情啊……』』

蜜絲卡不會輕易放過給自己添了麻煩的人。

雖說庫洛伊薩斯是自作自受，但看到他沒被當成人，而是被當成行李搬走的模樣，大叔和茨維特也只能冷汗直流地目送他離去。

『姑且不論裝了庫洛伊薩斯的木桶，但他明明只要把東西收進道具欄，就能輕鬆搬過去了，幹嘛這樣老老實實的搬行李啊……』

好色村之所以會把裝有庫洛伊薩斯的木桶用滾的搬去貨艙，是因為害怕蜜絲卡嗎？

這件事先放一邊，大叔搞不懂好色村明明擁有可以輕鬆搬運行李的能力，卻沒注意到這點，到底是因為他的腦袋不好使，還是適應了目前的環境，導致他忘了有這種方便的能力。

大叔唯一知道的就是，只顧研究的笨蛋（庫洛伊薩斯）有著悽慘的遭遇。

「往後的路……真令人擔憂吶。」

「只要庫洛伊薩斯不做什麼傻事，我想應該是可以安全抵達學院啦……好了，那我也上船吧。」

「路上小心啊。畢竟途中可能會有宵小出現。」

「反正可以當成戰鬥訓練，我反倒希望他們出現呢。」

「數量暴力可是比你想像的更難應付喔。更何況還有從沒殺過人的瑟雷絲緹娜小姐她們在場，能夠平安無事地抵達學院是再好不過了吧。」

「我也不想戰鬥，不過這種事只能碰運氣。畢竟沒人知道壞人會在什麼時候、在哪裡出現啊。」

「也是啦，希望你們一路平安。」

茨維特抱著行李，踏上登船梯。

瑟雷絲緹娜等人已經登船了。

「老師，我們出發了。」

「若有機會再來向您討教。下次希望您能指導我要如何改良魔法。」

「傑羅斯先生，我們走嘍。」

「師傅，你絕對不可以做出危險程度在庫洛伊薩斯之上的物品喔？絕對不行喔。」

「茨維特少爺，您是故意的嗎？您這樣說，傑羅斯大人豈不是一定會做出那種東西來嗎。」

「蜜絲卡小姐，妳這話很失禮耶……（她說得也沒錯就是了）你們就好好去享受感覺很長，實際上很短暫的學生生活吧。」

船員們拉起登船梯，沒過多久船便出港了。

傑羅斯目送船隻緩緩離岸，心裡想著是不是該說點什麼好聽的話，然而——

「老媽～～我一定會闖出一番名堂後回來的～～～～！」

「我一定……一定會讓這樁事業成功，再回來這裡的，妳要等我啊！」

「你這傢伙想逃走嗎！我可不准你贏了之後就拍拍屁股走人，你回來之後我們再比一次啊！」

「親愛的～～你別走啊！你走了，肚子裡的孩子該怎麼辦！」

「混帳傢伙，先還錢來再走啊！王八蛋！」

「哈哈哈，沒人能夠阻撓我們的愛。真遺憾啊，老爹，你女兒選擇了我。」

——追夢的人、讓情人為自己送行的人、逃跑的人、拋棄妻子的人、欠債的人、私奔的人……等等，眼前上演著人生百態。

也因為周遭簡直處在狗血連續劇跳樓大拍賣的狀況下，讓大叔錯過了開口的時機。

雖然說有多少人就有多少種人生，可是周遭帶來的衝擊性實在太強了。

「……唉，你們就適度地加油吧。」

「「「你應該還有其他更好的話可以說吧？」」」

「沒辦法。周遭的人太有個性了，傑羅斯大人不管說什麼都相形失色啊。」

「蜜絲卡小姐妳很懂嘛。總之就是這樣啦。」

船隻徐徐前行，他想不出有什麼話好說的。

在一旁的人生百態下，他怎麼可能說出什麼能打動人心的好聽話呢。

大叔一邊目送船隻遠去，一邊把思緒移到了『我先釣個魚再回去好了～』這種完全無關的事情上。

這是題外話，不過早一步先上了船，想裝作是巧遇，企圖接近瑟雷絲緹娜的迪歐，這時才發現卡洛絲緹也在場，因而亂了陣腳，不禁落淚。

後來也因為有蜜絲卡在監視著，迪歐只能趁茨維特也在場時簡單問候幾句話。

至於另一個題外話，就是迪歐雖然在這趟船上旅途中數度想和瑟雷絲緹娜搭話，結果還是一個人在那裡忸忸怩怩的，不敢付諸實行……

◇　◇　◇　◇　◇　◇

魯達．伊魯路平原。

這個地方現在成了戰場。

舉兵反抗梅提斯聖法神國的獸人族聯盟，正以其壓倒性的強大兵力，取回了大部分的平原，並進入了最後的圍剿階段，卻在這時候碰到了最大的難關。

梅提斯聖法神國北方平原最後的要塞。

名為「卡馬爾要塞」。

高聳堅固的城牆就不用說了，築成八角星形的這座要塞毫無死角，要是貿然進攻，敵人很有可能會利用三角形的防衛陣地，從左右兩側以弓箭集中砲火攻擊他們，造成慘烈的犧牲。

沒有配備大砲，那還算是輕鬆的了。凱摩．布羅斯在心裡嘀咕著。

「哎呀～這形狀有點難搞耶。」

「老大，那座要塞可不像之前的那麼容易攻下喔。」

「是啊。我一個人殺進去的話是打得下來啦，可是你們不能接受那種做法吧……傷腦筋啊。」

「這是當然。把事情全丟給老大去處理或許是很輕鬆，但是我們不想淪為只會仰賴老大生存的人渣啊。戰爭就是該挺身而出，勇敢面對。」

獸人族至今為止都處在梅提斯聖法神國的壓榨之下。

有些人被當成奴隸，派去礦山等處從事重勞動工作，有些則是成了宣洩性慾的管道。

這全是些難以容忍的暴行，正因為如此，獸人們才要親自破壞這一切。

獸人族的尊嚴更不可能容許讓這名突然出現，並且當上獸人族族長的布羅斯用他那壓倒性的強大力量粉碎敵人。

「我也希望你們能親手贏得自由，不想做那種不識趣的事。」

「感謝老大的體諒。」

「話雖如此……竟然留下了一座這麼難搞的要塞啊。這片平原上沒有死角，要準備武器也得花上一點時間。我不認為對手會等我們都做好準備。」

一旦攻下卡馬爾要塞，獸人族就幾乎拿回了所有被梅提斯聖法神國奪走的土地，然而攻陷這座要塞並非易事。

就算靠著人數暴力強行攻下，只要敵人從前方溪谷處的「安佛拉關隘」派出增援，他們就會陷入腹背受敵的局面。也就是說他們必須在短時間內，並且未有犧牲的情況下攻陷這座要塞。

「沒有那道像萬里長城的城牆就好了～」

「萬里？啊啊～你是說『北牆』嗎？」

「沒錯，就是那個。先不論利用自然地形打造的安佛拉關隘，因為那道北牆串起了其他沒有地利之便的要塞，彷彿縱貫魯達．伊魯路平原般守衛著國土，讓我們甚至無法繞到另一側去進行恐怖攻擊。」

「但也不是整個魯達．伊魯路平原都被城牆給堵住了啊？」

「是這樣沒錯，可是北牆中斷的地方幾乎都是斷崖峭壁，而且前面絕對還有其他城砦吧。即使能夠平安穿過北牆的缺口，也馬上就會被敵人發現了。」

北牆雖然是利用平緩的丘陵地形建造的城牆，但碰到斷崖之類的險峻地形時總是會留下一些缺口，為了彌補這些防衛上的漏洞，缺口後方都築有城砦。

也就是說，即使從沒有城牆阻隔的地方入侵，前方也一定有防守城砦的騎士團在監控著，以攻其不備的角度來看，這個做法是有效，但真要採取這種進攻方式所需背負的風險太高了，並不實際。

「啊～……這種時候要是師傅或是傑羅斯先生在就好了～要說做人不能太貪心的話，有亞特先生在也好啊。」

「亞特……我記得是在聖法神國打過來時出手幫過我們，那個伊薩拉斯王國專屬的魔導士對吧？」

「伊薩拉斯王國有豐富的礦物資源，對於沒有地方能夠開採金屬的我們來說可是感激不盡啊。畢竟他們願意讓我們拿糧食和他們交換礦物。」

「因為我們這裡缺乏各項物資呢……」

「也就是因為這樣，除了我以外的人才沒辦法強行攻下卡馬爾要塞啊。」

如果是布羅斯出馬，不用一天就能攻下要塞。

他非常強，將梅提斯聖法神國的侵略者盡數擊退，也靠著立下許多戰功，成為了充滿領袖魅力的君主，領導著獸人族。

然而這些戰功現在反而成了大問題。

所謂的問題就是剛開始還無所謂，但是布羅斯實在太強了，讓獸人族的戰士們逐漸產生了『是不是根本就不需要我們啊？我們完全派不上用場吧？』這種想法，變得非常消沉。

「真的不能由我去攻下那座要塞嗎？」

「不行啦。那些傢伙現在就已經夠消沉了，要是這時候讓老大出面去攻陷那座要塞，他們會再也無法重新振作起來的。」

獸人族也是很麻煩。

即使布羅斯提議在他破壞卡馬爾要塞城門後讓獸人們攻進去，獸人們也會回嘴說『那老大你一個人攻進去不就得了』，換成建議由布羅斯先打倒弓兵，方便獸人們破壞城門攻入要塞，卻又得到『那就算不是我們去做也無所謂吧』的回答。

這些肌肉猛男團結一致地鬧起彆扭，最近布羅斯只要稍微活躍一點點，獸人族就會變得非常消沉。

相反的，也可以說布羅斯就是展現出了如此強大的實力。

從獸人族戰士的角度來看，這等於是讓他們的面子掃地，所以為了讓他們重新提起幹勁，一定要準備能讓他們活躍的場面。

即使那只是在安撫他們也一樣……

「……沒辦法。再說我們這次也是憑著一股氣勢殺到這裡來的，就先不攻打卡馬爾要塞吧。」

「咦咦？」

「大家的武器在先前的戰鬥中都多少有所耗損，應該沒辦法再繼續打下去了吧。時機正好，我本來也就想要重新整頓一下。畢竟我們連箭矢的數量都沒能補充，很難攻下卡馬爾要塞吧。就算真那麼走運讓我們打了下來，也無法支撐後續的戰鬥。如果在撤退途中遭遇敵人追擊，只要擊退他們就好了，這樣也能有效地削減敵軍的戰力。」

「這方面能不能請老大你想點辦法……大家都氣勢高昂地想要攻下那座要塞耶？」

「我就說了，我不希望造成人員傷亡啊！」

如果是小規模的城砦，他只需要破壞城門讓獸人們突入敵陣，就能讓獸人們展現出應有的活躍並獲得滿足，但是這個方法在卡馬爾要塞上是行不通的。

畢竟圍繞在要塞周遭的城牆高得嚇人，即使破壞城門，周遭城牆上的敵軍仍會單方面地以弓箭攻擊他們，減少他們進攻的人數，絕對會造成死傷。

更重要的是獸人族不僅物資有限，還有更嚴重的問題。

「大夥的武器都差不多到極限了吧？」

「就算武器壞掉，我們還有拳頭啊！剩下的就靠志氣和毅力來克服啦。」

「這座要塞可沒有簡單到光憑幹勁就能攻下來喔。」

戰爭就是花錢、花資源。

而且獸人族沒有金錢的概念，武器和藥草幾乎都是個人自備的。即使想要調度物資，也因為所有部族都以集體行動為原則，無法順利調度。

在布羅斯看來，起碼也該處理一下他們破損的武器。

「我跟伊薩拉斯王國的朋友聯絡，請亞特先生過來一趟吧。而且也該補充礦物了。」

「要補充礦物嗎……？」

「若是戰鬥到一半武器就攔腰折斷，那可不行吧。實際上我們手邊就有一大堆這種半毀損的武器耶？不對，應該說現在還在持續增加中。你們也為負責修理的人著想一下啊。」

「非常抱歉。」

「所以我也會請亞特先生一起幫忙修理武器。畢竟我們認識，他應該很樂意幫忙吧。還有，記得傳達撤退命令下去喔。」

「去說這種話，我會沒命的耶？」

「那種時候就把對方帶來找我，我會誠心誠意地說服他的……用拳頭。」

親信退下，只剩布羅斯留在現場。

他望著卡馬爾要塞，靜靜地嘆了一口氣。

「雖然這次撤退了，但下次回來時，我一定會攻下這裡的。」

一想到接下來得讓那群血氣方剛的獸人閉嘴，他的頭不禁痛了起來。

由於要塞攻略戰中止，獸人族的營地裡此起彼落地響起為此激憤不已的怒吼聲。

布羅斯接下來必須透過拳頭這種肢體語言，和他們展開一場壯烈的「交流」了。

◇◇◇◇◇◇◇

伊薩拉斯王國的國王「路易塔德．法爾南特．伊薩拉斯」最近心情很好。

過去這個國家都是向獸人族或鄰近的阿爾特姆皇國購買糧食，並提供礦物資源作為回報，才勉強生存下來。但這個狀況也因為從索利斯提亞魔法王國連接到這個國家的地底通道開通，迎來巨大的轉變。

不僅有商人會從索利斯提亞魔法王國前來採購礦物資源，他們甚至還以國家事業的形式，跟索利斯提亞魔法王國共同建設並營運「魔導式四輪汽車」的零件工廠，也有許多工匠因此前來。

再加上接受了索利斯提亞魔法王國的糧食援助，現在的伊薩拉斯王國逐漸出現了復興的徵兆。

「我們接受了太多無以回報的援助，實在無法與索利斯提亞魔法王國為敵啊。」

「我們畢竟受了人家的恩惠，往後也必須要維持兩國的友好關係。」

伊薩拉斯王國之前曾想取回過去喪失的領土，而把索利斯提亞魔法王國視為假想敵並擬定侵略計畫，然而以這次兩國締結同盟一事為契機，計畫便就此停擺了。

再加上兩國共同推動的公共事業，使得伊薩拉斯王國的經濟逐漸起步，索利斯提亞魔法王國將本應對外保密的回復魔法提供給他們一事，也緩和了主戰派和穩健派之間的緊張關係，甚至開始為了穩定國內情勢而攜手合作。

現在就連伊薩拉斯王國都開始培育醫療魔導士了。

「假設跟索利斯提亞的關係就這樣維持下去，那問題就會落在另一個可恨的國家上頭了。目前培育出多少醫療魔導士了？」

「我們安排原本就是醫生的人接受教育，目前培育工作正順利進行中。將來要反攻梅提斯聖法神國的時候，他們將會成為重要的支柱吧。」

「畢竟我國的士兵數量有限啊。所以說，軍方決定好要進攻到什麼程度了嗎？要是太貪心，難保不會演變為不利於我方的狀況。既然不容許失敗，就必須謹慎行事。」

「與阿爾特姆皇國協商的結果，我國應該可以掌控東方平原的三分之二左右吧。按照諜報單位提供的情資來看，過不了多久，梅提斯聖法神國的國力就會衰退了。」

「表示目前進展得還算順利嗎。也有傳聞說那些可恨的勇者紛紛叛離了，那個國家到底在做什麼啊？雖然這倒是幫了我們一把……」

「誰知道呢？我無法參透那些假借神威的傢伙會有的想法。」

以索利斯提亞魔法王國為中心的小國家群現在都締結了同盟，每個國家都在培育醫療魔導士的同時強化軍備，伊薩拉斯王國也為了趕上這一波潮流而拚命努力著。

不管哪個小國家都有著希望梅提斯聖法神國能夠消失的共識。

「總之必須讓對方暫時別察覺到我們的動向。至於獸人族，那又是另一個問題了……」

「因為那些傢伙根本不聽人說話啊。也多虧如此，他們是很好的障眼法。」

「但這也維持不了太久。畢竟獸人族的武器品質低劣，我們也沒辦法給他們一些支援來爭取時間……光是送礦石過去，他們的負擔還是很重吧。」

對於祖先統治的領土遭人奪走，長年以來只能臥薪嘗膽，期待有朝一日能夠奪回的伊薩拉斯王國而言，到了這個時代，他們等待已久的大好機會終於降臨了。所以全國上下行事起來都非常地謹慎。

只要能將肥沃的土地與該地居民納入自國的掌控下，即可提升國力，再加上豐富的礦物資源，他們就能讓國民過上比現在更好的生活。為了達成這些目的，與同盟國家之間的合作是不可或缺的。

與他們擁有共同敵人的獸人族只要四處作亂，就可以達到擾亂情報的效果，只是這樣對獸人們的負擔實在太大，路易塔德心中對此也相當過意不去。

即便那是獸人族自願四處作亂也一樣。

「德魯薩西斯公爵真是個可怕的人物……」

「嗯。在施恩於我們的同時，享受雙方的最大利益。為什麼那個男人不是國王？他明明是個才幹出眾到連我都羨慕的傑出人物啊。」

「我想他應該是個天才吧。可是天才的想法有時會異於常人，他或許是用我們無法理解的觀點在看待這個世界的。」

「更是讓人羨慕了……」

路易塔德雖然被人們稱為「賢王」，但是他進行改革的功勞，不過是把人民的生活從最低水準拉高到勉強可以活下去的程度，他並不認為自己多有才幹。

他甚至覺得自己只是個凡人。

以他的角度來看，德魯薩西斯公爵的才能簡直令人羨慕到嫉妒，也讓他因此自慚形穢。

「不知道亞特閣下在那個男人底下是否平安無事……」

「他畢竟是我國的英雄，德魯薩西斯公爵也不至於會虧待他吧。畢竟也是多虧有他在，公共事業才得以推行。」

「他之前還教了我們利用『波爾特』製作砂糖的方法呢。雖然能製造出的量不多，但也能成為我國重要的交易品之一吧。」

「雖然略帶苦味，不過品質上用來製作甜點也不成問題，還是得到了很好的評價。亞特閣下出現之後，我國也開始走運了呢。」

「嗯。他一定是神派來引導我國的使者吧。我國國民一定能夠得救的。」

亞特為了避免惹上麻煩而採取的行動，反而提昇了他的個人評價。

對伊薩拉斯王國而言，亞特免費改善了國內的糧食問題，還居中協調，讓他們和曾有過領土之爭的國家交好，甚至還藉由交涉，讓對方願意援助伊薩拉斯王國，等於是救國的英雄。

雖然實際上大多是德魯薩西斯公爵假借亞特名義暗中提供援助的，不過這些事情對伊薩拉斯王國來說只有好處沒有壞處，他們自然不會察覺。

「『魔導式四輪汽車』的工廠建設狀況進展的如何了？」

「已經開始著手建造第三工廠，第一工廠也開始運作了。不過由於核心部分是由索利斯提亞王國負責製造的，很難說我們是否有能力獨立製作。」

「畢竟牽扯到魔法，確實沒有其他國家能與索利斯提亞魔法王國相提並論，這也是沒辦法。我國是否能設立相關的研究部門呢……」

「以現況來看，只能說有困難。」

魔導式四輪汽車走在技術革命的尖端。

尤其是引擎部分，由於可以沿用到許多機械上，讓矮人們對此非常感興趣。

索利斯提亞王國也以矮人為中心，開發出了施工機械的試做機型，現在正在進行各種研究，不過這些事情尚未對外公開。

檯面下有一群魔導士正因為超龐大的工作量而欲哭無淚就是了……

「陛下，抱歉打擾您談話。」

「有什麼急事要報告嗎？」

「方才獸人族透過諜報單位發了請求過來……」

「獸人族發請求過來？我們與他們之間只有互不侵犯，及些許交易程度的往來吧，這是為什麼？」

「好像是領導獸人族的領袖表示，那個……希望能請亞特大人過去。」

「亞特閣下嗎？為什麼獸人族會……」

「獸人族的領袖凱摩．布羅斯似乎和亞特大人是舊識，據說是有事務必希望能請亞特大人協助。」

「居然……」

亞特是突然出現的流浪魔導士，大家只知道他是不求回報地改善各村莊糧食問題的奇人，他也因此成了伊薩拉斯王國的客座魔導士。

然而他的出身仍舊是一團謎，來歷不明這點也招致了主戰派對他的批評與敵視，所以這時候得知他和獸人族的領袖相識，著實令人大吃一驚。

「竟是有這層意想不到的關係呢。」

「嗯……可是獸人那邊希望他協助的，究竟是什麼事呢？該不會跟卡馬爾要塞有關係吧？」

「恐怕正是如此……」

「畢竟那裡是出了名的易守難攻啊。要是獸人族在這時候受挫了，我們也很困擾，但亞特閣下人又在索利斯提亞……傷腦筋。」

「就算亞特閣下是我國的客人，對方隨便叫這位大恩人過去也未免太不敬了。不過事情若是跟那座要塞有關……確實可以理解他們為何要找亞特閣下過去。」

伊薩拉斯王國也知道卡馬爾要塞的防衛有多麼強固。

他們也推測得出光靠獸人族那種只憑蠻力進攻的做法，八成會陷入苦戰，可是讓人隨隨便便就把本國的英雄給叫去，這他們也很困擾。更何況當事人目前不在伊薩拉斯王國。

說是這樣說，但獸人族的領袖既然跟亞特是舊識，他們也不方便擅自回絕，以免惹怒亞特。實在是個令人煩惱的問題。

「……這時候還是請諜報單位負責聯絡，後續就交給亞特閣下來判斷吧。」

「我也覺得這樣做比較好。你都聽到了吧，拜託你立刻去聯絡諜報單位。」

「是，遵命。」

於是在幾天之後，隸屬於諜報單位的薩沙前來拜訪了亞特。

第七話　大叔預見戰爭的徵兆

自從茨維特等人返回學院後，已經過了六天。

傑羅斯雖然跟路賽莉絲以及嘉內訂了婚，但還是一如往常地在地下室玩耍。

在他身旁的亞特則是對眼前這巨大機械的性能驚嘆不已。

「……這玩意兒很強耶，除了金屬的結合和分離之外，還能同時加工、作業和組裝。不僅如此，還可以運用魔導鍊成，直接從礦石中抽取特定的礦物成份，只要有這玩意兒，根本就不需要工廠了嘛。」

「明明只是把機械連接起來而已，就能發揮出這種非比尋常的性能……以前的工業技術真的很不得了耶。」

「這真的是一台萬能工業用機械。要是有好幾台這種玩意兒，要量產兵器也不是難事了吧。」

「得先讓它讀取詳細的設計圖就是了。不過這速度真是快得嚇人啊……」

不僅能夠將必要的材料分類或加工，連製造零件以及組裝等一貫流程都可以靠這一台機械搞定。而讓他們最為吃驚的就是這台機械能夠進行魔導鍊成。

而且從選擇材料或零件開始，到判斷是否為必要的素材，以及將剩餘素材回收再利用這些作業，這台機械都會自動執行，所以幾乎沒有需要人類手動處理的事情。

硬要說的話，只有設計和輸入零件資料需要人工處理吧。

「垃圾分類也很輕鬆呢。考慮到從零開始打造零件要耗費的工夫，到底得花費多少時間呢。它甚至還把貨櫃拆解掉並壓成金屬條了，真是幫了大忙啊。」

「已經回收所有貨櫃了嗎？可是……」

原本用來拆解多腳戰車的房間為了放置這台機械而進行了擴充。

巨大機械現在也忙碌地以可怕的速度組裝著某個東西。

那東西猛一看像是一台大卡車，後輪的部分卻像是坦克的履帶，貨台上設置了一門砲管。

其主要在戰場上負責驅逐坦克、進行支援砲擊，或執行對空攻擊工作，一般稱為半履帶車的車輛。

「我說傑羅斯先生……」

「怎麼了？」

「我記得你一開始是想做坦克的吧？為什麼變成半履帶車了？」

「我本來是想做一台獵豹式驅逐戰車啦，不過想說既然都要做了～做個更冷門點的比較好吧～所以在途中改變計畫了。而且這種車的設計圖也比較好輸入啊。」

「…………說得也是，這個人打從一開始就是這種人。」

只因為當下想到了什麼，就乾脆地推翻原本的預定或計畫。

傑羅斯起初當然也是充滿幹勁，想打造一台坦克出來的，但當他為了測試這台工業用機械，開始繪製設計圖的時候，途中產生了『在測試製作的階段就突然弄台坦克出來也不太理想，還是先從簡單明瞭的卡車開始好了』這種想法，便修正了原有的方針。

而他的想法又繼續延伸，變成『做一台普通的卡車太無趣了，把後輪改成履帶吧』，最終來到了

『把八十八公釐高射砲放上去看看吧』這樣。

所以這輛卡車的外型跟日本某間廠商的產品極為相似。

「總覺得這會讓我聯想到自衛隊的車耶。」

「那是當然的吧～因為那家廠商也有在製造自衛隊用車啊。我有把那些特徵納入我的設計中。」

「雖然你還是硬加上了二戰時期的德軍風格……」

「動力部分沿用了守衛機器人的魔導力發動機，並使用數個魔力馬達來代替引擎。開砲的時候能伸出驅動式固定腳架來保持平衡，以便在穩定的狀態下開火喔。」

「與其說這是自衛隊用車，感覺更像是硬把消防車改成軍用車輛耶。」

「我確實是有參考消防車的結構，所以你這也不算猜錯啦。」

而且車體和基本框架是用混入山銅的鐵、祕銀和精金的合金製成，裝甲雖然比虎式或豹式薄，卻遠比這兩種坦克堅固。

砲台卻不知為何是舊型的，只有正面有防衛盾可以防範來自前方的子彈。

「這砲管……是不是有點長啊？」

「這麼長，已經算是高射砲了呢。」

「可是這輛車根本沒有偵察能力不是嗎？」

「不能期望這種車上會有那樣的功能。」

「而且這輛車太大了，沒兩下就會被發現了吧。」

「你覺得這個世界會有人想挑戰這玩意兒嗎？」

要是這種危險的東西在這個世界上普及，魔導士的時代馬上就要結束了。

不過既然槍這種武器已經存在於世上，時代便會往新的潮流邁進。

傑羅斯可以想見，再過不久就會有人製作出大砲了。

「你是想跟哪裡開戰啊……」

「目前應該是梅提斯聖法神國吧？」

「你要以個人身分挑起戰爭？」

「我是很想賞那個法皇一砲啦。」

「那個不是教皇嗎？那四神呢？」

「如果梅提斯聖法神國快垮台了，四神應該會現身吧？只是讓我們遇上的可能性應該很低。感覺小邪神會輕鬆地找到她們。」

「…………」

棘手的機械落入了危險人物的手裡。

這樣下去大叔很有可能會大量產出真正的戰鬥用機器人，或是比地球上的原型更為堅固的兵器。而且亞特還會淪為共犯。

「饒了我吧……」

「我沒打算要把這玩意兒用在戰爭上。唉，不過真有必要時，我也不知道我會怎麼處理就是了。」

「現在應該有一點開戰的徵兆了吧？」

「獸人族、伊薩拉斯王國和阿爾特姆皇國這三個勢力吧。雖然其他周邊小國也可能會挑起戰火，但是索利斯提亞魔法王國應該會私下與對方接觸，在不造成傷亡的情況下奪走他們的領地吧？我之前也說過了，德魯薩西斯公爵就是這種人。」

「真希望梅提斯聖法神國繼續耍蠢下去。」

梅提斯聖法神國毫無疑問地走在亡國之路上。

問題就在他們究竟會在何時滅亡，在距離滅亡之日已經開始倒數計時的現在，幾個國家都虎視眈眈地期盼著那一刻的到來，深怕錯過時機，頻繁地派間諜前往該國。

其實在檯面下已經進入開戰狀態了。

「先不提獸人族的入侵對其他國家來說是很好的障眼法，我個人倒是有點在意另一件事。」

「另一件事？」

「亞特你有看過這篇新聞報導嗎？」

傑羅斯把放在器材上的報紙隨手扔給亞特。

亞特接過報紙，立刻看起了上頭刊載的內容。

「……這篇四格漫畫超無聊的～」

「那個不重要啦，是正中間附近的那篇報導，內容有點……」

「我看看……梅提斯聖法神國，阿爾巴斯領的城塞都市＊＊＊＊——墨水暈開了，看不清楚都市名是啥。呃，從＊＊＊下水道出現了神祕的魔物，而目前在世間引發了大騷動的龍攻擊了該魔物……咦？龍？」

「問題還在後面。」

「這條龍襲擊了各地的神殿和教會……龍竟然跑去襲擊神殿！那個國家到底對龍做了什麼啊？呃，由於龍碰巧遇上魔物並與其交戰，使當地居民得以逃離都市，免於傷亡，然而造成的損害……嗯？」

「很令人在意吧？」

雖然龍也有種類之分，但基本上屬於高智慧生物，具有會毫不留情地攻擊並殲滅其認定為敵人之事物的習性。所以即使神祕魔物襲擊城塞都市，龍應該也會繼續完成自己原本的目的，不會介意此事。

龍絕對不會進行無謂的戰鬥。

「牠可是襲擊了教會和神殿喔？然而卻放任居民逃走……龍的目的難道是破壞四神教的設施嗎？」

「而且這條龍還打退了不明魔物。簡直就像是在保護居民，是我想太多了嗎？」

「不，好像還是有出現死傷民眾喔。」

「畢竟是兩隻巨大生物在交戰耶？難免會有人喪命吧。是說報紙還寫了另一件讓我很在意的事。」

「還有喔……嗯嗯？」

默默讀著報導的亞特這下知道傑羅斯為什麼在意了。

報導中的內容提到，龍在交戰中啃食魔物，外型也同時出現了變化。

龍就像是吸收了魔物，頭增加為五個，翅膀變為兩對，身形也變得更為龐大。

要說這是進化也很合理，然而亞特想到了另一種可能性。

那就是使用邪神石製成的麻藥。

「………」

「那頭龍真的是龍嗎？我覺得牠根本就是別的玩意兒啊。」

「不是，這也有可能是假消息吧？」

「如果是事實，起因就會導向某種魔法藥上了。其實這玩意兒之前也在這個國家造成了問題吶……我在協助建設橋梁時碰過類似的怪物，還有愚蠢的罪犯把這種藥用在同類身上，想攻打桑特魯城。有個對茨維特懷恨在心的少年好像也曾經服用過類似的祕藥。再來就是這報導中的怪物了。那種危險的魔法藥……是你做的吧。目的是讓梅提斯聖法神國陷入混亂。」

「…………」

使用邪神石製成的魔法藥的確是亞特開發出來的。

可是將這種藥流入市面的是伊薩拉斯王國的諜報部門，目的也正如同傑羅斯所言，是想利用與梅提斯聖法神國敵對的黑社會分子進行恐怖活動。

完全是一種破壞行動。

對亞特來說，最大的問題在於使用了這魔法藥的人曾經盯上茨維特。

「……唉，過去發生的事情就算了。我也可以理解亞特你的心情。問題是那個神祕魔物跟龍很有可能是同種類的生物。因為若是報導內容屬實，那不就代表龍吸收了那隻魔物嗎？」

亞特知道傑羅斯想說什麼了。

那就是龍的真面目。

「你想說這條龍的真面目是那些前勇者嗎？」

「如果依這個脈絡下去思考，就能解釋那條龍為什麼會襲擊神殿和教會了。這條龍跟我們之前遇上的殭屍們本質是一樣的，目的想必是復仇吧。不然我實在不覺得那個國家會去挑釁龍啊。」

「……真的假的啊（不過這個說法確實更為可信）。」

「梅提斯聖法神國正面臨內憂外患。我看他們應該沒有餘力去觀察其他國家的動態吧？如果是這樣，事情可能會推進得更快喔。」

「應該認為各國在近期之內就會有動靜嗎……意思是快要開戰了？」

「沒錯。」

在魯達・伊魯路平原與獸人族之間的衝突。

大地震造成的混亂。

在國內肆虐的巨龍。

周遭諸國當然不可能放過這個大好機會，會以最快速度開始準備發動侵略戰吧。

畢竟梅提斯聖法神國現在根本沒有餘力對應。

「勢力版圖將會大幅改變呢。」

「德魯薩西斯公爵有援助伊薩拉斯王國和阿爾特姆皇國吧？該不會……」

「他除了建材之外，好像也送了軍用補給物資過去，不曉得現在到底準備到什麼程度了。是說我們該怎麼辦才好呢～」

「要參戰嗎？」

「這個嘛，我自己是覺得沒必要做到那種程度，不過我很想找四神的碴就是了。」

「這點我是認同，但就我們兩個人去做嗎？」

若是傑羅斯和亞特聯手，輕輕鬆鬆就能毀滅一個國家。

可是他們跟當地居民沒有任何過節，可以的話並不想連累一般民眾也是事實。這點確實很傷腦筋。

「如果要參戰，你覺得要加入哪一方比較好？」

「不要問我這種問題啦。真要說起來，我根本不想打仗。」

「可是我們總得回敬一下那些傢伙吧？尤其是四神。」

「這就是重點了啊～……」

四神犯下了不僅這個世界，甚至連周遭世界都有可能會一併崩解的愚蠢行徑，沒有狠狠教訓她們一頓，那還真是嚥不下這口氣。

然而一旦展現出自身的實力來協助某個國家，他們恐怕就再也過不了平靜的生活了。

「真希望那些國家能自己去打他們自己的呢。以我們的立場而言，不隸屬於任何一方勢力……咦？既然這樣，去幫獸人族好像可行耶？」

「畢竟獸人族幾乎沒有國家的觀念啊。不過那邊可是有布羅斯在喔，還需要我們出手幫忙嗎？」

「不需要呢。」

「你講得有夠斬釘截鐵的。往後該怎麼辦啊……」

「這個嘛，船到橋頭自然直吧。我們也只能看狀況，見招拆招就是了。」

傑羅斯他們這時候還太小看了狀況千變萬化的程度。

◇◇◇◇◇◇

在桑特魯城的某處。

這裡是有許多倉庫林立的倉庫區域，相對接近工匠們的聚集地。

許多商人為了做生意而租用此處的倉庫，用來保存要運送到其他城鎮的貨物，不過這塊倉庫區域有一部分是屬於索利斯提亞商會的。

「嗯，明明是從宅邸那邊走路就能到的距離，卻要搭馬車過來，實在有些浪費人力資源啊。」

「德魯啊……你是不是忘記自己是貴族了？而且就算你腿力強健，這個距離對老夫來說還是覺得很吃力啊。」

「我倒不認為父親大人的腿力有這麼差。畢竟您能和那位薩加斯閣下認真交手。」

「以前還好說，現在的老夫若非使出渾身解數，是沒辦法和他對等過招的。比起那種事，你想讓老夫看的東西是什麼？」

「以某方面而言，算是我名下商會的新商品。不過這東西在軍事層面上也具有重大的意義，所以我花了很長的時間在籌備。」

「籌備……啊。畢竟是你，既然都說這是商品了，想必已經做好能夠量產的準備了吧？你做事總是先斬後奏呢……」

克雷斯頓不禁感到頭痛。

他的兒子德魯薩西斯一旦動了念頭便會立刻行動，並且在做出某種程度的成果之後才會向他報告。等他來徵求克雷斯頓同意的時候，事情多半都已經做完了。

克雷斯頓是覺得他要安排計畫是無妨，但希望他能在付諸實行前就先行報告，不過事到如今說這些也是枉然。

「算了。趕緊讓老夫看看你所說的商品是什麼玩意兒吧。」

「請您稍待片刻。」

德魯薩西斯下了馬車，跟一旁的警衛打了聲招呼後，鐵製的門扉緩緩動了起來。

克雷斯頓看門打開，也跟著下了馬車，走到德魯薩西斯身旁。

「德魯薩西斯公爵大人、克雷斯頓前公爵大人，請往這邊走。」

「嗯。」

『好了，讓我瞧瞧這傢伙又搞出什麼名堂來了？雖然這裡表面上看來只是間普通的倉庫……』

倉庫裡面放了許多木箱和木桶，上面貼著寫有商品名稱的小標籤，方便管理。

就他看上去的感覺，每樣都是商會原本就有在經手的商品，幾乎全是日用品。

實在不像是軍方會需要的東西。

「父親大人，是這個。」

「什麼？不就是個普通的木箱嘛。這裡面裝了你說的東西嗎？」

「是的，這裡面裝著足以徹底改變今後軍隊型態的商品。我這就介紹給您看看。」

倉庫管理員在德魯薩西斯的催促下打開了木箱的蓋子。

裝在箱內的東西，是約莫掌心大小的小型金屬筒狀物。

「這是什麼？」

「這種東西叫做罐頭，裡面裝了加工過的油漬魚肉。也有人說這是鮪魚罐頭。」

「這東西會在軍隊裡掀起革命？」

「父親大人，要派出軍隊，必須要有足夠的糧食來支持士兵。這種罐頭便於攜帶，並且可以長期保存。而且能不只魚肉能夠做成罐頭，加工後的肉品或是湯品，各式各樣的料理都能夠應用到罐頭加工上。只要在罐頭上開出一個小洞後隔水加熱，不管身處何處，都能夠輕鬆的享用到熱騰騰的食物。」

「唔！」

克雷斯頓這下聽懂德魯斯薩西斯的言下之意為何了。

過往的攜帶糧食以肉乾、乾麵包、少許的甜食以及飲用水為主，只能攝取到最基本的營養素。但如果用上能填充各式各樣料理的罐頭，那麼狀況可就不同了。

歷史上也不乏由於索然無味的餐點導致士氣低落，在重要的戰局上失誤連連的案例。最慘甚至會導致自軍分崩離析。

更進一步來說，在戰場上想要好好吃一頓飯，只有在自軍本陣或城砦之類，有派駐廚師的地方才有可能達成，而且唯有高官能享有這樣的特權。

愈是在戰場前線，糧食問題就愈是嚴重。

而罐頭的出現將會徹底顛覆這樣的常識。

將著眼點放在食物的品質上，可以說是嶄新且劃時代的點子。

「就算是在最前線，也能靠著溫暖的食物防止士氣下滑，藉此維持戰線嗎……」

「在運送上也因為罐頭體積小不占空間，比起把肉乾裝在木桶裡，可以運送更多糧食。而且罐頭裡裝的是已經調理好的食物，所以無論在哪裡都能立即享用。」

「還不只這樣。肉乾會因為製造業者不同而有品質落差，有些業者甚至會摻雜腐壞的肉乾進去。能夠防範這點也是罐頭的魅力之一吶。」

「因為罐頭是密封容器，就算淋到水，食物也不會因此腐壞。再說只要事先將罐頭發配給所有士兵，讓士兵們帶在身上，也能夠減輕後勤補給部隊的負擔。」

「可以讓所有士兵攜帶幾天份的糧食是吧？這確實是革命性的改變。」

德魯薩西斯其實想得更遠。

他推測所有士兵都改配備魔導槍，宣告劍的時代告終的日子遲早會到來。

他從以前就在推動攜帶糧食的準備工作，但他認為魔導槍普及之後，比起重武裝騎士，重視機動性和制壓能力的輕裝騎士人數應該會變得更多，因此加快了開發攜帶糧食的腳步。

算是為了即將到來的時代所做的事前準備。

「戰爭的常識會因此改變呢……」

「嗯，毫無疑問地會改變吧。畢竟異世界的歷史已經證明了這點。」

「那麼，這項技術……」

「我在徹底調查過約三十年前受召喚的勇者，以及最近出現的異常外來者那裡所獲得的情報之後，覺得必須徹底改變軍隊的現況。我從之前就開始籌備這件事，當作測試方案了。因為就算在軍事層面上失敗了，只要罐頭獲得好評，還是可以帶動商會的銷售額啊。」

「以我對你的了解，我想你已經進行大量生產了吧？」

「畢竟現在也能透過伊薩拉斯王國這個管道得到礦石資源了，我就乾脆把手上能動用的資金全部投

資下去了。罐頭早已量產，送去伊薩拉斯王國了。」

「你、你說什麼！」

雖然想說先斬後奏也該有個限度，可是相較之下，他已經把罐頭送去伊薩拉斯王國更是個大問題。因為這種技術要是外流，將會導致國家利益受損。

而且德魯薩西斯最近有許多積極的動作，比方說和位在周遭的梅提斯聖法神國貴族交涉，採取了一些連同國家高層也一併牽扯進來的行動。

克雷斯頓這時候意識到了某個可能性。

現在是所謂的戰前準備時期，鄰近諸國的動態就他所知的範圍內，也愈來愈有那種傾向。搞不好某些國家已經開始有大動作了。

「你……覺得就快要開戰了嗎？」

「父親大人您怎麼看？我想不用我說，您也在某種程度上掌握住情報了吧。」

「雖說這是老夫個人的看法，但老夫認為梅提斯聖法神國近期內就會滅亡了。我們確實採取了會讓那國家步上絕路的行動，不過既然你這麼說……表示事情會比原先預期的還要早發生，是吧？」

「到那國家與獸人族之間的戰爭為止，是還能大略估算出一個時間，但是因為有那頭神祕的龍到處鬧事，讓周遭國家得以趁隙籌措軍備，所以我也請伊薩拉斯王國開始做戰前準備了。我認為我們也該做好防衛的準備。」

「你的意思是聖法神國有可能會自暴自棄，舉兵攻入我國？老夫還真希望這事你沒料中呢。」

「我也這樣想。」

德魯薩西斯已經接觸過梅提斯聖法神國一部分的當權人士，打算藉由說服他們倒戈到索利斯提亞這方，藉此削減梅提斯聖法神國的國土面積，唯獨賈巴沃克的行動出乎他的意料。

賈巴沃克專挑教會、神殿下手，有時候甚至會攻擊城砦，牠的行動以超乎德魯薩西斯預期的速度，使情況變得更加混亂。

因此德魯薩西斯在監視著伊薩拉斯王國和阿爾特姆皇國動靜的同時，也得整頓好軍備，預防萬一。故提前了原本的計畫，開始採取行動，並加速魔導槍的量產作業。

而不知道該不該說幸好，由於他從以前就在祕密策劃的罐頭工廠運作得很順利，使他得以能發配糧食到位於國境的城砦或要塞，剩下的部分則是送往了伊薩拉斯王國。

德魯薩西斯打算將方針切換為在梅提斯聖法神國察覺之前，使該國目前內憂外患更為惡化，助長混亂的情勢。

「這事也真是麻煩。最理想的狀況是在決定要開戰的時候，就已經分出勝負啊。」

「不可能一切都照著我方的盤算進行吧，只能祈禱萬事能早些做好準備了……魔導槍的配備狀況如何了？」

「生產速度比預期的要慢，現在才總算完成一個小隊的配備量吧。該增加鐵匠的人數嗎……」

「因為是機密，也不能隨便聘用鐵匠加入製作團隊吶。真傷腦筋。」

「雖然我是有把零件分別交由不同工廠製作，不過遲早會被其他國家察覺到吧。畢竟情報這種東西，總有一天會洩漏出去的。」

梅提斯聖法神國的火繩槍已經成為周遭國家眾所皆知的東西了。

同樣的，魔導槍的情報也不可能永遠隱瞞下去。

所以在那之前，他們必須超前其他國家，在技術層面上取得優勢。

儘管兩人考慮到未來，正在規劃著各種計策，這時卻有一位騎士到來，打斷了他們的對話，在兩人面前進行報告。

「德魯薩西斯公爵大人，在下有事稟報。」

「嗯？什麼事？我們正在講很重要的事情喔？」

「是諜報部門那邊傳來了緊急郵件……請您過目。」

「諜報部門？好，我看看是什麼事。」

德魯薩西斯接過信封後當場拆開，確認裡面的信件。

信上的內容讓他臉上露出了若有所思的表情。

「德魯啊，是有什麼動靜了嗎？」

「一言以蔽之，就是希望我們能派遣指定對象過去的請求。」

「竟是要派遣指定對象？是伊薩拉斯提出的，還是阿爾特姆？」

「是獸人族提出的。消息是透過伊薩拉斯傳來的，說是希望能派遣亞特閣下出面協助。」

「為什麼要找亞特閣下過去呢？老夫以為有領導獸人族的那位在就綽綽有餘了吶。」

「我大致上可以理解原因就是了。」

德魯薩西斯從信件中的內容中，大概可以看出獸人族雖然敬重強者，卻又覺得讓外來的強者獨領風騷，讓他們很沒面子。

德魯薩西斯把可能是獸人族雖然願意與強者並肩作戰，卻不能接受由於彼此實力差距過大，造成自己派不上用場的狀況，然而也不好開口埋怨，結果逕自鬧起彆扭的推測告訴了克雷斯頓。

「該怎麼說……獸人族還真麻煩啊。是說為什麼會找亞特閣下呢？」

「我是想得到幾種可能性，不過我想關鍵應該是他們手中的武器吧。」

「啊～……因為他們手上的武器品質低劣，就算想修理，人手也不夠，是吧？」

「除此之外，就是卡馬爾要塞就在眼前，獸人們卻鬧起彆扭來，所以想找亞特閣下過去，代替現在的獸人領袖大展身手吧？若沒能攻下那座要塞，就很難侵入聖法神國。」

「畢竟還有安佛拉關隘哪。」

「一旦攻下關隘，北側的城牆就失去防衛意義了。我想獸人族為了避免被夾攻，所以想要先攻下要塞吧。」

雖然這是讓獸人族領袖（凱摩．布羅斯）去打下要塞就能解決的事，獸人族的各個部族卻不能接受這種做法。因為他們希望自己能夠與領袖並肩作戰到最後。

布羅斯為了減少犧牲而採取的行動，最終還是抵觸了獸人族的傳統及民族性的禁忌，傷到了他們的自尊，這說來也真是諷刺。

「……老夫很不想這麼說，但他們也太傻了。」

「也可以說這就是他們的民族特性，不過他們的行事作風太不重視合理性了。實在不是能夠結盟的對象。」

「他們的腦袋沒辦法去思考太複雜的事情吶。所以說，你要把亞特閣下送去獸人族那裡嗎？」

「順便讓傑羅斯閣下也跟著一起去吧。獸人族領袖跟傑羅斯閣下和亞特閣下似乎是舊識，他們兩個應該很樂意去幫這個忙吧。」

「這樣做不會反而讓危險人物齊聚一堂嗎？」

「我很期待會發生什麼事呢。」

在無視當事人意願的情況下，要將賢者和大賢者送去北方的事情便定下來了。

據報告指出，獸人族領袖的實力似乎也超過了人類的水平。德魯薩西斯很好奇，這樣超乎常理的三個人湊在一起，究竟會發生什麼事。

這只是因為他最近老是在處理案頭工作，在尋求能夠宣洩壓力的刺激，然而身為父親的克雷斯頓沒有察覺到這一點。

「好了，時代會如何變遷呢。」

「這只能等結果出來了。」

時代的走向會因為人們的行動及造就的結果而改變。

那有時會造成局勢發生巨大轉變，招致最惡劣的狀況發生，為了防止這種危險性，現在必須蒐集情報，謹慎地觀察事態的變化。

目前唯有一個大國即將消失是可以確定的事，然而這個結果將在往後又會誘發怎樣的事態，如今仍是未知數。

◇◇◇◇◇◇◇

伊斯特魯魔法學院迎接一批新生，開始了新的學期。

講師陣容忙著處理各種麻煩的問題，累積了相當龐大的壓力。

而處在這種狀況下的講師們想到的解決方法……該怎麼說呢，非常不負責任。

他們為了實行那個不負責任的想法，將成績優秀的學生們聚集到禮堂來，現在正準備向學生們宣布這件事。

「那麼，各位的在學成績極為優秀，我們身為講師，對此也感到十分自豪……不過我想各位應該也很清楚，目前我們學院正面臨著各式各樣的問題。」

看著講師代表一番話說得吞吞吐吐，成績優秀的學生們心中掠過一抹不安。

其實這些成績優秀的學生已經知道講師們打算說些什麼了。

可是唯有這件事，他們實在不願接受。

正因為如此，在場所有人心裡都抱著『你可別說啊？千萬別說出來啊』的想法。然而從講師那一副難以啟齒的模樣，他們也知道希望渺茫了。

「我也不想把話說得太長，拖延時間，所以我就直接了當地說了。我們想請各位協助指導新生！因為你們比我們這些講師更優秀啊。」

「「「竟然說了！竟然真的說了！」」」

這句話等於是在宣告，講師們捨棄了自己的存在意義。

過去講師們都躲藏在派系之下，但是現在由於魔導士團遭到大規模解散，派系的存在也變得毫無意義，講師們為了自保，只能力求保住學院存續，致力於營運。

可是在魔法術式（或者說魔導術式）的解讀方法公諸於世之後，講師們過去所學的知識已經從基礎部分完全崩解，更困擾的是目前陷入了只有學生能夠建構正確術式的難堪狀況。

講師們已經無計可施，只能剩下拜託成績優秀的學生們協助教學這個手段了。

「當然，我們不會要你們做白工。學院這邊會提供你們擔任臨時講師的薪資，你們畢業之後想繼續留在學院擔任講師也沒問題。」

「「「未免太不負責任了吧！」」」

「有什麼辦法，因為你們比我們還優秀啊！我們這些只學過舊有理論的人還能怎麼辦啊！」

「「「這算什麼，遷怒嗎？」」」

「我受夠了……真希望整個人生能夠重新來過。我至今都學了些什麼呢……哈哈哈。」

『『『他開始自暴自棄了～～～～？』』』

這個講師所說的話，也只是陳述了所有講師的心聲。

就現實層面來看，講師們所說的全是事實。正在學習尖端魔法學的就是這些在做自由研究的成績優秀學生，講師已經走頭無路，只能藉助他們的能力了。

可是這些徹頭徹尾只顧研究的學生研究家對其他人沒有興趣，也一點都不想和新生扯上關係。

「非常抱歉，可是我們沒空去理會新生。光是被你們叫來這裡就是在浪費我們的時間了，到最後還想要我們擔任講師？這樣做未免太不負責任了吧。」

「庫洛伊薩斯同學……你說得是沒錯，但是這些話從你這個老是惹出問題的人口中說出來，也很難讓人接受啊。你雖然說我們不負責任，可是追根究柢，這個問題的起因就出在你身上啊。啊～我知道你會怎麼反駁我，你想說『我只是糾正了過去錯誤的魔法術式解讀法』對吧？但是我們這些講師陣容，全都是學了那些錯誤解讀法的人，我們已經變得沒辦法再去指導任何人了。現在除了你們研究室裡的成員以外，沒有人能夠教導次世代的魔導士們了。」

「……唔。」

講師說得沒錯。

不如說完全沒考慮過後果就公開研究成果，招致這樣的混亂卻什麼也不做，還責怪講師們不負責任的庫洛伊薩斯反而顯得更不負責任。

「就這個層面來看，隸屬於惠斯勒派研究室的學生也一樣。你們嘴上提倡應該要把專精戰鬥的魔導士，與專精研究及生產的魔導士分開，真的開始改革的時候卻什麼也不做，只會說『我們只想做研究』，這樣不也是不負責任嗎？」

「「「火怎麼燒到我們身上了？」」」

「當然，其他研究室也一樣。正因為如此，你們是不是該把部分研究成果與其他院生們分享呢？畢竟你們徹底推翻了基礎教育。我們就是基於這樣的前提，才會希望能由你們來指導新生的。不，我們甚至覺得連中等部的學生都該交給你們指導。」

「也就是說，要利用這批連基礎教育都沒學過的新生，評估並建立新的基礎教學內容嗎？（雖然我有預料到事情會這樣，但沒想到講師們真要我們來照顧剛入學的新生？不是新加入研究室的新生？）」

「可以這麼說。而且這件事情正逐漸演變為必須盡快處理的問題。要是沒處理好，明年開始我們可能就要招不到新生了喔～茨維特同學。」

學院現在有如在風雨飄搖中逐漸下沉的船隻。

即使拚命想要解決問題，卻在最根本的地方上有個難以填補的大缺口。

要讓學院恢復原有的運作狀況，唯有進行嶄新的改革一途了。

「課程內容全權交由你們決定。由於已經確定要執行了，希望在座的各位同學能夠協商後訂定今後的計畫。再來是請在授課後製作並提交授課內容報告書。另外，因為我們會發放臨時講師的薪資，所以會提供合約給各位，請在審閱合約內容後簽名回傳。薪資很低就是了！除此之外……就是授課的時間與天數了吧，這部分也要請各位詳細記錄並提出了。事情就是這樣。」

「「「「真的假的……而且薪資還很低喔……」」」」

「你們對教師的薪資是有什麼期望？更何況你們算是臨時講師喔，當然不可能高到哪裡去吧。」

「「「「再說什麼都沒用了嗎……」」」」

於是伊斯特魯魔法學院陷入了由研究生負責指導新生這種前所未聞的狀況。

從來沒有站上講台過的他們，因為被講師們硬塞了這些麻煩事而煩惱不已，只能在教室裡討論起關於新生的課程規劃。

後來這些成績優秀的學生們全都口徑一致地表示：

『講師們把麻煩事全都丟給我們了……』

第八話　大叔準備前往魯達．伊魯路平原

傑羅斯被請到了索利斯提亞公爵家的別館。

他在別館的女僕帶領下來到會客室，發現亞特和前公爵克雷斯頓已經在裡頭了，而且現場的氣氛有些沉重。

「克雷斯頓先生，好久不見了。」

「喔喔，傑羅斯閣下，等你很久了。」

「我一踏進房間就感受到一股沉重的氣息，是發生了什麼麻煩事嗎？」

「要說麻煩確實是有些麻煩。哎呀，總之你別站著說話了，先坐吧。」

傑羅斯坐在感覺相當昂貴的沙發上。

先他一步來到這裡的亞特不知為何很是苦惱的樣子。

「亞特你是怎麼了？你臉上掛著以為自己吃下的是義大利馬鈴薯餃子，實際上卻是韓式辣炒年糕時的表情喔。」

「那是怎樣的表情啊……」

「這個嘛……像是因為太傷心而一邊打鼓一邊唱雷鬼，對著在上天的前黑暗大邪神祈禱後，卻被敵人悄悄摸到身邊，還吃了一記肌●地獄的猩猩那樣的表情吧？」

「你這說明不但有太多地方可以吐槽，還變得更難理解了啊！誰知道那是怎樣的表情啊！」

「……兩位啊，老夫可否繼續說下去了？」

「「抱歉——」」

大叔和亞特被克雷斯頓用冷漠的視線看著，歉疚地縮起身子。

這不是個適合捉弄亞特的場合。

「所以說是什麼事？找我來應該是希望我和亞特一起接下某項委託吧？」

「該怎麼說好呢。是獸人族那邊透過伊薩拉斯王國，指名要亞特閣下前去協助他們。」

「喔……」

「老夫猜對方大概是想請他去修理和整備武器，但是你看……亞特閣下畢竟有家眷在嘛？他放不下心，不想離開妻小身邊啊。」

「啊～……」

在傑羅斯來之前，亞特已經先聽過完整的說明了。

以他的立場而言，他不想拋下好不容易能夠一起生活的唯和女兒，離開索利斯提亞魔法王國，也不想特地跑去位在大國另一側的獸人族領地。

真要說起來，亞特過去之所以會協助伊薩拉斯王國，不過是出於偶然。再說他來到這個異世界的原因，追根究柢也是四神惹出的事端，他說穿了只是為了復仇才行動的。

他也不是想當英雄，既然和唯重逢了，他自然想避免再介入這些國家之間的問題，老實說這些事只是徒增他的困擾。

也可以說原本作為動機的復仇心變淡了，讓他變得想避免惹上麻煩。

「布羅斯那傢伙……幹嘛特地指名要我去啊。」

「這麼說來，獸人族的領袖是布羅斯小弟呢。他這個人若是為了保護獸耳，即便是舊識，他也會當成棋子利用的。」

「我不想參戰啊……」

「畢竟獸人族沒有像樣的鐵匠吶。依老夫個人的見解，確實是會想幫他們提升一下武器的品質吶，這也是為了減少犧牲人數。」

「品質？獸人族的武器有這麼差嗎？」

「因為那些武器本來就不耐用了，他們還要雕上民族特有的花紋吶。不適合用在長期戰上吧。」

在傑羅斯的腦海中，浮現了布羅斯（在遊戲裡的分身造型）毫不害臊地來拜託他們，說『抱歉啦～雖然我來做強化也行，可是一個人做實在太累了，幫幫我嘛～』的身影。

然而答應他的請求，傑羅斯和亞特毫無疑問地就得參戰了吧。

「也就是說，克雷斯頓先生認為獸人族那邊的戰爭已經步入最終階段了嗎？」

「或者說正要開始吶。卡馬爾要塞和安佛拉關隘……只要攻下這兩處，獸人族就等於是勝券在握了。但是負責防衛北方的聖騎士團正守著這兩處。」

「即使獸人族派出大軍進攻，照預測來看，仍會有大量傷亡嗎？再加上武器品質不佳的問題，狀況應該會更糟糕吶。」

「雖說戰爭的確是以量取勝，但也會受到武器的品質影響吧。即便是強壯的獸人族戰士，手上拿著三兩下便會用壞的武器，也無法盡情作戰。」

「要塞這種地方，布羅斯一個人就能攻下了吧。」

大叔也同意亞特的意見。即使如此布羅斯還是希望亞特能出面協助，就表示出了其他的問題。確實很有可能是想委託他修理武器。

「什麼，他竟然強到了這種程度嗎？若是如此，獸人族想必相當消沉吧……」

「布羅斯確實做得到呢。因為單論肉體戰鬥能力，他還勝過我們這些魔導士啊。」

「「啥？」」

「純正的獸人族啊，認為能與強者並肩作戰是無上的喜悅。不過要是那位強者專斷獨行，導致戰鬥在他們不知情的狀況下便結束，獸人們反而會鬧起彆扭，因此罷工吶。」

「「這什麼麻煩的習性……」」

「因為他們以部族為單位，過著集團生活，所以不能接受有人專斷獨行。即使那是他們認可的強者也一樣。」

就算是說客套話，獸人族的生活也絕對稱不上優渥。因此才必須讓部族團結一致，靠著互助合作的方式在嚴苛的環境下生存，不過也由於這種特性，他們不允許任何人擅自行動，就算是為了保護伙伴，部族長也不准他們單獨行動。

換個說法就是會說『要下地獄大家一起去』、『我們是一家人，絕不會讓你孤獨死去的』這種話，不論做什麼都要所有伙伴一同行動的種族。

雖然作為一支軍隊來看，這種組織非常可怕，可是獸人族缺乏適才適所的觀念，不論碰到什麼事情，都會用集體蠻幹的方式來解決。

要是布羅斯打算獨自和敵軍分出勝負，獸人們就會高喊著『大哥，我們也要一起去～～！』這種話，沒過多久便會成群結隊地跟上來。

對於想減少傷亡的布羅斯來說，他們的信賴很令人高興。可是相反的，這也是應對起來相當棘手的民族性。

「……布羅斯想必很辛苦吧。」

「敬重強者、保護弱者，要動手就是所有人使出渾身解數一起上。這就是正統的獸人族。」

「在平原上那倒是無所謂，但是攻打要塞這種地方，得考慮到戰略和戰術層面的問題吧。那些傢伙難道有集體自殺的傾向嗎？」

「是民族傳統深植人心造成的吧。因為他們基本上有著認為『戰死的伙伴靈魂與自己同在』的習俗在。所以只要賭命戰鬥，最後一定會獲勝的想法強烈地盤據在他們的腦海中吶。」

「戰爭可沒有簡單到光靠這樣就能獲勝啊。」

真的是相當麻煩的民族。

不過正因如此，在能夠大舉進攻的情況下，他們能夠發揮出不容小覷的強悍實力也是不爭的事實。

「所以說，找我來的理由是什麼呢？」

「你應該已經多少察覺到了吧？」

「是要我跟亞特一起前往獸人族居住的平原嗎？對方明明只有指名亞特耶。」

「亞特閣下名義上是以伊薩拉斯王國交涉大使的身分前來我國的。老夫等人是認為亞特閣下要是有個什麼萬一，那可就頭痛了。簡單來說，是想請傑羅斯閣下擔任監視的角色。」

「監視？」

「正確來說是負責監視企圖接近亞特閣下的人。就老夫等人的立場，也不希望拱手讓出亞特閣下這樣優秀的人才啊。」

對伊薩拉斯王國而言，亞特是恩人，同時也是在國家改革上立下功勞的英雄。

由於亞特在魯達・伊魯路平原擊垮了勇者率領的聖騎士團，所以伊薩拉斯王國很有可能將亞特視為戰力，但就索利斯提亞魔法王國陣營來看，他們是不希望亞特介入軍事活動。

「是為了避免亞特遭人利用在軍事目的上，才要我協助監視嗎？」

「沒錯。畢竟他本人也想過平靜的日子，所以這方面希望身為師長的傑羅斯閣下能出面協助，從中作梗。」

「我也不是亞特的師傅啊。」

「跟師傅也差不多吧。我的戰鬥方式有很大一部分受到了傑羅斯先生的影響，這可是事實啊。而且我只想跟唯在一起，一家三口過著平靜的生活啊。傑羅斯先生，拜託你幫個忙吧。」

「你是不是想拖我下水啊？」

亞特其實已經不想向四神報仇了。

可是這次是布羅斯提出的要求，他覺得就這樣無視舊識的請託也有點不講義氣，所以儘管內心不情願，他也只能去了。

由於小邪神已經復活了，亞特當然不想主動沾惹這些麻煩事，但是既然布羅斯也在，他往後還是很有可能會被迫要處理這種棘手的事情，那倒不如趁這個機會先排除障礙，才是上策。

「唉，我也不是不能理解亞特的心情啦。不過布羅斯啊～……」

「那傢伙是不會停下腳步的，畢竟他是個死忠的毛茸茸愛好者啊。」

「因為獸耳的敵人，全都是他的敵人啊。雖然還有其他層面的因素在，不過那座叫什麼來著的要塞，應該會見識到悽慘無比的地獄景象吧～一定會。真同情他們……」

「這個，該怎麼說呢……那位名叫布羅斯的獸人族領袖，是如此危險的人物嗎？」

「他是可以溝通的人喔。前提是不對獸人出手……」

「如果知道是一整個國家的人害獸人族淪落到如此悽慘的局面，他一定會臉上帶著笑容，毫不猶豫地展開大屠殺吧。」

布羅斯絕對是個危險分子。

他乍看之下是個純樸的少年，但傑羅斯知道他內心深處有著黑暗的一面，蘊藏著一個弄不好，難保他不會與所有人類為敵的危險性。

「他雖然喜歡動物，不過更重要的是他極端不信任人類，還說過『要不是人類有受到法律保護，不然我真想殺了所有人』，或是『人類這種生物早點滅絕就好了』之類的話喔。」

「咦？那傢伙有這麼嚴重的心病喔？」

「該怎麼說呢，他就是單純地憎恨著所謂的人類。說穿了，他連我都不信任。」

「不會吧？你們不是和樂融融一起製作了危險的武器嗎？」

「就是因為這樣，所以他才會黏著凱摩先生吧。因為凱摩先生的心胸非常寬大，甚至肯定並接受了布羅斯內心的黑暗面。」

現在想想，「殲滅者」的領袖人物，「凱摩・拉斐恩」感覺知道一切。以日常對話的感覺來看，凱摩・拉斐恩本人像個高中低年級的家裡蹲學生，可是他說話的內容千變萬化，讓傑羅斯實在不覺得他是個未成年人士，甚至對他偶爾展現出的睿智感到敬畏。

尤其是對於布羅斯，凱摩・拉斐恩曾經給過『他一定不相信任何人。不過要是有人能夠接受他的一切，不知道他會變成什麼樣子呢』這樣的評語。

彷彿看穿了布羅斯心中連傑羅斯都無法掌握的黑暗面。

「那傑羅斯先生你是為什麼會跟布羅斯熟起來的啊？」

「嗯，因為在某些部分上，我可以理解他的想法吧。」

「傑羅斯閣下也有黑暗的一面嗎？」

「沒布羅斯那麼嚴重就是了。而且我也只是家族裡出了個人渣，除此之外都很普通喔。」

「「哪裡普通了？」」

雖然可以理解家族裡的人渣令他困擾不已，造成了心理陰影，但不管本人再怎麼說自己除此之外都很普通，事到如今也沒人會相信他。

因為大叔已經做過太多足以說明他根本不普通的事了。

世人還是會用行動造就的結果來評判一個人。

「是說我覺得布羅斯現在擁有許多部下這才是個大問題。像他這樣極端討厭人類又醉心於獸人族的人，面對梅提斯聖法神國時不可能會克制自己的。他絕對會以要解放受奴役的同胞為由，攻進梅提斯聖法神國境內吧……」

「話雖如此，但他沒做出什麼誇張的行徑耶。碰到要塞也是規規矩矩的攻下來，如果不是防守得特別嚴密的地方，他應該不會獨自殺進去喔？」

「這就是我很在意的部分。如果是我熟悉的那個布羅斯，肯定會一個人去單挑梅提斯聖法神國的。不如說他到現在還沒攻進去反而奇怪。」

「他這人有這麼危險喔？」

「……唔嗯。」

傑羅斯就是因為自己心裡也有陰影，才能窺見布羅斯的黑暗面。

然而他直到最後都沒能弄清楚布羅斯心中的黑暗面究竟有多深沉。

不過傑羅斯至少知道布羅斯的危險程度在自己之上。

「一個不小心，可能會演變成必須由我們來阻止布羅斯的局面呢。」

「這樣很討厭耶。就算跟那傢伙一對一單挑，我也打不贏他的。」

「我也只能抱著同歸於盡的覺悟試著與他一戰。」

「竟然能讓傑羅斯閣下說到這種份上……還真是聽到了可怕的真相吶。就老夫聽到的情報，他不是個才剛成年的年輕人嗎？」

『『能弄到這些情報的公爵家更可怕吧？』』

克雷斯頓雖然沒見過布羅斯，不過根據諜報部門提出的報告，知道布羅斯比外表看起來更年輕，仔細調查後，才知道他是個體型宛若國中生的小個子。

儘管外表很令人訝異，但更值得注意的是布羅斯加入後，獸人族的行動讓人刮目相看，就連克雷斯頓等人都感受到了危險性。

『這其實不太像布羅斯的行事風格呢～他是有什麼心境上的轉變嗎？』

如同方才傑羅斯所述，名為凱摩．布羅斯的少年心中有著陰暗的一面。

這點在「Sword and Sorcery」裡也表現得非常顯著，他會用令旁人反感的殘忍方式打倒與他為敵的對象，也因此獲得了「野蠻人」的別稱。

沒有人比他更適合殘虐至極、無法無天、邪魔歪道這些形容詞了。

「看來只能親自去確認看看了。」

「咦？你要去見布羅斯嗎？你剛剛明明還一副千百個不願意的樣子耶？」

「有必要這麼驚訝嗎？只要速速前去，速速回來就好了。」

「我不覺得這件事有這麼好解決耶～……」

「那麼，老夫也知會伊薩拉斯王國一聲，讓他們知道亞特閣下會過去吧。這樣他們應該會派使者過來帶路。」

「真的假的……」

於是亞特要前往魯達．伊魯路平原的事情就這樣擅自定下來了。

亞特本人是真的很不想去。

「使者應該會是亞特閣下認識的人吧。」

「我認識的人？誰啊？」

「亞特小弟，我說你受過人家的照顧，連對方的名字或長相都記不得嗎？」

「因為我覺得好像已經無關緊要了啊。」

「由老夫這邊安排聯繫的話，對方應該會馬上告知要與兩位會合的地點吧。」

「那麼請告訴對方，我們約在歐拉斯大河沿岸碰頭吧。詳細位置就交由對方指定。」

「嗯……明白了，老夫會請人這樣轉告對方的。不好意思，萬事拜託了。」

「嗯～我認識的人？到底是誰啊……」

同一時間，諜報人員薩沙在桑特魯城的暗巷內的偏遠小酒館裡面打了個噴嚏。

無論如何，傑羅斯和亞特急忙開始做起出發前的準備了。

◇◇◇◇◇◇

突然受託要擔任新生的講師，成績優秀的學生們全都聚集在教室裡苦惱地抱著頭。

他們是有針對授課範圍，指導過同學或是成績不佳的學長姊，不過這也頂多就是學生間彼此切磋罷了，他們從未用必須負起責任的身分來指導他人過。

而他們萬萬沒想到，講師們竟會突然要求他們從頭規劃授課內容，負責照料新入學的學弟妹。

結果一群學生只能聚在一起煩惱，不知該如何是好，而且不論原本屬於哪個派系，都沒有人能提出好的方案，只能沒出息地哀嚎著。

「該怎麼辦才好啊……」

「我們可是學生耶，這樣太亂來了吧……」

「根本就是把事情全都丟給我們了嘛。」

「我還有很多研究想做耶。」

「真不想浪費時間來做這些事。」

雖然他們名義上只是臨時講師，但執教伴隨著責任。要是教導了新生們錯誤的知識，因而發生什麼無法挽回的事件，很有可能會要他們負起相關責任。

「我是覺得應該不至於啦，不過講師們該不會是想把責任全都推給我們，想等我們出包吧？」

「茨維特，你這話是什麼意思？」

「也就是說，是我們害目前的講師們地位一落千丈的。所以他們才會刻意丟來難題，要是我們失敗了，就趁機打壓我們。企圖藉由這種方式來保身並恢復原有的權勢。」

「事到如今別說恢復權勢了，只要他們沒辦法指導新生，那不全是白搭嗎？」

「果然是我想太多了啊。」

茨維特說的其實也沒錯。

實際上，講師當中有不少人享受過派系權威的好處，也有人因此對破壞他們原有舒適圈的優秀學生們懷恨在心。

而這些講師們正巴不得能說『你們不過是些不懂事的學生。不知道講師的辛苦，這樣恣意妄為，根本不懂什麼叫做負責。你們就是因為太得意忘形才會失敗啦。』這種話，來挖苦學生們。

然而即使這麼做，也沒有辦法解決任何問題。

不如說那樣難看地挖苦人，只會讓他們更丟臉。

「總之先提一些關於授課內容的點子吧。」

「新生只要不是貴族，那他們在魔法這方面就是徹底的門外漢。反過來說，他們不會拘泥於既有的觀念，所以直接指導他們幾個基礎的重點就好了吧？」

「如果是這樣，那就是控制魔力的方法和提高魔力的訓練了……」

「光是訓練那還好辦，但上課內容該怎麼辦？就算想讓他們學習更多知識，每個人的能力也不盡相同，如果都讓我們這種運動社團風格的人來教，學到的內容會偏重於特定方向喔。」

「同樣是新生，教學內容也會因為他們想主修的方向而改變呢。」

由於經過了組織改革，目前學生未來可以選擇的出路有下列幾種：

・親自上戰場作戰的戰鬥魔導士。

・負責防守陣地，或是提出作戰方案，管理物資等事務性工作的戰術魔導士。

・負責製造、研究魔法藥的鍊金術師。

・利用醫療技術治療病人和傷患的醫療魔導士。

・專門發掘、調查文獻或遺跡的考古學魔導士。

明明不是自己專攻的領域，卻在各方面都有涉獵的庫洛伊薩斯是個特例。

因為每一個專門領域的授課內容大相逕庭，所以最理想的狀況是讓在特定領域有出色表現的魔導士來擔任講師，可是醫療魔導士是最近才出現的領域，目前仍處於沒有專家的狀態。

「請等一下。不只初等學部，中等學部和高等學部的學生也需要增強基礎能力吧。畢竟學會控制魔力比什麼都重要，我覺得這個項目是全學年都必須優先進行改革的部分。」

「不是，我說庫洛伊薩斯……這話由老是蹺課的你來說，完全沒有說服力喔。」

「馬卡洛夫，現在別提這件事啦～」

「伊．琳妳也很常蹺課對吧？」

「瑟琳娜，麻煩妳讓他們兩個安靜下來，不然無法繼續討論。照我的想法，假設整個學院都要增強基礎能力，課堂上的授課內容該怎麼分配，才是最大的問題。」

即使是低年級，基礎科目除了一般科目外，還有基礎魔法學、應用魔法學、藥學、醫學、語言學、物理學、增益魔法學、鍊金學、歷史學、魔導考古學等科目，而這些只是學習簡單基礎知識的初等學部科目，不但真的只會教基礎中的基礎，更重要的是如何讓學生們對這些科目產生興趣。

就算先不討論一般科目，問題出在包含基礎魔法在內，這些與魔法相關的科目，不僅要進行教學，還得翻新整個授課內容。

由於低年級要學習的科目實在太多，他們也需要先重新整理過一遍。

「低年級有需要上魔導考古學這門課嗎？」

「低年級應該要重視基礎魔法學。可是該從什麼時候開始教解讀術式的方法呢……」

「至少不能等升上中等學部才教吧。應該從初等學部的高年級開始教？」

「初等學部的學生魔力持有量太低了啊～在這三年間應該要安排能增加基礎魔力量的訓練吧。」

「授課範圍會因為著重於哪個方面而產生變化吧？」

「就是因為無法釐清這一點，我們才在這裡傷腦筋啊……」

這些學生不知不覺間跨越了派系的鴻溝，分別說出自己所想到的提案。

他們不僅成績優秀，還是獲准能夠各自進行研究的菁英學生。

只要丟出一個提案，他們就會說出自己的想法，聽到這些想法的人會根據不同的方向性，點出這想法的不足之處。提出補強方案後，又會有人再從別的角度切入，點出問題。

這樣的溝通逐漸發展成會議，最後導出了有效率的授課方法。

當大家回過神來，時間已經來到傍晚了。

「——方案大致上都底定了呢。到初等學部二年級為止，先重點教導基礎知識，進入三年級之後，再讓學生們透過基礎魔法學的課程，學習初步的術式解讀法。從這個階段開始教魔法的解讀方法應該不算太遲。畢竟進入中等學部之後就是選修課程了，後續的部分再透過魔導學科講授，應該就夠了吧。」

「嗯，因為從中等學部開始就要各自選修有興趣的科目了。學生也會分散開來，應該不太會發生不知所措的狀況。解讀魔導術式的部分，就讓想朝這個專門領域進修的人去學習就好了吧。」

「因為只想學怎麼使用魔法的人，和想徹底鑽研魔法骨幹的人不一樣啊。各自朝著想學習的領域鑽研這點，我是覺得跟過去的狀況也沒什麼差別就是了……」

「其實也不用煩惱呢。只是因為以前對術式的理解有誤，才會讓大家一時不知該如何是好，不過冷靜下來仔細想想，就會得出要做的事情跟過去一樣的結論啊。」

他們所得出的結論，就是廢除初等學部的選修制度，徹底地打好新生的基礎。至於那些從初等學部的教學內容中被刪除的科目，會改放到中等學部的選修科目裡。

雖然中等學部採用選修的形式與以往相同，但相對的，修練科、戰鬥魔法科、增益魔法科、鍊金科、藥學科、魔導學科、金工科、魔導考古學科、魔導戰術科等學科的授課內容變得更為豐富充實了。

而且也不用煩惱是否要選修一些額外的科目。

舉例來說，想成為鍊金術師的話，可以重點式的選修鍊金科、魔導學科、藥學科等科目。

同樣是鍊金術師，但是想以製作魔導具為主的話，雖然一樣要選修鍊金科和魔導學科，不過其他該選修的項目就會變成金工科和增益魔法科。即使同為生產性職業，該學習的內容仍有所不同。至於想專精魔法研究的人，就應該要重視魔導學科和魔導考古學科。想成為戰術魔導士的人，就要選修魔導戰術科、修練科、戰鬥魔法科。讓學生來選擇自己所需要的授課內容。

比起在初等學部就急躁的學東學西，這種做法可以讓學生更有餘力學習，比較沒有負擔，就算之後有其他想上的科目，也只要向學院提出申請就行了。

好好分配時間的話，即使沒辦法每一堂課都出席，也能上到所有學科的課。

順帶一提，包含庫洛伊薩斯在內，有一小部分瘋狂的優等生已經這麼做了。

「這樣算是整理出一個具體方案了吧。」

「我們要怎麼跟中等學部和高等學部的基礎魔法講師報告？他們現在還沒辦法解讀術式吧。」

「這差事應該會落到我們頭上來吧？」

「不是，只有想專攻這領域的人需要學習如何解讀術式吧？那些人不是加入聖捷魯曼派，就是去專攻魔導考古學的艾比雷歐派，再不然就是進了魔導工學的庫雷斯貝克派吧。」

「那就交給那些派系的人吧，這麼一來混亂的狀況應該很快就能平息下來了。」

「彙整一下改革方案的重點吧。我去提交給講師們，希望那些傢伙還能做出正確的判斷。」

「不覺得有點難嗎？真要說起來，講師們大半都遭到汰換了，現在學院裡的講師究竟能教授多少課程呢……」

「基本上要做的事和以前一樣，我想應該沒問題吧。」

只要得出結論，剩下的部分就輕鬆多了。

雖說他們原則上是找到了執行的方向性，但實際幫新生上課時很有可能會發生出乎預料的狀況，必須隨時修正調整。

即使如此，也不是在場的所有學生都得當講師，所以他們還是相當樂觀。

「……所以說，誰要去當新生的講師？」

「「「「！」」」」

現場某人的這句話瞬間使空氣凝結。

每個人都和身邊的人面面相覷，忸忸怩怩地觀察彼此的狀況，等著看在場的其他人會怎麼反應。

而且臉上都掛著極度不情願的表情。

「你、你去吧。」

「我不要。我有研究的實驗才做到一半耶。」

「我們也一樣啊。」

「我沒有辦法在眾目睽睽之下上課啦。光是發表個人研究，我就緊張到說不出話了……」

「我、我也是……要我在人前教書這種事……我辦不到啊。」

「我之所以回學院，也是為了繼續做研究啊。」

走到這一步，他們面臨了最大的問題。

這些學生成績固然優秀，但他們基本上都只對自己的研究有興趣，不想被臨時講師這種瑣事煩心。

雖然多少有程度上的差異，不過說穿了都是庫洛伊薩斯的同類。就算不到自我中心的程度，也多半不願意為了他人付出勞力，或是會盡量避免處在需要負責任的立場上。

「我正在進行重要的研究。沒有餘力做其他事情。」

「我也一樣啊！」

「只要犧牲某個人，我們就能更專心地做研究了。」

「那你去當那個犧牲者啊。」

教室裡的氣氛變得愈來愈惡劣。

議論發展為爭執，甚至演變為互相咒罵的場面，不過因為他們具有足夠的智慧和理性，所以才沒上演全武行吧。

最後這被當成了下一個議題，展開了比方才更激烈的辯論。

結果是用多數決的方式，決定由他們當中成績最優秀的幾位擔任臨時講師，輪流指導他們各自擅長的學科……

這是題外話，雖然有新設立的魔導醫療科這門學科存在，然而遺憾的是沒有醫療魔導士講師，所以現在仍處在沒人能開班授課的狀態。

唯有這個問題，身為學生的他們實在無能為力。

◇　◇　◇　◇　◇　◇　◇

傑羅斯在前往魯達．伊魯路平原一事定案後，來到最近不時會擴充一點的地下室來拿必要的道具。

在地下倉庫的其中一間房裡，隨便放著他原先收藏在道具欄裡的眾多作品與失敗作，或是沒用上的素材等雜物。

當然他有好好地將危險素材收在道具欄裡，確保危險物品不會遭竊。

不過這個安全基準是以大叔的標準來判斷的，按照一般人的觀點，他這裡可是放了不少極為凶狠的玩意兒。

「我記得……是收在這附近吧？」

就算是以旁觀的角度來看，正在從木箱裡頭撈東西的大叔也十分可疑。

『這個手感……是這個嗎？』

傑羅斯從箱底傳來的觸感，認為自己應該摸到目標物了，一鼓作氣地將東西……拖了出來——

「……不是這個啊。」

看到用類似ＰＶＣ材質製成，洩了氣的人偶之後，他不禁感到失望。

那是在昭和年代不知為何曾經風靡一時的南洋風格軟膠娃娃。

大叔一邊嘀咕著：「也太難分辨了吧」一邊扔掉娃娃，繼續在箱子裡頭翻找著。

被他丟開的東西裡，包含拿著長長的棒子讓車輪轉動後，腳就會跟著動的傘蜥蜴和六角恐龍娃娃、好幾種健壯的無尾熊、臉部風格莫名寫實的水獺娃娃、銀色外星人和騎機車的假面騎士人偶。

實在搞不懂大叔以前為什麼會做這些鬼東西出來。

共通點只有它們全是用同一種素材製作的。

『喔，應該是這個吧？』

大叔又隨意抽了一個東西出來，讓原本裝在箱子裡面的玩意兒散落一地。

那是從一般民眾到軍隊都有在使用的橡皮艇。

只不過他是將加了硫磺的史萊姆黏液熬成的液體凝固成薄片狀，再以此為素材製作出這東西的，所以嚴格來說這不能算是「橡皮」艇。

硬要說的話，應該是史萊姆皮艇吧？

「還好之前為了在河裡釣魚而做了這玩意兒。」

大叔邊說邊把舷外機也拿了出來，開始確認馬達是不是真的可以運作。

基於興趣而做出來的東西，真的不知道會在什麼時候派上用場。

第九話　大叔順著歐拉斯大河北上

在離桑特魯城有一段距離，歐拉斯大河沿岸的森林中。

儘管朝露沾濕了他們的身體，傑羅斯和亞特仍為了前往魯達·伊魯路平原，朝著約好要和領路人碰頭的河岸前進。

周遭籠罩在一片寂靜之下，能聽見的只有潺潺的流水聲，以及兩人身上的衣服與草木摩擦的聲音，再來就是他們自己發出的腳步聲了。

「對方指定的會合地點應該在這附近才對……」

「這裡感覺沒人在呢。對方該不會是用了隱匿技能潛伏起來，在觀察我們吧？」

兩人靠著一張畫得相當簡陋的地圖在附近找了一圈，但是除了小動物之外，沒感覺到其他氣息。

只有早晨涼爽的微風靜靜地吹拂而過。

「說在歐拉斯大河沿岸，但這範圍也很大啊……」

「唉，只要直直向前走，應該就會遇到領路人了吧。應該啦……」

「真的沒問題嗎？」

他們在眾人仍在睡夢中的時間起床，急忙離開城鎮，卻遍尋不著理應在等著他們的人。

兩人原本還抱持著散步的心情，然而過了一段時間後，聊天的話題也無法接續下去，陷入了尷尬的沉默。傑羅斯和亞特之間能聊的共通話題早就講完了。

就在他們心想領路人也差不多該現身了，默默地繼續往前走時，感受到森林前方似乎有人的氣息。

「就在那邊吧。」

「好，趕快過去和他會合吧。」

兩人加快腳步，朝著傳來氣息的方向走去，只見一位男子站在河邊。

如同克雷斯頓所言，亞特確實認識這個人。

「啊……原來是薩沙先生啊。」

「喔喔，亞特閣下！好久不見了。」

「真的好久不見了。你後來有交到女朋友嗎？」

「……可以不要問這個問題嗎。」

薩沙的眼神已死。

亞特立刻感到相當後悔，並深刻地反省自己不該多嘴問這種不識趣的問題。

因為某些切實又哀傷的原因，對於他們這樣的諜報人員來說，「女朋友」和「太太」都是不能提起的關鍵字。

「亞特閣下，這位是？」

薩沙面對與亞特同行的傑羅斯，一瞬間露出了有所防備的神情。

不過那神情馬上就從他臉上消失了。

雖然傑羅斯並未看漏薩沙這瞬間的表情變化。

「呃，這個人是傑羅斯先生……嗯，他就像是我的師傅吧。」

「你好，我是索利斯提亞公爵家派來的傑羅斯．梅林。路上要請你多多指教了。請不用客氣，就叫我老大吧。」

「呃，老大這稱呼有點……」

「不然也可以叫我爸比喔？」

「「你又不是我爸。」」

「我也不記得自己有你們這麼大的孩子。」

『『那你幹嘛說這種話……』』

薩沙這下知道傑羅斯在各種意義上都是個難以捉摸的對象了。

「是說兩位為什麼會指定河流沿岸為會合地點呢？要從這個國家前往魯達．伊魯路平原，應該只能經由陸路才對……」

「那是傑羅斯先生提的……」

「順著河北上比較快喔。我為此準備了這玩意兒。鏘鏘～♪很像橡皮艇的小船和舷外機～～！」

「等等，很像橡皮是什麼意思啊？」

「因為實際上用的素材是史萊姆，所以不是橡皮。」

「直接叫橡皮艇就好了吧。」

亞特知道橡皮艇是什麼，不過他也是第一次聽到舷外機這個名稱。

所謂的舷外機，主要是指裝設在小型漁船後方，附帶螺旋槳的引擎，想成類似快艇那樣東西，應該比較好理解吧。

可是大叔拿出來的舷外機，是透過水刀噴射產生的水壓來加速的裝置，原則上是可以裝在橡皮艇上，但是難看的外觀有著難以抹滅的趕工感，讓人有些不安。

薩沙也因為初次看到這種東西，相當困惑。

『這、這究竟是什麼玩意兒……』

兩人在他面前拚命地踩著腳踏式幫浦，幫某個東西灌氣。

等到這東西灌滿了空氣，變成了小艇的形狀之後，薩沙才知道他們是真的打算要逆流而上。

「你竟然做了水刀噴射推進機這種玩意兒喔。」

「因為我想釣魚，所以這算是必需品吧。是說你要固定好喔？可別在途中發生只有引擎掉進河裡的慘案啊。」

「這也要看傑羅斯先生的技術啊。」

「所以我才要把安裝的工作交給亞特你啊。」

「你這是打算在出事的時候，把責任推到我頭上嗎！」

「我～……………………可沒有這樣想喔？是說你來幫我把它弄下水好嗎？這玩意兒比外表看起來的還要重啊。」

「如果你沒有停頓那麼長一段時間，我還多少願意相信你呢。」

兩個人一邊鬥嘴，一邊把橡皮艇放到歐拉斯大河上。

原先完全處在狀況外，只能茫然地呆站在一旁的薩沙這時才回過神來，急忙搭上了橡皮艇。

「亞特閣下……這個，不會有問題吧？」

「畢竟是傑羅斯先生做的嘛～不太可靠呢。」

「你這是在開玩笑吧？」

「如果是在開玩笑就好了……哈哈哈。」

「都搭上來了吧。那我來啟動引擎啦！」

舷外機的驅動聲相當安靜。

然而驅動聲很安靜，不代表它的速度就不快。

不如說實在太快了。

一上了歐拉斯大河，橡皮艇就以驚人的速度開始北上。

「嘎呀啊啊啊啊啊啊啊啊啊啊啊啊啊啊啊啊啊啊啊啊！」

對薩沙來說，這是他初次體驗到不輸比賽用快艇的加速力。

從未經歷過的速度感喚醒了他本能中的恐懼，在歐拉斯大河的水面上彈跳的船體更增添了他的不安，頻繁來襲的浮遊感讓他做好了會喪命的覺悟。

這已經完全失控了。

「……加速能力超乎我的想像呢。」

「不是，這根本強過頭了吧？照這樣下去，根本不知道什麼時候會翻船喔！」

「只要抓緊就沒事了吧？」

「我覺得半路上就會用盡力氣了喔？而且轉彎的時候會被甩出去吧，主要是薩沙先生……」

「才剛說完，前面就有一個彎道呢。亞特，麻煩你調整重心。」

「不要呀啊啊啊啊啊啊啊啊啊啊啊啊啊啊啊啊啊啊啊啊啊！」

歐拉斯大河上有岩石區、有懸崖，當然也有彎道。

而橡皮艇正以超高速在這種危險的地方前進，並且在只差一點點就要碰上斷崖的情況下漂亮地彎過了彎道。

當鼻尖擦過懸崖壁面時，薩沙真的以為自己要沒命了。

橡皮艇在這時穿過了一座橋下。

「啊～……真令人懷念呢～在這座橋施工的時候，我好像有跟一個奇妙的融合怪物交手過。我當時得在全身肌肉痠痛的情況下戰鬥，真有夠累的～」

『『嚇～～！』』

利用邪神石製造道具的亞特和知道背後緣由的薩沙，實在不想聽到他提起這個話題。

要是這件事情給索利斯提亞魔法王國知道了，好不容易建立起的同盟便岌岌可危了吧。

「我為了打造橋墩，在前面實驗性地造了一些柱子，但那時候也被同樣的怪物襲擊了呢～畢竟我是第一次見到那種魔物，當時真是慌了呢。哈哈哈♪」

『『這個人一定是在刻意挑釁吧！難道他是拐了個彎在向我們抱怨？』』

沒錯，大叔在進行建造橋墩的實驗時，遭到神祕魔物襲擊，打倒了魔物之後，又跟隱瞞身分的亞特大打出手。

不過大叔在意的不是這個部分。

「戰鬥結束之後啊～我半是好玩地在建造出來的柱子上做出的雕像，居然被矮人們嫌棄……後來那些矮人就逼著我徹底修改，改到我的魔力都見底了。真是累死我了……」

『『唔哇～……』』

矮人們很有美學品味，要是讓他們看到不上不下的作品，即使製作者本人能接受，他們還是會有很多意見，並且會強迫別人修改到他們滿意為止。

要是製作者嫌他們多管閒事還會挨揍，狀況嚴重到在他們面前製作任何東西都被視為一種禁忌。雖然他們作為工匠是最棒的技術人員，可是一旦被他們糾纏上，那可真是吃不完兜著走。

亞特和薩沙對傑羅斯投以同情的目光。

「我說，我們要怎麼通過前面那些柱子？要是照這個速度衝過去……」

「那些柱子正確來說是所謂的阻流柱，是用來減緩歐拉斯大河水勢的喔。」

「這種事情不重要啦！這邊的間隔比較小，不能像剛剛那樣強行突破啊！就算過得去，再往前面的河道也是蜿蜒曲折……」

「「啊……」」

說時遲那時快，幾根柱子猛然逼近。

在這種危急的狀況下，帶著可愛笑容的魔法少女雕像就像是在嘲笑著他們的不幸那般可憎。旁邊柱子上的電氣老鼠雕像，看起來則是正露出陰狠的笑容對他們招手。

「快減速！」

「關於這一點啊，其實從剛剛開始就無法減速呢……大概會一直失控到壓縮結合後的魔石魔力耗盡為止吧～……抱歉啊。」

「『這、這不是真的吧……？』」

兩人臉部肌肉抽搐著。

就在他們交談的期間，阻流柱逼近而來。目前的速度快到只要隨便挪動重心，橡皮艇就有可能會飛出去，亞特雖然試著看準時機行動，內心卻完全無法冷靜下來。

而且橡皮艇上還有領路人薩沙在，他得保護其他人的性命，只能與自己焦躁的心搏鬥。

「祈禱前面沒有其他船隻過來吧。」

「你為什麼要說這種讓人心慌的話？」

「我們不會死的。畢竟有魔法啊。」

「不要說這種像是哪個女主角會說的台詞啦，而且這話在薩沙先生身上不適用吧！」

「……喔喔！」

「你是忘了他的存在嗎！」

大叔完全忘記橡皮挺上還帶了個拖油瓶。

而那個被遺忘的薩沙已經臉色蒼白，彷彿騎在龍王背上般的恐怖感正折磨著他。

不禁讓人擔心這會不會造成他的心理創傷。

「嗯～依這個速度，感覺會被水波彈起來，往橫向打滑吧。要是真的被甩出去，那就抱歉啦。」

「『不要說這麼不吉利的話！啊……』」

「哎呀？」

話才剛說完，他們就因為預料之外的水波導致身體失去平衡，當傑羅斯等人感受到飄浮感的瞬間，橡皮艇也無情地開始打滑。

大叔拚命調整舷外機想要保持平衡，亞特也利用挪動重心的方式從旁輔助，仍無法停下這股衝勁。

「要撞到了！這樣下去會撞到柱子！」

「可惡！」

「咿咿咿咿咿咿咿咿咿咿咿咿咿咿咿！」

勉強穩定下來的橡皮艇，以非常誇張的蛇行方式，鑽過了迫近而來的柱子與柱子之間。

他們之所以能幸運地重新穩住橡皮艇，是因為薩沙看到柱子逼近而來，出於恐懼想逃跑卻失敗，失足跌倒造成的衝擊所帶來的重量導致。

然而這還不足以結束這份恐懼。

「……得、得救了。」

「薩沙先生，還不能安心喔。」

「按照亞特的說法，這前面的河道非常蜿蜒崎嶇。你覺得我們用這個速度衝進去，可以全身而退嗎？」

「「…………………」」

所謂的河川，愈往上游，河道就愈狹窄。

除此之外還有所謂淺灘、岩石區、中洲等等的障礙區存在，要搭著這艘儼然已經成為超越雲霄飛車的尖叫娛樂設施的加速橡皮艇通過，實在太有勇無謀了。

「我不想為了這種事情賭上性命啊～～～！」

「壓車，我們用壓車的方式過彎！」

「這又不是摩托車，你少在那邊強人所難啦！」

男人們的慘叫聲迴盪在歐拉斯大河上。

愈往上游前進，難度就愈高，彷彿賭命走鋼索般的時間不斷延續下去。

前進是地獄、鬆懈下來也是地獄，只要放棄，人生便會就此劃上句點。

他們根本無處可逃。

在抵達伊薩拉斯王國的國境附近之前，橡皮艇就這樣一路沒停的失控暴衝下去。

◇◇◇◇◇◇

多數表決從某種觀點來看，確實可以說是民主主義的表現，不過從另一個角度來看，雖然不到歧視這麼誇張，但也是一種相當不合理的事。

在學院內的成績極為優秀的學生們，更是覺得現況非常的不合理。

因為其他不想當臨時講師的優秀學生們想出來的辦法，竟然是把這任務推給成績比自己更優秀的學生。而瑟雷絲緹娜也是被迫扛下這任務的人之一。

而且她之前就指導過學妹們，導致在場所有人一致通過由她出任初等學部講師的提案，她連拒絕的機會都沒有。

「……我明明就不屬於任何派系耶。」

「這也沒辦法。若是將瑟雷絲緹娜同學這種不屬於任何派系的人排除在臨時講師的名單外，那也不太公平。我也會陪妳一起上講台的，請妳死心吧。」

「要在眾人面前上課，我還是會緊張的。」

「這也是為了學弟妹們呀。而且妳不是偶爾就會做一些類似的事情嗎？」

「……唔。」

瑟雷絲緹娜曾經出於好意，把從傑羅斯那兒學到的知識教導給同學或學弟妹。

她本人雖然覺得自己只是個有樣學樣的家庭教師，但仔細想想，也可以說是類似講師的行為，所以事到如今就算說她當不了臨時講師，也沒人會相信。

不過要在眾人面前執教，那又是另一個問題了。

「可、可是，教室裡面有很多新生耶？我很緊張，不知道能不能好好指導他們……」

「只是人數多了點，妳要做的事情還是沒變啊。妳只要像平常一樣，拿出堅毅的態度就好了。」

「卡洛絲緹同學為什麼可以這麼冷靜呢？」

「因為我扮演的是協助瑟雷絲緹娜同學的角色啊，我只要在妳碰上困擾時出面協助妳就好，當然比較輕鬆。」

「太、太狡猾了……」

「要是沒調整好自己的心態，妳會在上課途中失誤的喔？教室已經近在眼前了。」

當瑟雷絲緹娜還在忸忸怩怩地煩惱的時候，兩人已經走到教室前面了。

她已經無處可逃了。

瑟雷絲緹娜藉著深呼吸來調整緊張加速的心跳，鼓起勇氣踏進教室。

教室內的新生目光，全都集中到了一路走上講台的兩人身上。

『嗚嗚……緊張到肚子都要痛起來了。』

瑟雷絲緹娜走到講桌前的時候，心裡差點就想打退堂鼓了。

即便如此，她仍冷靜地向新生們問好。

「呼……大家好。我是今天開始負責指導各位的臨時講師，瑟雷絲緹娜・汎・索利斯提亞。」

「我是負責輔佐臨時講師的卡洛絲緹・路德・聖捷魯曼。今後請多指教。」

「我們負責的是基礎學科，主要負責指導魔法。想必各位都是想要成為魔導士，才會進入這所學院就讀。我想各位也知道，雖然統稱為魔導士，也是有細分為各種不同的職業。我們在這門課上教導各位的，是作為一位魔導士應具備的基礎知識，以及實際使用魔法的訓練，上述兩者將會是我們主要的教學內容。今後遲早會讓各位學習攻擊魔法或輔助魔法，不過在那之前，要是能先讓各位熟悉基本的觀念，那就再好不過了。」

瑟雷絲緹娜因為緊張，不小心就說了很多話。

之前開會時，就已經決定要以基礎為重點來鍛鍊初等學部的學生，並且基於『反正都要教了，不如嘗試一下新方法吧』的方針下，進行教學。

不過關於教學細節，他們倒是全丟給臨時講師自己去想辦法，很不負責任。

「首先從基礎魔法開始說明吧。」

瑟雷絲緹娜邊說，邊在黑板上畫出魔法陣。

順帶一提，瑟雷絲緹娜現在繪製的魔法陣，是刻畫在她潛意識領域中的術式魔法陣，她在未發動魔法的情況下叫出魔法陣，並沿著形狀，將魔法陣畫在黑板上。

其實這個做法需要相當高水準的技術，在不發動魔法的情況下持續展開魔法陣，比想像中更費神。

「這個可以說是最具代表性的簡單魔法，『火炬』的魔法陣。上面雖然使用了很多魔法文字，但魔法陣其實只是在魔法發動後用來維持魔法的魔力，如同雞蛋的蛋殼一般的東西，在這裡面實際構成『火炬』這個魔法的魔法文字，只有這一行字而已。就像這樣，有些魔法文字只要一行字，就能夠發動魔法。從這堂課開始，我們會暫時不使用術式，光用這些魔法文字來進行基礎教學。」

瑟雷絲緹娜指著魔法陣上的一行字做解說。

光靠一行魔法文字就可以發動魔法。

這發言顛覆了大多數人認為魔法＝術式的常識，使得學生們一陣騷然。

畢竟這句話打破了既往的常識。

「瑟雷絲緹娜學姊……不對，臨時講師。我可以提問嗎？」

「是，請說。」

「那個……魔法真的光靠術式中的一段文字就能發動了嗎？我還是不太能相信這件事……」

「呃，你是……呃，我看看班級名冊……你是葛拉伯同學，對吧？」

「不，我是馬斯坦古。」

「咦？可是座位表上……」

「因為我視力不好，入學之後馬上就請葛拉伯同學跟我換位子了。」

「這樣子啊……」

這位馬斯坦古十八歲。是位年紀與茨維特和庫洛伊薩斯相仿的新生，讓瑟雷絲緹娜不禁有些惶恐。

沒錯，這些新生裡面有不少人比瑟雷絲緹娜年長，而這也不是什麼稀奇的事。

不過以她的角度來看，她多少有些抗拒指導比自己年長的對象這件事。

「追根究柢，術式是為了能夠順利地發動魔法及追求方便性，最終所製造出來的產物，所以只要一行魔法文字就能發動的魔法，一旦加上明確的想像過程，就能夠……雖不至於到簡單，不過這樣確實就能夠發動魔法了。問題在於從發動流程到後續的控制，都必須靠自己來執行，還有若是不會控制魔力，瞬間就會致使魔力枯竭，諸如此類的缺點在吧。」

「那也就是說，只要自己能夠控制魔力和發動的魔法，就能夠自由自在使用各種魔法了嗎？比起透過術式發動的魔法更自由嗎？」

「理論上是這樣沒錯，不過實際執行起來就沒這麼容易了。畢竟一個人持有的魔力量有限，也有些人是像我這種天生保有的魔力量就偏低的體質。我想各位實際試著控制看看，應該就能理解了，不過在沒有術式的情況下，就算能夠明確想像出物理法則，但只要無法成功發動魔法，就等於是在白白消耗魔力。還有其他問題嗎？其他人也可以提問喔。」

新生們面面相覷。

這時有位女生用力地舉手發問。

「我有問題！請問能不能跳過詠唱咒文的過程啊？老實說我覺得詠唱很丟臉。」

「詠唱咒文只是為了集中精神來發動魔法，習慣之後，即使不透過詠唱，也可以使用魔法喔？在術式魔法中，咒文是透過將使用魔法的發動過程化為言語的方式，使發動過程得以順利進行的東西，所以只要能明確地理解並想像出魔法的發動過程，就不需要詠唱。這也算是太古的薩滿魔術留下的特色。」

「是這樣嗎？」

「不過也正因為如此，增進自身知識、學會控制自身保有的魔力，以及控制已發動魔法的技術就變得重要了起來。舉例來說，只有一行魔法文字的魔法，和建構完成的術式魔法，不僅得出的效果不同，在發動魔法本身的難易度上也有落差。」

要透過一行魔法文字來發動魔法，必須對於想發動的魔法的物理法則，具備充足的想像與理解，並且在這樣的前提之下，同時調整與控制自身魔力，所以其實相當困難。

如果只是想要發動魔法，那麼使用已經建構完成的術式，效率會更好。

只是現代有許多魔導士已經忘記了魔法的基本法則，導致可以用無詠唱的方式發動魔法的魔導士人數屈指可數。

既然如此，只能刻意用效率不佳的魔法來學習能夠提高基礎能力的技術，在習得技能後再轉用術式發動魔法，進行無詠唱魔法的訓練。作為一個魔導士，這樣的做法應該是比較理想的成長過程吧。同時也具有透過反覆大量消耗魔力的行為，增加自身持有魔力量的優點在。

正所謂欲速則不達。想要邁向更高的頂點，老老實實地採用遠古時期的訓練方法，才能有效的提升基礎能力。

「這個魔法文字——解讀後，我們知道這代表的是『火』的意思，太古的魔導士們只需要這個文字，就可以使用魔法。現在的魔導士們確實可以輕鬆地使用魔法，但其實在個人的持有魔力量以及對魔法的控制能力上，已經退化到完全無法與古人相比的程度了。」

不知到這話是否引起了學弟妹們的興趣，只見教室裡面傳出了陣陣騷動。

「這樣真的能夠順利使用魔法嗎？」

「可以喔。只不過到魔法成功發動為止，得花上比較多的時間。要試試看嗎？『法達』。」

瑟雷絲緹娜用寫在巴掌大魔法紙上的魔法文字，在指尖點燃了小小的火焰。

法達在魔法文字中是火的意思，她利用這個文字，透過明確的想像並控制魔力，發動了魔法。這種只要有代表屬性的單字就能發動魔法的條件，類似於簡單的咒符或魔法符（Arcana）。

看到瑟雷絲緹娜成功發動魔法，新生們一同發出驚呼。

「剛剛我用了法達這個意思是火的詞彙。其他還有像是意思是土的『斯恩』、意思是水的『阿庫拉』、意思是風的『費恩』，除此之外還有意思是光的『雷伊』與暗的『阿普斯』，可以使用這些目前已知的魔法文字。」

「單靠一個代表屬性的魔法文字，就能發動魔法了嗎？」

「只要正確理解文字的意義，並且想像得出魔法發動的模樣就可以。不過在控制上極為困難就是了。之後我會透過同樣的方法，來訓練各位的魔法基礎技能。還有其他問題嗎？」

「有～我有問題！」

「很有精神呢。呃……妳是法菈同學吧。請說。」

「我之前學到的內容是說，在發動魔法前，必須將術式記憶在潛意識領域內，不然就無法發動。如果光靠魔法文字就能發動魔法的話，表示其實不需要記憶術式嗎？」

這個問題反映了魔導士常有的錯誤認知之一。

因為術式魔法很方便，所以每個人都以為把術式記憶在潛意識領域裡面是理所當然的事，然而實際上並非如此。術式是用來執行以魔法文字這種語言構成的物理法則說明程序，及進行物理變換的東西，所以儘管需要專用墨水，不過光靠畫在紙上的魔法陣也能發動魔法。古老的魔導書就屬於這種類型。

可是在實戰中還得一一打開魔法卷軸或魔導書才能使用魔法，實用性太低了，最重要的是一個魔導士要是能使用好幾種魔法，那麼把這些魔法全部記憶在潛意識領域內，使用起來會更有效率。

雖然理論上就算不去記憶術式，也可以透過其他方法發動魔法，但愈是高階的魔法，就愈是需要正確理解使之顯現的物理法則是如何運作的，否則就無法順利發動，所以這其實不是一個好方法。

「這是個好問題。關於這一點……我們請卡洛斯緹講師來說明吧。」

「我來說明嗎？嗯……這個嘛，根據之前的研究發表，各位應該已經知道魔法文字是一種語言了吧，但是可以看懂魔法文字，不代表就能使用魔法。如同方才瑟雷絲緹娜講師所演練過的，她是先從代表火的文字，去想像魔法的效果，然後實際在各位面前發動了魔法對吧？但是，如果這個文字的意思是『山』，或者不是名詞，而是動詞，例如『醒來』，甚至是『說到做到』這種的成語的情況，就不會作為魔法發動。如果不是能夠作為魔法想像出來，有意義的詞語，就無法成為發動媒介。」

「您說有意義的詞語……嗎？」

「沒錯，魔法文字是一種語言。用魔法文字來對照物理現象，將其中的法則化為語言，並加以發展出來的成果，就是所謂的術式。但如果拿單純代表屬性的魔法文字魔法，與經過精密計算後構成的術式魔法相比，以效果和方便性來看，絕對是術式魔法具有壓倒性的優勢。所以不去記憶術式這種的想法是是沒有意義的。」

代表屬性的魔法文字，光憑那個文字，就能輕鬆地想像出各種魔法的樣貌。

就算只是對「火」有個模糊的印象，有些人會想像出熊熊烈火，也有人會想到蠟燭的小小火光。在使用魔法時，沒有什麼比代表屬性的魔法文字更方便的了。

可是也正因為如此，使用起來非常的不穩定，難以掌控。

其實規劃出這堂課程內容的人是庫洛伊薩斯，由於學院教導的魔法，以光靠術者自身的魔力來發動的魔法為主流，所以有著像瑟雷絲緹娜這種魔力偏低的人難以發動的缺點。

那麼，改用單純的魔法文字組成的單詞又如何呢？

透過明確地想像發動所需的物理法則，透過以自身魔力發動魔法，來鍛鍊控制能力，還能順便藉由消耗魔力，提昇個人保有的魔力量。

這個課程同時也是在測試透過這種基礎訓練下的魔導士，究竟能不能順利使用術式魔法，具有實驗性質的意味。

「我們也不會要各位只依靠魔法文字來使用魔法。先用簡單的屬性薩滿魔法打好基礎，並以增加保有魔力和提高控制能力為目的，希望能藉此提昇各位的基礎實力。雖然一開始應該很難發動，然而先打好基礎，以後就能輕鬆地使用魔法了，所以在那之後再來學習術式魔法也不遲。」

「——所以說，接下來我們會讓各位試著發動我剛剛所說的六種屬性的簡單魔法。在這些小紙片上分別用魔法文字寫上了各屬性的代表文字，我們現在會把這些紙片發給各位。啊，這些紙片不用還回來喔？我想各位之後也會想要自發性地練習。」

兩人將寫有六種屬性文字的魔法紙發給新生。

雖然六張魔法紙上分別寫有代表屬性的魔法文字，不過新生分辨不出哪個是火、哪個是水，心中產生了『既然術式魔法比較輕鬆，那也不必特地使用這種東西吧？』的疑問。

「全都發完了吧。那麼請各位準備好之後，就開始發動你們手上的屬性魔法。」

「「「「啥？」」」」

「發動的訣竅在於能否透過想像，去控制自身保有的魔力以及將魔力轉換為現象。舉例來說，說是暗屬性，大家的腦中也是一片茫然，無法產生具體的想像對吧？所以一開始建議各位選擇水或土這些比較容易想像的屬性喔。」

「「「「不是，就算叫我們想像，這也太……」」」」

新生在瑟雷絲緹娜這些成績優秀的學生回到學院之前就已經上過部分課程，所以會用例如「火炬」或「岩石」這些的簡單術式魔法了。

因為他們只要集中精神詠唱咒文，就能發動魔法，所以他們不懂為什麼事到如今，還要用這麼原始魔法，對此十分困惑。

真要說起來，能不能發動都還是個問題。

「所謂的想像，簡單來說端看術者對於物理法則的理解程度。請各位把這個當成是加強對於諸如『火為什麼會燃燒？』、『水是由什麼構成的？』、『風是怎樣流動的？』、『土是怎樣形成的？』這些理解能力的訓練。」

「既然這樣，表示兩位臨時講師已經理解這些法則了嗎？」

「那是當然。雖然還不夠理解暗的概念，但是火和水這些基本的四元素，我們都已經理解了喔？這回換我示範給各位看看吧。『斯恩』。」

卡洛斯緹使用的是土的魔法。

她的想像是將漂浮在空氣中的塵埃集中於一點，再透過壓力使之凝結。

要讓凝結的塵埃到達可以透過肉眼辨識的大小，所需消耗的魔力量其實超乎想像，而且還要進行控制，將會大幅削減術者的精神力。

新生們無從得知這些術者看不見的辛勞，只見一團小小的土壤憑空出現在他們眼前的空中。

「我現在創造出土壤了。然後再使之凝結……」

空中浮動的少許土壤凝聚在一點，化為一顆小石子，掉到了地上。

在新生眼裡，應該覺得這一切都是無中生有吧。

「卡洛斯緹講師……製作小石頭已經屬於應用範圍了，學這個對他們來說還太早了喔？」

「哎呀，確實是這樣呢。不過我想他們也得先知道這些事，所以我這算是額外服務，提早示範給他們看的喔？」

「是這樣啊。不過既然要做，選擇更能挑起他們興趣的做法會更好吧？比方說……」

瑟雷絲緹娜詠唱「法達」與「阿庫拉」，同時創造出好幾團火炬與小小的水球，讓它們在空中活動。

那簡直就像是火和水的妖精在空中跳舞一般，是相當夢幻的景象。

「好、好厲害……」
「竟然能同時使用兩種屬性魔法。」
「雖然她只用一句話帶過，但那應該很難辦到吧……」
「嗯？她該不會是用風在控制的吧？」
「如果是這樣，那就是同時在使用三種屬性了。」
「可是她剛剛沒有詠唱代表風屬性的『費恩』吧……既然如此，就是光靠魔法的控制力，做出這些複雜的動作了？不對，她該不會未經詠唱，就使用了風魔法吧？」
「先姑且不論光，但暗到底該怎麼想像才好呢？」
實際上瑟雷絲緹娜使用的是兩種屬性的魔法。
它們之所以能飄浮在空中，是因為她同時運用了操控魔法與魔力的技術，看起來雖然簡單，實際上會劇烈地消耗魔力，帶有一分神就會有可能會暈倒的緊張感。
一旦失去意識，魔法自然也會跟著消失，能夠維持這個狀態，只能說瑟雷絲緹娜對於魔力和魔法的控制能力確實出類拔萃。
「哼~……我總有一天也要學會同時操控多種屬性。」
卡洛斯緹意外地不服輸。
先不管這件事，看了瑟雷絲緹娜的示範，新生們頓時充滿了幹勁，開始有樣學樣地挑戰光靠魔法文字來發動魔法。
結果三十五位新生之中有七位挑戰成功，只差一點點就能成功的有十三位，剩下的人則是完全無法發動。

而且這堂課意外地大受好評，不知為何就演變成由瑟雷絲緹娜她們繼續負責教下去的狀況了……

這雖然是題外話，不過這種古代的魔法發動方式，其實就連成績優秀的學生都很難學會，困難的程度高到幾乎所有人都學得相當吃力。

能夠成功發動的，只有受過傑羅斯指導的茨維特，還有部分接受過茨維特指導的惠斯勒派學生，或者是看到瑟雷絲緹娜和卡洛斯緹的訓練，受到啟發的聖捷魯曼派學生。

順帶一提，總是窩在研究室的庫洛伊薩斯當然辦不到……

他真的對此感到非常惋惜。

◇◇◇◇◇◇

順著歐拉斯大河北上的傑羅斯一行人，在橡皮艇失控暴衝了一整天之後，終於在當天深夜抵達了伊薩拉斯王國國境一帶。

在經過這段連吃飯的時間也沒有的刺激快艇之旅後，就連亞特和薩沙都滿身瘡痍，悽慘無力地癱倒在河邊。

這也怪不得他們。

「還、還活著……我還活著耶……」

「因為魔石的魔力見底了吶，那當然會停下來了。」

「為、為什麼……傑羅斯先生還這麼活蹦亂跳的啊……」

「我習慣了。」

「「……」」

亞特和薩沙兩個人已經沒有力氣回話了。

因為搭乘的是只要一鬆懈就會直達地獄的橡皮艇，不難理解兩人為何會如此疲憊，可是搭在同一艘橡皮艇上的大叔卻異常的有活力。

「看你們兩個這樣，我們今天先在這附近露宿一晚，等明天一早再前往魯達．伊魯路平原吧。話說你們吃得下東西嗎？」

「「吃不下……」」

「我想也是～不過畢竟一整天下來都沒吃東西，還是稍微吃一點比較好。我現在來煮一鍋湯，你們先喝一點再睡吧。」

傑羅斯邊說邊迅速地開始做野營的準備。

雖然不知道這時候喝下的湯是什麼，可是亞特和薩沙以一種莫名清醒的狀態迎來了隔天的早晨，而且往後幾天都不識疲勞為何物。

即使逼問傑羅斯原因，他也只會顧左右而言他。

他們兩個真的很在意自己究竟是喝了些什麼。

第十話　大叔抵達處刑要塞

一輛輕型高頂旅行車在綿延不斷的草原上捲起沙塵前行。

儘管偶爾會發生有草捲進傳動軸，或是車輪埋進柔軟的土壤裡，不得不停下的狀況，傑羅斯一行人總算來到了獸人族落腳的居留地附近。

他們也實在是看膩這路上千篇一律的風景了。

「……亞特，說到『我的愛馬』你會想到什麼？」

「……『凶暴』。那說到『好色村的腦袋』呢？」

「……『催眠魔法』。我覺得這題有點過分耶？那麼下一題……『聖女的魔力』？」

「無所……等一下！這題很有問題吧。還有我覺得說起好色村，傑羅斯先生你比較過分。」

『這兩個人……到底在說什麼啊？』

而且閒到不行。

薩沙跟不上他們兩人的對話，只能傻眼地從後座望著他們互動的模樣。

唉，畢竟他們這樣長時間在平原上移動，會累也是當然的吧。

「可是獸人族到底在哪裡啊？放眼望去全是草啊……」

「還有樹喔？」

「那些間隔很遠，數量也不多的樹，該不會是被獸人族砍伐後殘留下來的吧？也沒有看到森林。我想無論是搭帳篷還是生火，都需要木材啊。」

「啊～傑羅斯閣下……獸人族並沒有培育植被的概念。由於帳篷的柱子得使用木材，所以樹木相當稀少。」

「他們用來生火的燃料該不會是曬乾後的家畜糞便吧？」

「正確答案……傑羅斯先生你還真清楚耶。」

「對於居住在邊境的人們而言，那是很寶貴的燃料。只不過一想到他們是用那些玩意兒生火煮飯，就有點……」

獸人族是生活在平原的武鬥派遊牧民族。

即便是說客套話，他們的生活也稱不上富裕，但是為了生存，他們還是下了許多工夫，努力地在這裡生活著。

儘管多少有部族之間的爭鬥，基本上都是讓當事人靠拳頭來解決，還算和平。除非是極為特殊的狀況，不然都不會演變為需要發動戰爭的事態。

沒錯，如果不是有極為特殊的狀況……

「薩沙先生……就伊薩拉斯王國的角度，你們覺得獸人族目前的戰況怎麼樣？」

「我不清楚上層是怎麼想的，不過以我個人的角度來看，算是大獲全勝吧。不過……」

「不過？」

「那位布羅斯閣下的實力，早晚會招致獸人族內部的紛爭。」

「這話的意思是？」

「獸人族雖然是以強為尊的種族，同時也會將部族視為一個大家庭。我猜過於突出的個人能力，很有可能招來其他獸人的猜忌……」

「啊～果然是這樣啊……野生的獸人族就是無論有多少人因此犧牲，也選擇並肩作戰對吧。」

「他們覺得專斷獨行不好，具有比較難應付的民族性……還有一些危險的風俗習慣。」

危險的風俗習慣這句話似乎讓亞特想起了什麼，只見他一臉已經受夠了的模樣。

傑羅斯雖然有些在意亞特的反應，目光卻被突然進入視野範圍內的建築物給吸引住，錯過了問話的時機。

「那、那個是……什麼啊。」

那不管怎麼看都是仿照日式城堡建成的建築物。

可是仔細一看，就會發現除了牆壁以外，其他部分看起來全都像是用紙板糊成的，實在不像一座防衛設施。

傑羅斯甚至覺得這看起來反而顯得詭異。

「這是布羅斯那傢伙隨便打造的超處刑要塞。進入最深處就會被微波加熱到死，是有著城堡外型的處刑用大型微波爐。」

「亞特你之前說的『帶著惡意和殺意，徹底殲滅敵人的超危險黑心要塞』就是這個嗎……布羅斯小弟……你到底蓋了座什麼玩意兒啊？」

「現在想想，確實可以感覺得到……那傢伙只把人類當成垃圾看待。」

雖然傑羅斯之前就說過『布羅斯不相信人類』了，不過從他蓋出這座凶狠的處刑要塞來看，不僅是添增了這句話的可信度，甚至可以明顯的看出，他心裡根本充滿了想殺人的意念。

洩漏出的殺意實在是非比尋常。

「我是知道他極度地討厭人類，不過看他蓋出這種建築物，我想他應該是痛恨人類到了真心想要讓人類就此滅絕的程度吧……」

「現在跟我說他是擊落人工殖民衛星的犯人，我也會相信喔。」

「他外表看起來像是個性和善的少年啊，他真的這麼討厭人類嗎？」

「就那座城堡來看，他毫無疑問地討厭人類……而且獸人可是布羅斯的信仰，要是不小心說錯話惹他生氣，就會演變成最糟糕的狀況。梅提斯聖法神國還真是惹上了一個超級不得了的傢伙呢。要是攻下了安哥拉關隘，他應該會展開大屠殺吧？」

「……是安佛拉關隘。」

大叔是有些介意這座要塞的動力來源，不過照亞特所言，這座要塞的地下深處似乎有一座舊時代的遺跡，是利用那座遺跡來供給魔力給要塞使用的。

也就是說這座要塞已經化為了能夠半永久運轉的巨大魔導具。

實在是非常可怕的一件事。

「亞特閣下……傑羅斯閣下是真的很強吧？」

「嗯……比我還強。」

「那麼，要是抵達了那裡……」

「……我明白，不過傑羅斯先生應該沒問題吧？」

「…………嗯？」

傑羅斯雖然在瞬間感受到一股危險的氣息，總之還是先朝著布羅斯所在的處刑要塞前進了。

畢竟那裡原則上是獸人族的居住地。

◇◇◇◇◇◇

抵達居住地之後，有一大群獸人族包圍了傑羅斯等人。

因為他們事先就在輕型高頂旅行車上貼了伊薩拉斯王國的國章，所以沒引發什麼衝突場面，但討厭人類的獸人們仍對他們投來極為強烈的殺意。有些獸人則是覺得輕型高頂旅行車很稀奇，甚至跑上前來亂摸了一陣。

看到一位體格壯碩的熊獸人戰士從這群吵鬧中的獸人當中朝他們走了過來，讓傑羅斯等人露出了有些緊張的神色。

薩沙往前踏出了一步，站在那位獸人面前。

「你們是伊薩拉斯王國的使者嗎！」

「是的。我們依照布羅斯閣下的請求，帶亞特閣下過來了，請問他在這個居留地嗎？」

「在是在啦……」

「請問有什麼問題嗎？」

「沒有，只是他原本在替我們族內的戰士們修理和強化武器，可是或許是累了吧，拋下『我去地底下撈撈看有沒有，中間不喘口氣的話，真的做不下去耶』這段話，就跑去挖礦……不對，這情況應該說是去挖寶吧？總之他下去地底下之後，就沒再回來了。」

『『他還是老樣子，有夠自由奔放啊～……』』

雖然不知道布羅斯在這個居留地待了多久，不過他光靠自己一個人整備武器確實會累，也絕對需要休息。

可是大叔不禁心想，跑到地底下進行挖掘工作，不是反而更累嗎？

「亞特啊……我記得你說過，這裡的地底下有遺跡對吧？」

「是啊，據說有舊時代用來收集魔力的機械～我也只是聽說，沒有實際看到就是了……」

「那該不會是舊時代的地底都市吧。」

「照布羅斯所言，那裡看起來似乎不像都市。好像只有機械被人隨意棄置在那裡，應該說是舊時代的地下工地遺跡比較貼切吧？不過那台機械確實成了這座要塞的動力來源。」

「那個該不會是魔導力引擎吧？就像伊薩．蘭特也有的那種……」

魔導力引擎分為好幾種類型。

其中有利用龍脈，能產生出龐大到足以提供都市生活基礎電力的超大型魔導力引擎。以及提供建築物或特殊設施的大型、中型發電用魔導力引擎。還有驅動自動兵器的小型魔導力引擎。

從過去的遺物和多腳戰車的構造來推算，直到邪神戰爭之前的技術，毫無疑問地已經到了超高水準的地步。

『……我是認為他們已經發展到即便造出宇宙戰艦也沒什麼好奇怪的等級了吶。』

畢竟能從衛星軌道上攻擊地面的兵器確實存在，即使過往文明已經進展到邁入開拓宇宙的階段，也不是什麼不可思議的事。要說在這個行星之外的外宇宙其實有宇宙殖民衛星，他也不會覺得奇怪吧。

不過這些推測是建立在宇宙空間裡也充滿了魔力的前提之下。

畢竟要讓魔導力引擎能夠運轉，絕對必要的條件是周圍有充足的魔力。如果說衛星軌道上的軍事衛星也是靠魔導力引擎驅動的，就表示這個世界的宇宙必然處於充滿魔力的狀態。

「舊時代的人該不會是想在這裡打造軍事設施吧？」

「天曉得～就算你問我，我也不知道啊……畢竟一切都埋沒在過去中了。」

「亞特閣下、傑羅斯閣下！總之他會先帶我們到布羅斯閣下生活的帳篷去，請兩位跟上。」

在熊獸人的帶領下，一行人走向布羅斯的帳篷。

在這途中，獸人族們投向傑羅斯等人的目光，帶著好奇、敵意，有些還充滿了鬥志，老實說這讓他們很難靜下心來。

對他們而言，人類就是敵人，即使所屬國家不同，也不能輕易地相信。

「喔唷……那是澡堂嗎？在這樣的平原上，水應該是很寶貴的資源吧。」

「因為獸人族沒有洗澡的習慣，所以應該是布羅斯那傢伙基於衛生推廣的吧。只不過即使如此，水還是太珍貴了，所以會進去洗澡的獸人不多。」

「他們認為洗澡是一種相當奢侈行為吧。布羅斯是挖到地下水源了嗎？」

「如果是這樣，那他要怎麼把水打上來啊？總不會是從水井裡汲取上來的吧。」

「反正這是布羅斯弄的，他八成是沿用了過去的遺物吧？我也不知道就是了。」

「你這推測還真隨便。」

如果只是推測，大叔隨便都能舉出好幾種可能性。

只不過在眾多部族聚集的獸人族居留地擅自行動，很有可能會引來麻煩，在文化或風俗習慣不同的地方，未經當地居民許可就隨意調查，並不是什麼聰明的做法。

至少得先跟布羅斯講好之後，再採取行動吧。

總之傑羅斯等人抵達了布羅斯在使用的帳篷。

「這個與其說是帳篷，更像是蒙古人使用的蒙古包吧？」

「啊～我之前來的時候也這樣想。雖然不知道這個叫什麼名稱，不過以前在紀錄片節目裡面曾經看過呢～」

「依部族不同，也有印地安風格的帳篷呢。這個的正式名稱我就不知道了。」

「原來傑羅斯先生也有不知道的事情啊。」

「那是當然～」

熊獸人確認了一下帳篷內部，看樣子因為裡頭一個人也沒有，讓他很是傷腦筋。

「不只老大，連大姊們都不在喔……沒辦法，我去叫她們。」

「我們在這裡等就好了嗎？」

「也不好讓客人們就站在這裡，沒辦法，請你們在裡面等吧。」

「不，我們也不好擅自闖進別人家裡吧。」

「無所謂。反正也沒什麼東西能偷，這都要怪總愛隨性行動的老大。」

『『布羅斯（小弟），還是老樣子，做事很隨性啊……』』

傑羅斯和亞特完全不管自己也是半斤八兩，心裡如此想著。

三人在熊獸人催促之下，進入帳篷內等待。

可是等人的期間也是閒閒沒事幹。

「亞特啊……我聽說布羅斯有好幾個獸人族的老婆？」

「因為我還在這裡的時候，人數就一個又一個地增加……我也不知道到底有多少人。」

「……根本就是後宮嘛。」

「好、好羨慕……」

這對單身的薩沙來說，是難以接受的現實。

而且只要他還隸屬於諜報部隊，未來也很難交到女朋友。

畢竟所有的女性同事都是已經是看破一切的老油條，即使想和一般女性談戀愛，男同事們也會出手阻撓，即使真的交到女朋友了，也會因為工作需要經常到處跑，根本沒辦法享受甜蜜的兩人時光。

薩沙的未來只能說是一片愁雲慘霧。

「話說回來，通常帳篷裡應該會有幾個人在才對啊。以前也都會有幾個人在裡面待命的。」

「布羅斯……希望他別被榨乾啊。老婆這麼多，身體應該撐不住吧。」

「太令人羨慕了～」

「「羨慕被榨乾嗎？」」

要是有好幾個老婆，夜晚享樂時，在誰先誰後的順序上應該也會起一番爭執吧。

一個不小心就有可能會出現必須同時應付好幾個人這種色情書刊常見的發展，即使是有超人級肉體的布羅斯，每天這樣應該也扛不住吧。如果被壓榨得太嚴重成了木乃伊，那真是令人不忍卒睹啊。

「布羅斯……你要好好活著啊。」

「要是他被榨乾變成空殼，我們來這裡就沒有意義了吧？不如現在開始準備打道回府吧……」

「一次就好了，我也想被榨乾看看啊～～！」

『『真的假的啊？』』

薩沙的願望就某種意義上來說是男人的浪漫沒錯，不過從現實層面考量，就只是地獄。

亞特和大叔也能理解這些可悲的男人有多悲哀，只能默默地為他落淚。

「聽說亞特先生來了？你好快就到了耶。亞特先生，好久不見啊～～！」

布羅斯突然情緒高昂地走進了帳篷裡。

可是他半裸著身體，只穿著一條寫有「富士山萬歲」的兜襠布，實在不是該出來見客的模樣。

「「你怎麼會穿成這樣啦～～～！」」

「哎呀～我想多收集一點可以用來做魔導鍊成的金屬，所以就跑去挖礦……不對，挖寶？隨便啦。總之我挖到一半，老婆們全都跑來了，然後就是那個，應該不用我多說了吧？」

『『『這傢伙……剛剛竟然在地底下享樂嗎？』』』

許久不見，布羅斯已經完全變成一個現充了。

薩沙因為嫉妒而流下血淚，大叔和亞特也有點不爽起來。

「是說有個沒見過的人耶。那件長袍……你該不會是…………傑羅斯先生？」

「好久不見了呢……不對，因為這是我們第一次用真面目碰面，所以該說初次見面吧？布羅斯。感覺你的稜角好像已經被磨掉，個性變得圓滑不少了呢？」

「咦～是這樣嗎？我覺得我沒變喔。」

「你以前不是很討厭人類嗎？我是覺得你這點還是沒變，可是感覺變得稍微穩重點了呢。」

雖然只有一瞬間，但看來和善的少年臉上蒙上了一層陰影。

那是非常冷漠的眼神，儘管散發出令人打從心底感到害怕，異樣深沉的黑暗氣息，不過下一秒又馬上變回了原本爽朗的笑容。

「事到如今了，我也沒打算隱瞞這件事。而且我在這裡找到了我想要保護的事物。我沒打算要放過企圖破壞這一切的人，即使對象是傑羅斯先生你也一樣。」

「這樣啊。嗯，我想你也是往好的方面改變了，最重要的是你過得很好。話說回來……你還是老樣子，一心向著獸耳呢。現在有幾個老婆了啊？」

「嗯～三十三個吧。要是生了小孩，就會是大家庭了。」

「不，現在就已經是大家庭了吧。生活上沒問題嗎？」

「因為大家都會幫忙，所以儘管多少有點不便，但也沒有特別頭痛的事吧。他們心裡充滿著失傳已久的人情道義，很熱情的。」

傑羅斯認識的那個名為布羅斯的少年，心靈已經崩壞到了危險的程度。

他現在卻展現出了堅定的意志，表示他有想要保護的事物，傑羅斯雖然很單純地為他感到高興，可是他在個性上比傑羅斯更不留情，也可以說他朝著其他方向成長得更為危險了。

就某種意義上而言，也可以說他是最適應這個世界的人吧。

在弱肉強食這個意義上的適應就是了……

「比起這些事，布羅斯……你叫我來，到底是想要我做什麼？」

「嗯～你應該大致上猜到了吧？我想要你幫我修理和強化武器。我一個人實在做不來。沒想到你竟然連傑羅斯先生都帶來，好耶～！」

「我說布羅斯，你這話是包含了獸人族所有人的武器嗎？有足夠的礦石嗎？」

「我有請伊薩拉斯王國送礦石來，但我一個人真的做不完。所以拜託，幫幫我嘛～～我想趕快把卡馬爾要塞打下來的說～～」

「「在那之前先穿好衣服啦！」」

布羅斯只穿著一條兜襠布便抱住兩人。

很遺憾，但是被一個半裸少年抱住，傑羅斯和亞特根本不覺得開心。

如果他是位美少女，大叔也不會排斥，不過亞特就有可能會有生命危險了，所以換個說法，亞特也算是因此得救了。雖然畫面看起來還是很危險就是了……

「也是啦，你們根本不可能用那麼沒用又易壞的武器攻下卡馬爾要塞。」

「獸人族的武器有那麼容易壞嗎？」

「難用、超廢、馬上就壞！畢竟獸人族基本上只重視肌肉，崇尚肉體溝通啊……」

「「啊～……不注重武器的意思就對了。」」

即使是獸人族，如果職業是傭兵，在武器和防具上就算要價偏高，也會選擇品質較好的裝備吧。

但是該說魯達．伊魯路平原的獸人族因為生來具備優秀的身體素質，甚至可以直接靠體能壓過手持武器的人類這點反而造成了不良的影響吧，這使得他們的加工技術完全沒有進步。

如果只是應付吵架或部族間的小衝突，那確實是靠體能就夠了，但是當事情演變為戰爭，他們的常識就不管用了。獸人族絕對不會為了獲勝而做出偷襲這種事。

即使到目前為止，他們都可以靠蠻力衝鋒陷陣，可是在敵軍的戰略或戰術面前，他們這行為等於是在送死。到了這一步，獸人們總算理解到思考策略的重要性，然而已經有許多同胞淪為了奴隸。

要是沒有布羅斯，他們將會變成單方面遭到人類狩獵的對象吧。

「不過我們今天才剛到，要等明天才能動手做武器了吧。」

「我今天實在沒辦法工作喔。」

「我只是負責帶路的，工作結束後我就沒事做了……」

「哈哈，我又不是傑羅斯先生，不至於會說要你們現在就開始幫忙這麼亂來的話啦。今天請各位好好休息吧。」

布羅斯這番話，讓亞特和薩沙看向了傑羅斯。

大叔的臉上也寫著『你們幹嘛看我啊？』的字樣，不過仔細想想，自己在「Sword and Sorcery」時代，就時常幹那種拿到稀有素材之後就立刻衝去打造武器的事，所以布羅斯這話他心裡也多得是底，實在無法開口辯解。

以這個意義上而言，布羅斯也是傑羅斯手底下的受害者之一。

「總之我們有準備給客人用的帳篷，今天就請各位在那邊留宿吧。我現在帶各位過去。」

「是說這事雖然不重要，但為什麼你只穿著一條兜襠布啊？」

「咦？挖礦不就是要穿兜襠布嗎？地底下那麼熱，穿太多馬上就會脫水的，這樣很奇怪嗎？」

『『這傢伙……到底是下到了地下幾公尺深的地方啊？』』

儘管有很多介意的事情，不過這位名為布羅斯的少年，不是會老實地回答問題的那種人。

而且他現在是獸人族的頭目，他絕對不會洩漏可能會對獸人不利的情報吧。

知道這點的傑羅斯和亞特也選擇不多問，乖乖地跟在帥氣地甩著兜襠布帶路的少年身後。

傑羅斯等人……不，正確來說，是傑羅斯發現只有自己格外受到了男人的關注，覺得渾身不對勁。

「布羅斯……好像有人用非常熱情的眼神看著我耶……」

「嗯，有喔。」

「他們為什麼要看我？」

「他們應該是在秤你的斤兩吧。」

「秤我的斤兩？」

因為文化不同，不太熟悉他們生態的大叔，不知道這裡的秤斤兩是什麼意思。

就在這時候，獸人族當中出現了一群半裸的男性，擋住了他們的去路。

這些人全都有著健壯的體格，身上明顯散發出屬於戰士的霸氣，而且這些人的身上都只有些許武裝，以及一條兜襠布。

兜襠布上面分別寫著「貫徹裸體男子漢之路」、「男兒無須多言，靠背影說話」，或是「能夠以拳交心，才是真正的朋友」、「男兒有淚不輕彈」、「俠義之魂，以百為限」等等，這些讓人受不了的標語。

這一幫人的代表開口向布羅斯搭話。

「……老大，這幾位是以前來過的客人嗎？」

「對啊。」

「裡頭似乎有位沒見過的客人啊。」

「你是說傑羅斯先生吧。大家要好好跟他相處喔？」

「好好相處……是嗎。我明白了。喂，我說你啊。」

「咦？叫我嗎？」

兜襠布男人們的目光全都集中到了傑羅斯身上。

傑羅斯同時產生了一股非常不好的預感。

「「「「要不要來一發？」」」」

「…………………」

然後就聽到了男人最不想聽到的一句話。

大叔因為打擊過大，意識逐漸遠去。

『……不是吧。我還以為只有好色村小弟是這種角色耶……真的假的，獸人族裡面也有好此道的人喔……雖然他們身上只穿著一條兜襠布，我本來就覺得他們就很可疑了，原來真的是那一掛的喔？他們該不會開口大喊「我們超棒的～！」這種話吧？喔喔……神啊，這個世界已經徹底腐敗了。早點讓這個受詛咒的惡夢世界迎向終焉吧……』

大叔一邊感到人世無常，一邊向小邪神祈禱著……

或許是錯覺吧，他好像聽到小邪神在說：『你居然因為這麼無聊的理由，要毀滅吾的世界嗎！』這種話。

這時候清楚狀況的亞特開口幫忙解釋了。

「傑羅斯先生，這些傢伙講的不是那方面的事情喔？他們只是想跟實力高強的人交手，我一開始也跟他們切磋過。」

「……咦？」

「嗯，雖然不知道那方面是哪方面，但我們只是想與強者一戰。」

「這、這樣子啊……啊～嚇死我了。」

「「「「所以說，要不要決鬥（來一發）啊？」」」」

「你們的說法！那個說法能不能改一下啊？」

獸人族男性很容易招致誤會。

先不管這些，周遭的獸人們一同散發出刺人的鬥氣。

這樣的波動彷彿正以無言地用意志向傑羅斯傳達著『你可以拒絕喔？我們還是會強迫你當我們的對手就是了』這樣的念頭。

沒錯，他們會崇拜強者。

然而正因為憑本能就能分辨出對方是強者，他們才會想要挑戰。

這裡是猛者出沒之地。只要傑羅斯一天是強者，他就一天無法逃避戰鬥。

「布羅斯啊……你能不能想點辦法處理他們？」

「沒辦法吧？不管怎麼看他們都想打。我覺得這時候你還是放棄掙扎，陪他們打個幾場吧。我也是一直跟他們打，打到他們認同了我為止。」

「那請派出獸人族中最強悍的勇士吧。我不想欺負弱小，如果是個高手，我打起來比較沒壓力。」

「真拿你沒辦法～我說你們啊，從各部族裡找幾個代表出來！傑羅斯先生說他不想跟弱者打喔！」

「「「唔喔喔喔喔喔喔喔喔喔喔喔喔喔喔喔喔喔喔喔！」」」

男人的戰吼響徹了整個居留地。

其中只有亞特認真的認為：『應該沒人能當傑羅斯先生的對手吧？會不會鬧出人命啊？』然而周遭氣氛已經火熱到沒人能夠阻止的程度了。

大家急忙開始準備，已經進入了要舉辦祭典前的熱鬧狀態。

「快準備太鼓，宴會要開始了！」

「還要備酒！」

「睽違已久的打架慶典來啦！」

「嘿嘿嘿……真讓人熱血沸騰啊。」

「要參加的人是我啦！」

「啥？當然是我吧。」

「什麼？當然是由我參加吧。你們這些弱雞男，給我滾回家啦！」

他們的風俗習慣就是每當有強大的客人來訪，就要認真的和對方打上幾場。

反過來說，如果對方一看便是弱者，那他們根本不屑一顧。

而且傑羅斯是個跟布羅斯和亞特一樣，令他們渾身冒起雞皮疙瘩，背脊發寒的高手，這些血氣方剛的獸人自然會想挑戰看看。

他們是徹頭徹尾的挑戰者。

「這些人也太血氣方剛了吧……」

「反正也不用跟部族裡的所有人戰鬥，傑羅斯先生應該很快就能搞定了吧。」

「啊，我去旁邊觀戰喔……」

「傑羅斯先生，你不可以失手殺了我的伙伴喔？就算你不是故意的，但要是你真的錯下殺手……你懂的吧？」

「哇～咿……要在客場動真格的開打啦～而且沒有人願意聲援我～……大叔我想回家了。」

先不論薩沙，亞特和布羅斯比任何人都清楚傑羅斯有多強。

大概也是因為這樣吧，他們根本不想說什麼話來聲援或慰勞他。

該說這兩個人是信任他呢，還是覺得幫他加油也沒意義呢，無論是哪一種，他們拋給傑羅斯的話語都令人心寒。

居留地正忙碌地進行準備。

『……唉，我就隨便應付一下吧。』

於是宴會開始了。

這場騷動一直持續到換日後的深夜，許多獸人被拋上了天空。

這對傑羅斯而言只不過是單調乏味的作業，對獸人族來說，卻是能跟壓倒性的強者一戰的機會，讓他們很是開心。

獸人族——與其說他們是遊牧民族，或許該將他們視為戰鬥民族吧。

◇◇◇◇◇◇

梅提斯聖法神國是一個特殊的國家。

雖然以法皇為首的高階神官們位居國家頂點，但這些位子幾乎全都被原為貴族者的親屬占據，所以出身市井的人完全無法爬到一定以上的位置。

就像是把貴族主義的議會制國家，完全替換成假宗教的國家。

也因此，在中央掌握政權的一族從未改變，靠近國境位置的貴族則沒什麼地位。

當然有人對此十分不滿，不過梅提斯聖法神國又有著實際上是個軍事國家的一面，讓他們無法公然反抗制度。

從以前就陸續有人無法忍受這種待遇而挺身反抗，然而只會被烙上異端分子的烙印，走上悲慘的命運。想跳脫宗教這個框架的人，則會踏上被視為危險分子的末路。

「……能不能想辦法維持我們雙方的交易呢？」

「話雖然是這麼說。可是閣下的國家從以前就老是對我國施加各種壓力吧？我能體諒邊境伯閣下您的心情，可是我國已經到了忍耐的極限了。」

「這方面就拜託你睜一隻眼閉一隻眼吧！中央議會那邊也不斷向我們施壓，要是再這樣下去，我們也會……」

「先動手的可是貴國喔？即使我國過去願意讓步，也不代表今後還會繼續退讓下去。所以才會這麼重視所謂的外交啊。」

「這點我明白。但是……這樣下去我的領民們會餓肚子的啊。」

這天，一位梅提斯聖法神國的邊境貴族，來到索利斯提亞魔法王國的王都進行交涉。

梅提斯聖法神國與鄰近諸國的交易中斷，國境附近的貴族領地立刻出現了經濟危機，他們無法讓財政順利運轉，唯有荒廢一途。

這位邊境伯也因為領民處在生活困苦的狀況下，才顧不得尊嚴，為了能繼續交易而前來拜訪索利斯提亞魔法王國。

相對的，索利斯提亞魔法王國的外交部職員態度十分冷漠。

「您知道我國已經不需要依賴貴國的領土了吧？透過海路，可以比陸路更快速地進行貿易運輸，與伊薩拉斯王國和阿爾特姆皇國之間也達成了最短距離往來。現在已經沒必要在支付昂貴的通行稅，通過貴國的領土了。」

「我的領地因為這樣……」

「過去為了輸入礦物資源，我國不得已必須仰賴貴國。可是貴國不僅不當哄抬價格，還要徵收高額通行稅，我國在思考如何才能確保穩定的來源後，才會執行開通地底通道的計畫。畢竟至今以來，我們可是被信賴的對象給背叛了呢。」

「唔……」

「而且現在貴國的狀況似乎相當不好，貴國應該當成這是為過往的恣意妄為付出代價的時刻到了。我國並不打算讓步。」

外交部職員表現出完全不打算協助他的態度。

面對過往實施暴政，現在走上衰敗一途的梅提斯聖法神國，索利斯提亞魔法王國這方完全沒有道理要退讓，外交部職員甚至還趁著這個大好機會，一吐過往的怨氣。

邊境伯知道自己說破嘴也不會有用，只能失落地垂下肩膀。

「呼……如果您是真心為領民著想，閣下也差不多該做出決定了。」

「……決定嗎？」

「若是這個狀況持續下去，閣下未來只剩下兩條路可走。要選擇哪一邊，就看您是怎麼想的了。」

「…………」

「等時候到了，您將會被迫做出選擇吧。祈禱您是一位為人民著想的正派貴族。」

兩條路——一是忠於祖國，卻被當成無用之徒，受到中央議會的懲罰；一是背叛祖國，帶著整塊領地被索利斯提亞魔法王國併吞。

對邊境伯而言，繼續當梅提斯聖法神國的貴族，就代表這些困境將永無止境地持續下去，但是即使如此，也不代表他可以立刻倒戈，加入其他國家。

可是在他像這樣進行交涉的過程中，領地內的民眾也過著極為貧困的生活，連徵收稅金都辦不到。

「所謂的那個時候……貴國預測什麼時候會到來呢？」

「北邊的獸人族部族已經發起了叛亂，貴國國內又正遭到神祕的龍四處襲擊。據說已經有一座要塞都市毀滅了吧？因為如此，透過交易的物品流通也開始停滯，連續的災難也同時拖慢了重建的腳步，使得經濟出現危機。我國推斷那個時候會比閣下想像更早到來。」

「…………（對方恐怕是覺得不僅如此吧。地底通道開通之後，他們和伊薩拉斯、阿爾特姆的外交也變得容易了。而且看索利斯提亞這游刃有餘的態度……該不會！）」

小國之間的交流變得更容易，同時也代表了國家之間能夠互相援助。現在連伊薩拉斯王國在外交上都變得強硬起來，梅提斯聖法神國已經沒有辦法廉價採購到礦物資源了。相反的，這些礦物流往其他國家的可能性也跟著變高了。

伊薩拉斯王國販售礦物資源的途徑，已經不僅限於阿爾特姆皇國了。

「最近伊薩拉斯王國的商人也開始來我國開店，並以此為起點，建立起向其他鄰近國家販售的通路。哎呀～經濟開始活絡起來了呢。」

「……（他這根本就是在作戲，故意要把情報洩漏給我知道。雖然不是太重要的資訊，但裡頭想必別有深意。如果說交易暗示著可以讓領地——讓整個國家變得更好，他該不會是在暗示，要我背叛祖國吧？所謂的決定就是這個意思嗎？索利斯提亞魔法王國打算不靠戰爭，奪取我國的領土嗎！）」

如果前來交涉的貴族都像現在的自己一樣，聽到外交部職員提起這樣的話題，很有可能會因為情勢轉變，讓選擇同意併吞的貴族增加吧。

以跟伊薩拉斯王國和阿爾特姆皇國之間的交流為開端，可以想見索利斯提亞魔法王國正在檯面下進行這種挖牆角的行為。

就目前國內一片混亂的梅提斯聖法神國來看，這雖然是相當要命的事態，但他們也沒有餘力對應。

「貴國……該不會……」

「哎呀，我只是閒聊了一下而已喔？我不知道您想到了什麼事，不過看您的模樣，應該不是可以隨便說出口的內容吧。」

『很會裝呢……不過這對我來說，莫非是個好機會？一旦事情發生，我只要付諸行動就可以了。問題就在他們所說的「那個時候」會在何時到來……』

眾所周知，梅提斯聖法神國已經走上了滅國之路。

根據今後的情勢變化，他很有可能連自己都保不住，如果能避免不必要的損失或犧牲，答應他們的併吞案也不是什麼壞事。不過他現在應該很難再獲得更進一步的情報了。

在這之後，貴族和外交部職員也一直上演著互探虛實的戲碼，最後以雙方的話題毫無交集作收。

至於貴族很在意的「那個時候」的到來，其實也已經不遠了。

第十一話　大叔修繕獸人族的武器

在舉辦了名為打架慶典的宴會後的隔天。

凱摩．布羅斯帶領大叔和亞特來到的獸人族武器工作室，環境真的相當惡劣。

火爐是用石材和黏土隨意搭建而成，鐵砧也就是找塊比較平的石頭代用而已。

使用鐵鎚的鐵匠不多，大多是用石鎚。他們居然可以靠這麼簡陋的設備打造出上面雕有花紋的武器，可見獸人鐵匠其實意外的手巧。

然而當中沒有考慮到所謂品質這項要素，確實是一大痛點……

「……這就是獸人族使用的武器嗎？」

「嗯，是啊。比想像中的還慘，對吧？」

「我是知道他們會依部族不同雕上不同的紋路——還是該說花紋？但這數量也太誇張了吧……」

「所以才會照部族區分，決定好哪天要修理啊。」

「「可是啊～……」」

傑羅斯和亞特看到眼前堆積如山的武器，打從一開始就沒力了。

獸人族的武器幾乎都是一些毫無實用性可言的玩意兒。

比方說劍，首先用金屬打一塊板子，用磨刀石研磨之後，拿兩塊木片合起來當成劍柄，用獸皮纏住木片，最後用黏膠加以固定就算是完工了。

其他武器的製作過程也差不多，打從一開始就幾乎沒有耐用度可言。

而且說到花紋，獸人族有多少部族，他們就有多少種花紋。

「不是啊，為什麼要在武器上面雕花啦？要討個吉利是沒關係，可是這樣會變得脆弱到只要承受一點點衝擊，就會扭曲變形的程度耶。啊，這個……都透到可以看到另一邊了耶。以某種意義上來說也真是厲害了。」

「你知道為什麼我很辛苦了吧……他們完全沒有像樣的武器啊。」

「我之前來的時候是沒太在意……但真虧你們可以靠這種武器打贏梅提斯聖法神國的聖騎士耶。我實在想不透這是怎樣辦到的。」

「啊哈哈，那是因為我們全靠體能硬衝啊。獸人族的體能比人類好啊。」

「這事我們先不討論，結果我們還是得負責修理啊～……」

『『開始覺得麻煩起來了……』』

傑羅斯他們三個人按照不同部族，分別負責處理這些武器，可是一個人就得負責十個部族，而且武器的數量非同小可，問題就在於要是用普通的打鐵方式來修理，實在太花時間了。

於是他們決定採用靠魔力硬幹的魔導鍊成方式來修理。

可以說是只有身為作弊轉生者的他們才能採用的做法。

「藥水數量ＯＫ。」

「礦石的數量也很充足。」

「那麼就開始吧。傑羅斯先生、亞特先生，麻煩兩位了。」

於是單調卻看不到終點的地獄般流水線作業就此展開。

三人不僅需要用礦物把原本的武器重新塗布，增加強度，還要運用魔導鍊成使金屬彼此結合並強化。每個部族特有的花紋則是先畫在紙上保留起來，當作之後要重新雕刻時的參考圖。

靠著作弊轉生者們的魔導鍊成，他們以驚人的速度陸續修好了武器。

即使如此，這依然是一項單調無聊的工作，三人一開始還可以和樂地邊聊天邊工作，但過了一小時之後，大家的話愈來愈少，等過了三小時，已經沒有人再開口說話了。

「……好無聊喔。」

「傑羅斯先生，別說那種話啦……我也是這樣想的啊。」

「雖然想附加特殊效果上去，可是這種品質也做不出什麼太了不起的事情呢～要是可以，我是很想做兩～三把具備擊飛敵人性能的武器啊。」

「從武器的品質面來看，只能附加『增強硬度』或『斬擊強化Ｌｖ１』這種單純的效果上去呢……而且真要說起來，就算打造出性能再好的武器，也沒有人能夠保養和修理啊。」

「「啊～……」」

有附加效果的武器當然比沒有的更好。

但既然沒有能夠修理武器的鐵匠，那這些工作就都會落在布羅斯頭上。

傑羅斯當然也不想增加熟人的負擔。

「就算做出來，也只會增加布羅斯的負擔啊～」

「畢竟光是有附加效果在上面，就會增加修理時要費的工夫啊。布羅斯你怎麼看？」

「如果只把那些武器發給部族中的第一強者，我是覺得可以做。不過要是這樣做，一定又會搞壞部族內的和諧氣氛。獸人族也是會嫉妒的啊。」

「每年辦一次決定各部族中第一強者的比武大賽不就得了？如果是我就會這樣做～這樣也可以縮小需要修理的武器範圍啊。」

「賜給部族的勇者最棒的武器嗎……這提案不錯，但我不會採用。」

「畢竟要是我不在了，狀況就會改變了呢。即使現在可以這樣做，也不代表今後能持續下去啊。」

基本上，獸人族會拱部族中最強的高手為領袖。

所以每個部族裡面都各有一位勇者，把最強的武器賜給勇者這作法其實沒錯，只是這樣的名譽可能會在部族內造成不必要的衝突。

另外，如果像傑羅斯說的那樣，每年舉辦一次決定勇者的比武大會，很有可能導致部族每年都換一個領袖，甚至引發混亂。

再說，既然布羅斯是人類，就有所謂的壽命，不可能永遠都能修理這些最高品質的武器。即使現在這樣做沒問題，也不知道三十年後的未來是否還能這麼做。

「嗯～……不然設下年齡限制呢？五十歲以上的人就沒有資格參賽。」

「不行，獸人族裡面可是有不少超過五十歲的高手喔。他們甚至有可能會抗議說『不可以偏袒年輕人！』因此大鬧一場。」

「亞特先生的意見是對的吧。大家都太血氣方剛了～」

「他們到底有多喜歡戰鬥啊……一般不是都會希望年輕人能有所成長嗎？」

「不如說他們反而會認為『我才不會輸給那些年輕人咧！』然後變得更有幹勁喔～」

看樣子獸人族真的是無可救藥到只會用肌肉來思考的種族。

三人一邊聊著這些事，手上仍不忘繼續工作。

「話雖如此，要是他們繼續使用這些武器，武器也只會不斷劣化吧？我們又不會一直待在這裡。」

「這就是問題所在了。雖然我知道這樣做是治標不治本，但這次我無論如何都想要攻下那座要塞，所以我還沒去想之後該怎麼辦～」

「你是說卡馬爾要塞嗎？那裡有那麼難搞喔？布羅斯你一個人去的話，應該可以輕易打下來吧？」

「那裡就像是五稜郭那樣的星形防衛陣地，同時也是一座城塞都市。即使能攻破中央大門，也會被兩邊三角陣地的弩砲、投石機和弓兵部隊給盯上啊。要是能一口氣衝進去那就輕鬆多了，但是難就難在這裡。」

「能夠輕鬆突破的只有布羅斯是吧……」

卡馬爾要塞以形狀來看，周圍配備了八座銳角防衛陣地，由於愈靠近中央大門，腹地就愈狹隘，攻來的敵軍必須單方面地承受來自周遭防衛陣地的攻擊。

即使獸人族的體能再好，沒能破壞中央大門，也就只會成為敵軍的箭靶，想也知道這樣會造成嚴重的死傷。

「我一個人去的話，三兩下就能搞定了說～～～」

「畢竟獸人族上上下下都處在『我們要跟著老大上山下海！』的狀態啊。你果然因為他們這種難搞的民族性而費了不少心啊……不過這也表示他們完全接納你了，這應該是值得高興的事情吧？」

「我以前都會擅自跑去衝鋒陷陣，現在不能再這樣做了。畢竟他們現在就已經夠會鬧彆扭了，我要是再這樣做，只會愈來愈嚴重啊～～雖然他們願意接納我這件事情，我是真的很感謝他們……」

『『有夠麻煩的～……』』

布羅斯是獸人族的英雄。

可是他們無法坐視這位英雄主動深入險境，所以才希望能和他一起行動，多少幫一些忙。

布羅斯過去都是以減少受害為由，一個人喜孜孜地衝鋒陷陣，可是獸人族的尊嚴並沒有廉價到容許他們一味仰賴英雄的背影。

更何況卡馬爾要塞對獸人族來說，是他們最為厭惡的軍事要地，要是不能在這裡與布羅斯並肩作戰，他們就會認為自己不過是沒用的垃圾。要是沒在這裡給予他們發揮的機會，他們便無法取回獸人族的榮耀。

「啊，關於這一點啊……因為沒有確切的證據所以我沒說，不過卡馬爾要塞好像有配備火槍喔。」

「火槍……是說火繩槍嗎？」

「因為我只是遠遠的看，看得不是很清楚，不過守衛隊手上都拿著類似的東西喔。我只能確定那不是長槍。」

「……狀況又變得更麻煩了啊。」

「我有點在意聖法神國那邊到底配備了多少火槍呢……」

投石機的攻擊是利用石塊本身的質量加上拋投造成的重力加速度，威力非常驚人且強大，卻也有著必須花上不少時間才能進行下一次攻擊，以及無法精確地瞄準目標的缺點。

關於這點，弩砲也一樣，不過在建造成星形的要塞，進攻方的行動會受到限制，所以就算只是隨便亂發射，也會有不錯的效果。

再加上弓箭和火繩槍的攻擊，進攻方將會受到莫大的損傷。即使布羅斯超乎常理的強，也無法避免獸人族出現傷亡吧。

「沒有大砲是不幸中的大幸……」

「看樣子只能率先攻破城門，衝進城裡去了。光是這樣的話，布羅斯應該辦得到吧。」

「可是這樣做，就無法避免大家在衝鋒時會遭受的損傷……我是希望在衝進那座要塞之前，可以盡量減少傷亡的，可是大家都不懂～！」

「因為他們是根本不管何謂戰略及戰術的蠻族啊，他們真的很有可能會憑著一股蠻勇，帶著整個民族去衝鋒陷陣耶。這可不是什麼好玩的事啊～」

正因為他們是思想相當單純的民族，所以不知變通。

這也是布羅斯非常頭痛的點。

「我或傑羅斯先生出手幫忙也不行嗎？」

「他們應該不想藉助外人的力量吧。而且要是我們出面，他們就更沒立場了。」

「雖然亞特先生就夠作弊了，但傑羅斯先生的能力也很作弊啊，這樣會把大家的幹勁徹底粉碎，連一丁點都不剩的。而且啊，唯獨那座要塞，如果不是靠獸人族自己的實力攻下來，那就沒有意義了。」

「啊～……確實。我記得那裡已經變成奴隸商人的據點了吧。」

「對啊。所以……我一定要讓他們親手粉碎那座要塞。」

卡馬爾要塞雖然是守衛北方的大型要塞，同時也是用來綁架獸人族的據點。

奴隸商人當然也會頻繁造訪此處，將被抓住的獸人當成奴隸買下，並送往本國。也難怪獸人族會如此憎恨這個地方。

這也是為什麼布羅斯希望能讓獸人族親手壓制這座要塞，然而用一般的方法進攻，獸人族一定會吃敗仗，並且遭受莫大的損傷。

這樣一來，他們就不可能攻下等在後方的安佛拉關隘，也沒有足夠的兵力攻入梅提斯聖法神國。光打下要塞是沒有意義的。

「即使能解放被抓去那裡的獸人，但在那座要塞折損兵力，也會對我軍造成沉重的打擊啊。他們明知如此，卻還是……」

「那些獸人應該都秉持著『大哥，我們可不會讓你一個人下地獄去啊！』的論調，不肯全權交由布羅斯你去處理吧。他們明明可以等到攻入聖法神國內之後再好好表現啊。」

「布羅斯……大家都很愛你呢。」

「我也不是不懂他們的心情喔？可是啊……我們這是在打仗耶～要是能偷懶時不偷懶一點，真有必要的時候，就會拿不出足夠的兵力了吧。」

「是不是因為他們的民族習性，導致他們說不出『這邊就交給你了，祝你好運』這種話啊？文化差異有時候也是弊端吶。」

「啊～真是的！要怎樣才能輕鬆攻下那座要塞啦～我不希望有人因此犧牲啊！」

戰爭中一定會出現犧牲者。

站在獸人族領袖的立場上，布羅斯想盡可能地減少我方損傷的想法固然沒錯，卻被獸人族的民族陋習全盤推翻了。

無論這樣的做法有多合理，他們長久流傳下來的傳統常識就是無法接受。而且這些觀念幾乎已經成為獸人族根深柢固的習性了，所以也拿他們沒辦法。

照這樣下去，難保他們不會真的高喊著萬歲就成群結隊地衝鋒陷陣去。

「要是能至少處理掉要塞周圍的防衛陣地就好了，不過這也很困難呢。」

「那裡如果有設置大砲，就真的是無敵要塞了吧？那麼從正面進攻應該行不通吧……」

「既然這樣……只能靠奇襲了嗎？」

「我也想過奇襲這招。可是啊，那個四面八方都有的三角形防衛陣地……城牆高得很誇張耶。如果只有我一個人，那是爬得上去，可是沒有攻城梯的話，獸人族是爬不上去的。」

「而且神聖魔法是光屬性魔法吧？要是他們用了『光亮』的魔法，就算夜襲也會馬上被發現啊。」

「那個國家好像是用『引導的聖光』這種誇大的名稱來稱呼『光亮』呢～到底是誰命名的啊……」

三人邊說邊繼續進行修補武器的單調無聊工作。

原本堆積如山，尚未處理武器明顯地逐漸減少。

「老大，這邊的武器可以拿走了嗎？」

「嗯？那些是潘族（豹型的獸人族）的武器嗎？那些都已經修好，可以拿出去了喔。」

「好！小子們，要把這些東西搬去給那些臭豹子啦。來幫忙！」

「要拿去那些傢伙那裡喔……嘖，這也沒辦法～」

「「…………」」

獸人們帶著一些險惡的氣氛，把武器搬了出去。

看樣子部族間還是有不少問題在。

「那個叫什麼潘族的……跟剛剛那些人感情不好嗎？」

「他們雙方似乎是長年的死對頭喔？不過我強行讓他們和好了。」

「不是……他們根本沒和好吧。檯面下的不合應該變得更嚴重了吧？」

「就算是這樣，有什麼事也只要叫他們派代表出來打一架就能解決了。只要不會造成大量傷亡，就算和平了吧。」

無論是戰爭還是部族間的糾紛，都一樣是流血衝突。

雖說流的血是愈少愈好，但是背負了部族名譽的代表交手，那也肯定是場壯烈無比的戰鬥，不像布羅斯嘴上說的那麼和平。

這些野蠻的規矩在這裡實在是暢行無阻。

「話說回來，有沒有什麼方法能解決那個防衛陣地的問題啊？比方說讓傑羅斯先生和亞特先生你們去處理一下～我再裝死說『我什麼都不知道～是那兩個人擅自動手的～』這樣？」

「那只會讓獸人把矛頭指向我們吧。而且那不是跟他們有深刻淵源的要塞嗎？」

「果然還是不行啊～」

「而且你又不是不認識我們。他們一定會懷疑這是你跟我們串通好的吧，駁回。」

正因為那裡是獸人們極為厭惡的要塞，所以必須要由他們親手做個了斷。

布羅斯是認為既然後面還有仗要打，他不希望在這裡造成任何無謂的犧牲，但就算他想一舉攻下，這座要塞又太難攻陷了。

這讓布羅斯陷入了無計可施的狀態。

在這種情況下，只有大叔認真的在思考。

「唉，也不是沒有不造成傷亡就能解決的辦法啦。只不過……我不是很想用這招就是了。」

「咦？傑羅斯先生，你有什麼好辦法嗎？」

「簡單來說，只要能搶先破壞要塞上的防衛設施就可以了吧？那用遠距離砲擊就好啦。」

「遠距離砲擊……你該不會是想用那個吧。我沒想到你竟然有帶來。」

亞特對他所說方法心裡有底。

在傑羅斯家地下室裡祕密打造的，配備了八十八公釐高射砲的半履帶車。

那顯然是不能在這個世界上使用的兵器。

要是用了，將會徹底破壞這個世界的軍事常識，要是沒有處理好，甚至有可能會讓整片大陸陷入悽慘的戰火當中。

「嗯～我本來只是想向布羅斯炫耀才帶來的……不過拿那玩意兒出來用，果然還是不太妙吧。」

「那玩意兒明顯不行吧。要是各國開始重新審視軍隊的裝備，八十年後就會發生世界大戰了喔？」

「雖然我不知道你帶了什麼來，不過這世界的人都已經造出火繩槍那種東西啦？事到如今顧慮這些也沒意義了吧～」

「因為我也不清楚那玩意兒的射程有多遠，不管怎樣都得在比較接近的位置開火。所以一定會被聖法神國那邊的人看到啊。我是不知道勇者他們有沒有辦法重現啦……不過我覺得他們有可能會搬出阿姆斯壯砲來當對策。」

「他們確實有可能造出大砲呢……」

「試總比不試好啊。我還是比較傾向用遠距離砲擊這招吧。」

「我可不管之後會變成什麼樣子喔……」

三人在那之後仍一邊修理武器一邊討論該如何攻打要塞，不過到最後還是沒能想到什麼好點子。

畢竟傑羅斯他們不能主動參戰，所以決定貫徹在暗地裡行動的方針，避免傷及獸人們的自尊。

在討論過程中，大叔一邊再三叮嚀「之後要還我喔」，一邊將兩把米爾科姆轉輪連發式榴彈發射器暗中交給了布羅斯。

做的事情根本就跟軍火販子沒兩樣……

◇◇◇◇◇◇

卡馬爾要塞在漫長的歷史中，也是在付出許多代價才建構起難攻易守的要塞，也是最後的防衛線。

要塞中央有一座八角形的城塞都市，並往八個方向延伸出去，建設了銳角三角形防衛陣地，入口只有南北兩處，對於攻打要塞的一方而言，必須要破壞其中一邊的城門才能攻入要塞，然而一旦進攻，就會遭到左右兩邊的陣地集中砲火攻擊，完全就是死地。

通常要攻下這種要塞，必須要準備比守軍多上三倍的兵力搶攻，又因為卡馬爾要塞的構造特殊，需要更勝於此的兵力。

這就是一座眾人都說根本不可能以正規的方法攻下的堅固要塞。

「閣下究竟要讓那些野獸囂張跋扈到什麼時候？這件事在中央已經是個大問題了喔！」

「說是這樣說，可是這次的野獸們跟過往不同。顯然接受了來自外部的協助。雖然不知道是哪個國家在協助那些野獸，不過自從勇者岩田被打敗之後，你們應該也知道這些野獸不再像以前那樣，只會埋頭猛衝了吧？」

「想辦法處理這個問題不就是閣下等人的工作嗎。由於在礦山等地工作的奴隸數量變少了，本國的經濟也明顯地開始崩壞。國內可是一直吵著要我們快點補奴隸過去喔。」

「經濟崩壞又不是奴隸數量不足造成的問題。老夫聽說有許多層面的事都變得棘手起來了是吧？」

「唔……」

負責管理這座要塞，「聖天十二將」之一的「葛魯多亞．卡拜因」將軍，只看了從本國中央高層派來的神官一眼，並且用正確的論點反駁了回去。

最近這陣子本國——梅提斯聖法神國的情勢明顯惡化，中央議會雖然下達了『快點打退那些野獸們回來！』的指令，但目前這裡的狀況也不甚理想，無法回應中央的要求。

儘管雙方發生過數次小規模的衝突，但幾乎都以聖騎士團落敗做收，一些重要城砦全都被獸人族攻下來了。

其中甚至有遭獸人族徹底破壞，變成一片廢墟的城砦。

「老夫就直說了吧。野獸們的頭目擁有超越勇者的實力，是貨真價實的怪物。」

「喔，像葛魯多亞閣下這樣的將軍，竟然會害怕區區野獸頭目？哎呀呀，沒想到像閣下這樣的人竟會說出這樣的喪氣話……」

「挑釁老夫也沒用，老夫只是說出事實……那傢伙即使一個人，也能輕易地攻下這座要塞吧。當然是建立在殺光我們所有人的前提之下。」

「那麼，那個怪物為什麼沒來攻打這座要塞？難道不是因為看到這麼堅固的防衛而怕了嗎？」

「如果是這樣那就好了，但老夫認為他只是在凌遲我們吧……就像貓玩弄老鼠那樣，讓我們產生危機感，從內部對我們施加精神壓力。」

「哈哈哈，野獸不可能會有這種智慧的。」

「若他不是野獸，那又如何呢？」

「轉生者」——這個詞浮現在他們彼此的腦海當中。

只有國家高層以及包含葛魯多亞在內的少數將領才知道，實力在勇者之上，且更為強大的一群人。這位神官恐怕不知道轉生者的存在，就算告訴他世上有實力更勝於勇者的人存在，他也只會認為這是藉口吧。

他們目前已確認的轉生者有兩人，一位在魯達．伊魯路戰役使用了廣範圍殲滅魔法，將勇者岩田率領的聖騎士團打得潰不成軍。

另外一位是現在正在本國內撰寫可疑書籍，自稱是「腐☆女子」的女性，關於這位，老實說他是不予置評。

問題在於獸人族的頭目，從那壓倒性的強大實力來看，他基本上是將對方定義為「轉生者」了，不過還沒能確認這件事。

說穿了，關於那位頭目的目擊情報很少，能夠確認其存在的人幾乎都已經死亡，少數倖存者也由於恐懼而罹患了精神疾病，這些人的說詞無法採信。

不過葛魯多亞將軍到了最近，已經可以確定獸人族頭目是第三位轉生者了。

「『36城砦』……老夫在那裡親眼見過那傢伙。那景象真的非常可怕。他不斷變換手上使用的武器，光是揮一下武器，就能讓好幾個騎士變成肉片，簡直就像是在享受著殺戮，連逃跑的聖騎士們也不放過……當時如果不撤退，我們肯定會全滅。」

「閣下居然對同胞見死不救嗎？唉～……成何體統。既然如此，那更該殺了那個怪物吧？閣下等人究竟在做什麼呢？」

「既然閣下這麼想，不如親自去挑戰他看看吧？閣下不是認為那些野獸根本沒什麼大不了的嗎？」

其實葛魯多亞一點都不想留在這座要塞。

他甚至想盡快離開這裡，回歸本國。

他之前所看到的景象正是如此的悽慘。

「老夫啊……只要能離開這裡，就算被貶為普通的士兵也無所謂。獸人族的頭目外表看上去雖然是個體格嬌小的少年，卻能輕鬆地以單手運用比他更高的巨劍啊。」

「閣下怎麼會這麼沒志氣呢……」

「那傢伙就是有這麼可怕……所謂的『狂戰士』應該就是在說他這樣的人吧。」

「狂戰士？怎麼可能……」

狂戰士是只會出現在傳說或童話故事裡的嗜血戰士。

他們會像野獸那樣渴求與敵人一戰，不顧敵我地陶醉於殺戮當中。神官不相信現實生活中真的會有這樣的人存在。

「話雖如此，老夫畢竟有管理這座要塞的責任在身，所以我會讓居民從這座要塞撤回本國。因為這裡不管何時被攻陷都不奇怪。」

「什麼？這決定太獨斷了！本國可沒下達這樣的命令！」

「拜託閣下理解，我們的情勢已經危急到沒空等待本國的指示了！」

這是葛魯多亞第一次語氣粗魯地斥責神官。

卡馬爾要塞同時也是一座城塞都市。

住在這裡的幾乎都是商人和工匠，問題在於這裡大多數的商人都是以販賣奴隸的生意維生，獸人族有充分理由來襲擊這裡。

但就算他們是奴隸商人，也一樣是梅提斯聖法神國的國民，為了將傷亡降到最低，葛魯多亞早就發出了避難通知，都這樣了還是不肯逃離此處，最後死在獸人族手裡的話，那也是自作自受。

葛魯多亞也不可能照顧國民到這種程度。

「當然，在逃跑時老夫也會解放所有的奴隸。不過這樣也只能多爭取一些時間吧……」

「那些野獸，殺掉不就好了，為什麼要放他們活著逃走？」

「這也是希望對方能稍微手下留情啊……他們絕對不會原諒奴隸商人的存在。實際上，被他們抓去的所有人都被殘忍地殺害了。如果我們繼續留在這裡，也只會淪落到同樣的下場吧……」

「閣、閣下真的打算要放棄這座要塞嗎？假設真的要放棄好了，閣下知道我們得花上多少人力跟金錢，才能從野獸手中奪回這座要塞嗎！」

「如果只有獸人，那應對方法多得是，唯有那個怪物是絕對打不贏的，只會讓騎士們白白送死。畢竟他擁有能夠隻身攻陷這座要塞的實力啊……」

葛魯多亞也是千百個不願意。

但就是有人無法理解他這複雜的心境。

神官以為葛魯多亞只是不想執行本國的命令，才拿放棄要塞出來當藉口，但知道葛魯多亞是認真的以後，臉色便逐漸發白。

「閣下這樣的行為等於是背叛本國！要是那些野獸占領了這座要塞，很有可能會以這裡作為踏板，攻入本國。無論使用什麼手段，都必須死守這裡才行！」

「要是做得到，老夫早就做了！現在殘存的據點只剩下這裡，不能在居民逃離前，讓安佛拉關隘落入敵人手中啊！」

「這不就是閣下怠忽職守，一直沒能處理好這些野獸，使事態惡化所造成的結果嗎！」

「追根究柢，原因出在於你們硬派過來的勇者岩田太小看獸人族，害得許多騎士因此喪命。要是沒發生過那樁慘案，要防衛這裡就容易多了。」

絕對不會有交集的意見衝突。

這個神官是直屬於中央議會的諜報部門底下的人，以他的立場來看，無論如何都希望能執行本國下達的命令，葛魯多亞卻為了在戰況居於劣勢的情況下保護人民，企圖放棄卡馬爾要塞。

要是執行本國的命令，聖騎士團肯定會跟著要塞一起全滅，神官卻不肯承認這個事實。

對他來說騎士的命根本不重要，包含葛魯多亞在內的騎士們的性命，對國家高層而言也只是寫在紙張上的幾個數字。

結果梅提斯聖法神國的中央議會，根本不把邊境的問題當成一回事。

「想追究責任，等老夫回到本國要怎麼追究都行，現在少來多嘴。」

「閣下會後悔的！」

神官氣忿地走出了房間。

在神官的身影消失的同時，副官從隔壁的房裡走了進來。

「葛魯多亞將軍，這樣好嗎？」

「無妨……要是老夫的項上人頭能夠拯救你們的性命，那還算是便宜了。」

「中央……真的不了解狀況呢。我想他們應該正致力於重新振興國內的經濟，卻沒有察覺到外界的動靜。」

「這個原因……除了國內情勢惡化，還要加上周圍的小國家們全部與我國反目成仇了吧。一旦補給物資無法順利輸送過來，無論是再怎樣堅固的要塞，也撐不了多久啊。」

「那麼，在背後援助獸人族的……」

「不是葛拉納多斯帝國，就是伊薩拉斯王國……或者兩方都有。」

只有面向該處的國家，有辦法支援居住在廣大的魯達．伊魯路平原上的獸人族。如此一來，有可能做到這點的不是西邊的大國，就是東北方的小國家。

然而這兩個國家有在援助獸人族的話，那狀況就更糟了。

不管怎樣，照目前的狀況，他們都很難繼續守住卡馬爾要塞。

「阿爾特姆皇國和索利斯提亞魔法王國的動態也很令人在意啊……」

「那兩個國家表面上貫徹中立的態度，反而顯得很詭異。雖然我不覺得這兩國會與我國為敵，但也難保他們不會在檯面下做些什麼。」

「肯定有在做些什麼吧，只不過現在還不到使用武力的時候。」

「明顯有動靜的伊薩拉斯王國還真是很好懂呢。」

「伊薩拉斯王國應該是接受了索利斯提亞的援助吧，不，索利斯提亞也有可能在某方面協助了獸人族……」

「那個國家畢竟會讓獸人族享有與人類平等的市民權，確實很有可能以人道援助的為由，暗地裡採取了些什麼行動。」

對不讓獸人族享有市民權，甚至加以迫害的梅提斯聖法神國而言，這或許是件難以置信的事，但他們確實無法否認，承認獸人族人權的索利斯提亞魔法王國，有可能會打著人道援助的名義，暗中採取某些行動。假設這個推測是真的，梅提斯聖法神國的處境就比他們想像得更糟了。

可謂四面楚歌、甕中捉鱉。而且還得設想到周圍各國聯手攻打他們的狀況。

「盡是些讓人頭痛的問題哪。要不要乾脆亡命到鄰國算了？」

「……這也不錯，不過說是鄰國，也有很多個國家喔？你打算亡命去哪裡。」

「這個嘛，至少不可能會是西邊的葛拉納多斯帝國吧。」

「畢竟我們招來了不少怨恨嘛。」

葛魯多亞鬱悶地嘆了一口氣。

他最近常常作惡夢，即使醒著也總是有一股被敵人盯著的寒氣纏身，已經很久沒有放心地好好休息過了。

就因為他理解狀況是如此糟糕，才會急著立刻採取行動。

長年在戰場上累積下來的經驗是這樣告訴他的。

「……駱克斯，快安排居民們去避難。等居民們撤離之後，我們也迅速撤退吧。」

「那麼就按照當初的預定……」

「嗯，那些野獸沒有動靜的現在，正是最好的機會，也別疏忽了同時進行的撤退準備啊？」

「是！」

目送名為駱克斯的副官離開房間之後，葛魯多亞鬱悶地看了看窗外。

太陽已經漸漸地沒入地平線，將世界染成了一片紅。

重新浮現在葛魯多亞腦海中的36城寨的光景，正好是像現在這樣的傍晚時分。

『那傢伙……在笑。』

只消一揮巨劍，城牆就化為瓦礫消失，單方面地蹂躪在火焰中逃竄的士兵們，腳踩著倒在血泊之中，數量驚人的屍體，那個少年的臉上浮現了嘲諷的笑容。

他手上的武器和身上滿是殺害敵人時濺回的鮮血，喜孜孜地執行著實在不像少年會做出的冷血且殘酷的行為，那模樣恐怖到說他是神話中的惡魔還比較能夠讓人接受。

半裸的少年不是武神，就是暴虐的邪神吧……

無論是哪個，都是非比尋常的存在，光是看到他的模樣，就讓葛魯多亞害怕地顫抖。

『而且最可怕的是——那傢伙……在那傢伙眼裡，人類就跟垃圾沒兩樣。神啊……為什麼這個世界接受了那樣的怪物呢。』

葛魯多亞記憶中的光景，是透過望遠鏡觀看到的。

即使如此，他也很清楚。

儘管隔著這麼遠的距離，那個怪物還是有意識到自己正從遠處窺看著他，並且在這樣的前提下嘲笑自己……

他的模樣恐怖到令過去縱橫沙場的騎士也不禁顫抖。

就連現在，葛魯多亞緊握著的雙手也依然在顫抖著……

◇◇◇◇◇◇

「「「終～於弄完了～～～！」」」

傑羅斯等人從一早就開始修理武器，到了傍晚才總算是完成了。

三人疲憊地倒在地上，已經不想做任何事了。連起身都覺得痛苦萬分。

「我已經……暫時不想再用魔導鍊成了。」

「「……同意。」」

在默默地持續進行化為單調無聊工作的魔導錬成，因而疲憊不堪的他們身旁，可以看到獸人們正忙碌地收拾他們修好的武器，送到各個部族。

「我肚子餓了～……」

「畢竟回過神來，太陽都已經下山了呢。」

「我們是不是沒吃午餐啊？你看，他們好像準備了午餐，放在這裡耶……」

「「原來我們下意識地一直在工作啊……」」

他們腦海裡雖然留有早晨剛開始工作時的記憶，不過已經想不起來自己從途中開始都在做些什麼了。應該就是無意識地整天埋首於工作之中吧。

感覺自己好像變成了一台大量生產用的機械。

「啊～……不過我想真正辛苦的還在後面喔。因為把新武器分配給大家之後，應該就會有人引起騷動吧。」

「「你這話的意思是？」」

布羅斯這句別有深意的話才剛說完，工作室外頭就傳來吵鬧的聲音。

傑羅斯和亞特豎起耳朵，試著聽清楚外頭在吵什麼之後——

「好強，跟之前的武器完全不同！」

「這個太讚了……」

「好，總之我們先來打個幾場，熟悉一下武器吧！」

「「「好耶！」」」

『『『……』』』

——一群血氣方剛的傢伙想立刻確認武器用起來的手感，找來了同好，打算彼此切磋一下。

不用說，獸人族的腦袋裡面沒有所謂點到為止或是牛刀小試之類的詞彙，要打就是全力以赴。

可是讓他們就這樣打起來，好不容易修好的武器又會壞掉，可以輕鬆想見傑羅斯他們辛苦的成果將全數報廢，也能想像得到他們接下來又得進行重複的工作。

「好，反正都要打了，把其他部族一起叫來吧～」

「今天一定要跟他們分出勝負！」

「畢竟昨天被他們單方面痛揍了一頓啊，看樣子這會是一段快樂的時光。」

「那麼事不宜遲……」

「「「不要啦！」」」

傑羅斯等人急忙出面制止。

好不容易才修好的武器，要是在戰爭開打前又被用壞，那他們真的會崩潰。

獸人們這麼有幹勁是很好，但傑羅斯等人實在無法就這樣眼睜睜的看著獸人們將他們一天下來的辛勞化為烏有。他們在短時間內都不想再修理武器了。

可是獸人族毫無學習能力可言，傳統的打架慶典即將開始。

結果，大叔他們三個人隔天依然要繼續修理武器——可憐啊。

第十二話　大叔與獸人族一同前往卡馬爾要塞

手裡拿著新武器，真的在部族間打起來的獸人族們總算平靜下來了。儘管經歷各種曲折離奇的發展，不過到了第四天，他們總算是準備好要攻打卡馬爾要塞了。

這段期間內，被迫不斷修理武器的傑羅斯、亞特和布羅斯都用盡魔力，在精神層面上受到重創。

傑羅斯和亞特倒還無所謂，但布羅斯可不能表現出疲態。

畢竟他必須扮演率領獸人族的角色，而且要負責統管容易失控的獸人們，對各個部族下指示，自然不能表現出鬱悶的醜態。

他站到簡陋的木箱上，在火把照耀下，堅毅地俯視獸人們。儘管實際上早已身心俱疲。

「好了，武器已經準備完畢。我們終於要前去攻打卡馬爾要塞了。上一次因為各位的武器都再也不堪負荷而放棄進攻，但我們奪回這塊平原的時候終於到來了。」

獸人族的戰士們燃起了熊熊鬥志。

布羅斯的老婆們則是看著他英勇的樣子，陶醉不已。

「我們要殲滅他們。一個也不留地徹底殲滅他們！想想你們長久以來所受的屈辱，想想家族或兄弟被奪走的悲傷！想想連戰士的尊嚴都遭人踐踏的憤怒！」

每當布羅斯說出這些激進的言論，獸人們就跟著敲打盾牌，鼓舞自己。

他們的眼裡充滿鬥志，性急的人已經狂熱到現在就想衝鋒陷陣的程度。

沒錯，他們等這一天已經等很久了。

等待這個復仇的機會。

「好了，開戰吧。把從他們手中所受的屈辱，加倍奉還給他們！」

「「「「唔喔喔喔喔喔喔喔喔喔喔喔喔喔喔喔喔喔喔喔喔喔喔喔喔喔！」」」」

獸人的吶喊迴盪在魯達·伊魯路平原上。

「明天早上開始進軍！我允許你們喝酒來壓抑湧上的鬥志。不過可別喝到隔天早上因為宿醉而動彈不得，醜態百出的程度喔。我會拋下那些起不來的傢伙。」

「「「「哇哈哈哈哈哈哈哈哈哈哈哈哈哈哈！」」」」

獸人族的大宴會就此開始。

傑羅斯他們本想著自己總算可以休息了，現實卻沒有這麼美好。

獸人們實在太吵了，他們根本沒辦法睡覺。

「喔，你們也辛苦了。這個我請你們喝。」

「呃，這是酒吧？老實說以我現在這個身體狀況，喝酒會出事的啊……」

「別擔心，我們的酒喝了可以馬上消除疲勞。還是說，你不肯喝我用來感謝你的酒？」

「唉……那我喝一杯就好。」

倒在木製酒杯裡面的酒，散發著近似於優格的香氣。

獸人族喝的酒是用放牧的山羊或綿羊奶發酵製成，雖然帶有獨特的腥味，但不至於重到令人介意的程度。

喝起來的味道也很像優格，但還不僅如此。

「恢復了一點魔力？這該不會跟『香甜魔力藥水』有同樣的效果吧……」

「是啊。而且山羊會吃藥草，營養也很豐富喔。」

「天然的發酵藥水……哎呀，我還真不知道有這種東西存在呢。」

因為酒裡頭含有魔力，所以傑羅斯知道可以拿酒來製作利口酒系的藥水。然而即便如此，也是只有相當微弱的效果，要讓酒本身具備能讓飲用者恢復魔力的魔力量，就必須在釀好後長期保存，讓酒隨著年月發酵，變得更加香醇才行。

但是獸人族的酒具有約等同於低階魔力藥水的恢復力，這讓傑羅斯也相當吃驚。

「酒是好東西喔～所以說儘管喝吧！喝到掛為止！」

「空腹喝酒很要命耶？」

酒不斷注入酒杯裡。傑羅斯心想著這下不妙，打算向亞特求救，亞特卻已經被灌酒灌到暈頭轉向。

看來他的酒量很差。

不知道為什麼反而變成薩沙代替亞特陪獸人喝了起來。

「對、對了！這時候就找布羅斯……」

大叔雖然立刻行動，打算向布羅斯求救——

「親愛的～……你今晚應該會陪我吧？」

「不行，今晚輪到我了！」

「妳不是昨天才享受過嗎？今天輪到我了。」

「哈哈哈……真傷腦筋耶～」

──但布羅斯被老婆們給包圍了。

既然有超過三十個人，要決定晚上應該輪到陪哪位老婆，也不是一件容易的事吧。

最糟糕的狀況就是他必須陪所有人睡過，布羅斯兩眼無神，大概也是意識到這點了吧。

「布羅斯…………『祝你下面爛掉啦』！」

「你怎麼這樣說！」

大叔的嫉妒實在太醜陋了。是說不知為何只有「祝你下面爛掉啦！」的部分，可以聽到薩沙的聲音也跟他的重疊在一起，不過大叔沒有察覺。

「傑羅斯先生，救救我啊……明天就要去攻打卡馬爾要塞了，要是我顧著陪老婆們而耽誤了時間，不就當不成大家的榜樣了嗎？」

「這我辦不到。我不想插手你們夫妻之間的家務事，而且她們的眼神都散發著『敢礙事就殺了你』的氣息，默默地對我施壓啊……我不想惹女性生氣。」

「怎麼這樣～……」

「相對的，這個給你。」

大叔把從道具欄裡取出的瓶子拋給布羅斯。

瓶子的標籤上寫著「Dr.姆呼改．迷幻且時髦的夜晚帝王」。

「那個……傑羅斯先生？這個是……」

「是新藥。只要喝下那個，無論是誰都可以暫時成為夜晚的帝王喔。你好好加油吧～……」

「我不要～～～！會被榨乾啦～～～！」

「祝你好運。」

布羅斯被老婆們拖走，帶進了帳篷裡。

也因為如此，大叔無法逃離獸人族的男人們向他灌酒的命運，只能做好覺悟，喝到底了。

到了深夜時分，大叔在一旁看著正在大吵大鬧的眾多獸人們，從途中就開始調整自己喝酒的速度，嘴裡一邊嘀咕著「今晚也得熬夜了吧……」一邊享用美酒。

◇◇◇◇◇◇

葛魯多亞．卡拜因身處在黑暗中。

不管看往哪個方向，眼前都是一片黑，而強烈到足以令人僵住的殺意從黑暗深處朝著自己傳來，現場只有絕望。

『這……這裡是哪裡。我的部下上哪去了……』

周圍釋放出來的殺意雖然告訴葛魯多亞他目前正身處在戰場上，同時也顯示了他正處於孤立無援的狀態。

更進一步來說，他因為太深入敵陣，現在等於是無處可逃了。

即使如此，為了活下去，他也只能在黑暗之中繼續前進。

他放棄思考，在沒有目的地的情況下，忍受著疲勞，就這樣持續走了好長一段時間。

——嘩啦。

在他差點就要在這充滿殺意的黑暗之中失去自我意識時，葛魯多亞發現自己的腳下是一團泥濘。

在這瞬間，世界突然徹底變了。

徹底被破壞的城砦。

因為流有大量鮮血，而變得泥濘不堪的地面，以及倒在地上，成堆的騎士遺體。

大批充滿憎恨的獸人族，將騎士們打入了地獄。

然後是站在瓦礫堆上，俯視自己的少年。

彷彿宣示著這把劍已經吞噬了許多騎士的生命，唯有血液成了那些騎士的殘渣，從有如將大型魔物的骨頭和金屬熔接在一起的怪異大劍上不斷滴落下來。

『是、是你幹出這些事的嗎……』

少年沒有回答葛魯多亞的問題。

在用魔物的頭骨打造的頭盔底下，只有宛如野獸盯著獵物的雙眼閃閃發著光。

太可怕了……

而他散發出的那股勇猛與美麗，更勝於恐懼……

或許古老神話中流傳的英雄，就是像他這個模樣吧。

而葛魯多亞也知道，自己將遭到眼前的英雄吞噬。

『……我不會平白送死。』

葛魯多亞不得已地拋下這句話，舉起了劍。

只見眼前的少年輕鬆地舉起大劍，指向葛魯多亞。

『『『『唔喔喔喔喔喔喔喔喔喔喔喔喔喔喔喔喔喔！』』』』

獸人們一同吶喊，攻向葛魯多亞。

憤怒、憎恨、悲傷、懊悔……

將在漫長歷史之中累積下來的各種負面情緒注入武器當中，把意念集中在向敵人復仇這一點上的獸人族，有如海嘯般襲來。

『唔喔喔喔喔喔喔喔喔喔喔！』

手裡握著劍的葛魯多亞衝進襲來的獸人族大軍中。

然後……被黑暗給吞噬了。

「嗚啊喔喔喔喔？」

葛魯多亞一邊大叫，一邊從床上彈起身子。

當他回過神來，才發現自己並不在被充滿殺意的黑暗籠罩的戰場上，而是在卡馬爾要塞，自己的寢室裡。

周圍仍是一片黑暗，是太陽才剛從地平線露出曙光的時刻。

「呼、呼……真是討厭的夢境。不對，這說不定不是夢嗎……」

在夢中如海嘯般勢如破竹來襲的獸人族身影，此刻正要化為現實。情勢已經逐漸轉變為光是躲在要塞裡，會無法守住要塞的狀況了。

『……或許該把這場夢視為是不好的預兆吧。』

葛魯多亞看向東北方，覺得皮膚上能感覺到些許刺痛的氣息。這是他長年來轉戰各地沙場所培養出來的某種預感。

「實在無法抹去這股不祥的預感啊。」

纏繞在皮膚上的感覺，彷彿在訴說著他們所剩的時間已經不多了。

即使想冷靜下來，討厭的預感仍然揮之不去，甚至有種與日俱增的感覺。直覺告訴他，繼續留在這裡肯定會沒命。

「去外面走走吧……」

葛魯多亞換上平常的軍服，留下外套，前往中庭呼吸外頭的新鮮空氣。

平常從早到晚都有騎士們在鍛鍊的這個地方，現在也沒有半個人影。

彷彿還留在剛才所作的惡夢中，葛魯多亞有種只有自己被遺留下來了的感覺，孤單與絕望感令他不住顫抖。

他幾次跟站夜哨的衛兵們擦身而過，來到城牆上。

「…………」

晨風撫過葛魯多亞的臉頰，但那絕對不是什麼清爽的風，他甚至明顯感覺到風中帶有冰冷的敵意。

『那個怪物的氣息……逐漸逼近了。』

平原的空氣顫動著。

從眼前開闊的平原那一頭傳來的鬥氣，葛魯多亞敏感地感受到了在那之中格外具有存在感的強大氣息，讓他握緊了雙手，掌心都要滲出汗水了。

「將軍，您怎麼會在這個時間來這裡？」

「……敵人要攻過來了。」

「啊？」

「究竟是我們會先撤退，還是獸人族會先打到這裡來呢……要是誤判時機，我們肯定會全軍覆沒吧。空氣中蘊含著這樣的危險性。」

「將軍……您真的打算要棄守這裡嗎？我會遵從您的命令，但無論他們怎麼進攻，這座牢固的要塞都能夠擊退敵人吧？」

「你們無法理解嗎……」

因為勇者岩田壞事，讓許多優秀的騎士不幸戰死，現在配屬在這座要塞的騎士大多是新兵，儘管每天都有精實地進行訓練，但是戰鬥經驗不多，也未經過充分的鍛鍊。

如果對手只有獸人族，這些新兵也能靠著數量取勝，問題是在面對那個擁有超越常人實力的獸人族領袖的時候。若是正面迎戰，這些新兵大概連爭取時間都辦不到吧。

既然其他要塞都已經被攻陷了，他們也沒有足夠兵力來進行包圍殲滅戰，剩下的手段只有以防衛戰的形式進行徹底抗戰，再來就是撤退了，可是也不知道他們關在要塞裡面進行防衛戰，能夠撐上多久的時間。畢竟對方可是實力強大到一點都不像是人類的怪物。

葛魯多亞不能讓年輕的新兵和騎士們就這樣白白送死。

「實在是相當討厭的預感啊……敵軍或許會比老夫預期的更早現身。」

「將軍……您已經預測到敵人什麼時候會攻過來了嗎？」

「老夫沒辦法做出那麼準確的預測，但我不覺得上次沒攻過來的那些傢伙，會就那樣老實地放棄。這段時間夠他們重整旗鼓了。我有預料到他們短期內一定會再攻過來，不過我還是想得太天真了啊。」

「我會轉告其他人……要他們加快腳步撤退的。」

「嗯……我們已經把方針布達下去了。可是照這樣看來，也沒剩下多少時間了吧。告訴民眾我們明天也會撤離此處，財產那些東西，就算放著不管也無所謂。」

葛魯多亞已經下令要全軍撤退了。

即使他能夠感覺到敵人的氣息，仍無法得知敵人會襲來的正確時間。

真要說起來，因為獸人不會像國家之間打仗那樣，會透過外交管道宣戰。當然派出斥候隊並正確掌握敵人的位置或距離的話，是可以大概預測得到，但因為獸人的行蹤飄忽不定，所以他們無法掌握獸人族的現況，也無法預測對方幾時會攻過來。

在沒什麼可靠情報的狀態下，他們只能仰賴葛魯多亞的經驗、直覺和判斷了。

所以他們必須在殘存的時間裡盡可能收集物資，準備撤回本國內。

說穿了，現在就連卡馬爾要塞和安佛拉關隘，也很難算是安全的地方了。

葛魯多亞已經報告過很多次，他們花費漫長時間企圖平定的魯達．伊魯路平原，只因為獸人族出現了一位領袖，就讓過去所費的工夫全都白費了這件事，很遺憾的是高層完全不願意理解現況。

因為在戰場上分秒必爭的狀況，傳回本國也會被樂觀的論調蓋過。再加上會有多方情報交雜在一起，只會讓情況變得更糟。

『……在撤退到安佛拉關隘前都不能大意。最糟糕的情況是他們會就這樣一路攻進本國……』

獸人族一路解放淪為奴隸的同胞，所以勢力擴張的極為快速。

要是沒處理好，他們很有可能會去攻打位在安佛拉關隘後的礦山，釋放在那裡勞動的奴隸們。即使想要阻止他們前進，現在的聖騎士團也根本就擋不住他們。

儘管他們手上還有火繩槍這個祕密武器，不過這種槍一來不能連發，二來數量不足，也沒有足以一舉顛覆戰況的威力，只能讓防守更加有利，對於戰局並沒太大幫助。

結果他們只剩下撤退這個選項了。

在完成所有該做的事情之前，葛魯多亞將軍都無法放心休息。

◇◇◇◇◇◇

伊斯特魯魔法學院開始採用由成績優秀的學生擔任臨時講師，負責授課的全新教育計畫。

一般科目的部分還是和以前一樣，由講師們負責指導，不過講師的教學品質與成績優秀的學生相比之下，出現了明顯的落差。

說白了，就是成績優秀的學生上課的內容更好懂，評價也好到令這些講師們冷汗直流。

『我、我們的存在還有任何意義在嗎？』

在成績優秀的學生負責指導的課堂上旁聽的講師，開始懷疑起自己的存在意義了。

現在魔導戰術科由茨維特等惠斯勒派的學生負責教學。

重點主要放在從過去歷史上曾經發生過的戰爭來考察戰術，或是模擬在當時的社會情勢之下，自己將會安排怎樣的戰略等，以學習培養國家戰略知識為主的內容上。

把歷史上出現過的局勢與現在的狀況相互對照，推測出有可能會發生的最糟糕未來情勢後，再去摸索對應的方法。不過要做到這點，不僅需要熟知本國歷史，還需要了解周圍國家和已滅亡國家的歷史，做的事情跟考古學其實差不多。

不一樣的地方在於這項學問著重於戰略和戰術層面。

以前這門學科雖然被嘲笑是「紙上談兵科」，然而現在已經漸漸洗刷了過去的汙名，有很多學生都跑來修這堂課。

過去門可羅雀的教室簡直是假象。

「——從以上分析可以得知，在亞斯馬魯城塞都市一戰中，托蘭王國之所以敗戰，不得不說完全是指揮官的安排失誤所造成的。這個托蘭王國的第七騎士團確實是強悍的部隊，但是他們也經常擅自行動，歷史書上也記載了，當時擔任指揮官的將軍在各方面都是個問題人物。在國家面臨存亡危機的情況下，為什麼會把行事這麼欠缺思慮又武斷的人派駐在重要的防衛據點上，老實說真的讓人很難理解。關於上述的部分，有任何問題嗎？」

「我想提問。關於這個第七騎士團，先不論將軍的人品，但騎士團本身是相當強悍的部隊吧？即使指揮官有問題，但一般來說會把一軍交給這樣的人管理嗎？而且就戰術觀點來看，我認為這個時間點第七騎士團的進擊是正確的行動，對於這個將軍的評價是否有誤？」

「啊～關於這點，這是我們考證之後得出的答案，其實這個將軍……按照歷史書上的記載，他一次也沒有在戰爭上運用策略過。基本上需要活用策略的戰爭都交給其他騎士團，他是個不管在什麼戰場上都只會要部下衝鋒陷陣，靠著這種方式立下戰功的人物。」

「那個……可能只是沒有留下相關的紀錄吧？」

「我們也曾經這樣想過，但愈調查就愈知道他只是個不會用腦去思考細節的草包。關於這點，只要看看對手亞桑國的戰略便能理解了。因為非常淺顯易懂。」

茨維特在黑板寫上第七騎士團衝鋒突擊的背景。

對手亞桑國的動向是運用了戰術後的產物，反觀托蘭王國騎士團的動向，走過的路線簡直就像是受到了敵軍的誘導。

「亞桑國的本陣在這裡開始撤退，但他們的兵力比對方多，也已經掌控了周圍的城砦和都市。他們的兵力充足到完全可以靠人數取勝，不需要在這個時間點下達撤退指示。那麼，你們認為亞桑國是為什麼要在這時候改變行動？」

「從他們的動向來看，是故意撤退給對方看的……對吧？」

「沒錯。但是不單純只是這樣。在戰爭中，能讓我軍兵力消耗愈少，自然是愈好。而且即將成為戰場的城塞都市對於進攻方來說，是最難打的攻城戰。亞桑國應該是為了誘導這個第七騎士團出擊，才刻意露出破綻的吧。」

「原來如此……」

「然後第七騎士團就這樣上鉤了。從這點也可以看出指揮官思慮不周，有著什麼事都想靠蠻力解決，有勇無謀的個性。首先，亞桑國的誘敵戰術實在是太明顯了，有夠不自然，看到也只會覺得他們這樣做根本是瞧不起人吧？我實在不懂第七騎士團的指揮官為什麼會覺得這是進攻的大好時機……」

教室內出現些許笑聲。無論怎麼看，畫在黑板上的戰場動態都不自然到了『這不管怎麼想都是陷阱吧，對方擺明了就是在引誘你上鉤啊～』的程度。

會輕易地被這種戰術給騙過的第七騎士團將軍，怎麼想都是個蠢蛋。

「不如說亞桑國這邊反而可怕。我認為他們手中握有托蘭王國的正確情報，而且還包含了這個將軍的個性……然後在緊要關頭改變了作戰……不對，這應該都在他們的盤算內？」

「我有問題。為什麼可以知道這個作戰完全是他們計畫下的產物呢？」

「這是因為他們一開始的陣形。最初他們包圍了亞斯馬魯城塞都市，甚至控制了城門，讓城塞都市無法補給，完全擺出了要和對方展開長期戰的態勢。雖然那也是因為對手採取防衛戰，但他們完全沒必要改變這樣的包圍網，因為只要花時間就能攻下這座城塞了。他們在確認第七騎士團出來後聯絡了各個部隊，改變了動向，不過一看就知道，他們是事先預料到會有這樣的狀況，才會這樣改變動向的吧？」

「原來如此……咦？既然這樣，從一開始的安排，就是為了引誘這個將軍所率領的第七騎士團出來嗎……」

「當時亞桑國的軍師……『拉克諾雅．弗連』是個相當厲害的人物。第七騎士團的將軍雖然是個笨蛋，但部下的騎士們歷經磨練。考量到今後的狀況，若想減輕自軍的損耗，確實有必要優先擊垮第七騎士團。這是因為他們清楚對方的指揮官是個有勇無謀的無能將軍，才能實行的作戰。」

這點顯示在戰爭中，正確的情報比什麼都重要。

知道正確情報，以此作為安排戰術的參考資料，儘管不能讓犧牲化為零，卻能想出可以盡量減少我方傷亡的作戰方案。

結果就是他們讓以靠力量碾壓為主要作戰方式的第七騎士團，承受了來自四面八方的集中攻擊，因此瓦解。

「這就是所謂的可怕的不是能幹的敵人，而是無能的伙伴。竟然會被這麼顯而易見的誘敵戰術給騙到，由此可以看出負責指揮的將軍應該很愛面子，重視功名，也很想升官。不如說對手如果是無能的野心家，那交手起來就輕鬆了。」

「急躁又沒在動腦的野心家……這豈不是完全沒救了嗎。」

「總而言之，因為這場戰役嚴重影響了戰局，在這之後托蘭王國便無法重整旗鼓，因此滅亡了。亞桑國也在十年後被當時的梅提斯聖國給消滅，決定了中原的霸主。梅提斯聖法神國之所以會成為大國，就是亞桑國和托蘭王國互鬥導致的結果。」

茨維特說完這話的同時，下課鈴聲也響了。

原先在旁聽的講師聽到鈴聲之後，立刻出面喊停。

「好了，今天的課就到此為止！下一堂課程會安排在三天後。」

「起立！敬禮！」

茨維特他們的授課就此結束，敬禮完之後，學生陸續離開教室。

茨維特一邊看著學弟妹離開教室，一邊疲累地嘆了一口氣。

「呼……教人真難耶。」

「我覺得你教得很有模有樣啊？」

「別說了。我不適合教別人啊。」

「不，你很有講師的風範喔。茨維特同學和迪歐同學……你們很出色的完成了自己的任務。」

兩個人被講師稱讚，恭敬地低頭行禮。

不過由於心裡一直很緊張，間接影響到了他們的精神狀態，看樣子還得花上好一段時間才能習慣。

「哎呀，你們比我還有講師的樣子呢……說真的，我留在這所學院裡還有意義嗎～……我是不是乾脆回鄉下去呢……哈哈哈。」

『『講師超消沉的耶？』』

然後在不知不覺間徹底粉碎了講師的自信。

茨維特等人從歷史性觀點切入，調查過去的政治狀況和之所以亡國的來龍去脈，關於歷史的知識之豐富，不僅不比講師遜色，甚至還在講師之上。

惠斯勒派的學生大多都有這樣的水準。

跟那些畢業之後在魔導士集團當基層人員工作，順著結構改革而輾轉來到學院執教的講師相比，雙方的學識涵養程度不同，也難怪講師會如此消沉。

換個說法，就是只懂皮毛卻被迫要當講師的人跟專家之間的差別。

事實上，茨維特他們幾乎是準歷史學家了。

「不過……授課內容為什麼會從托蘭王國的政治考察，跳到導致國家滅亡的歷史性戰爭的戰術講座上呢？如果是因為這樣比較好講解的話，是也無所謂啦。」

「我想應該是因為茨維特直截了當地跟他們說，國家滅亡的主因在於王公貴族的怠忽職守以及囂張跋扈上吧？也因為這樣，課堂還剩下很多時間。」

「不是，因為啊……那是一個貪汙盛行的國家耶？就因為不重視人民，國家內部衰退，才會讓其他國家有機可乘吧。既然是這樣的內容，三兩下就能講完了啊。」

「這點我同意，不過你可以講得更仔細一點吧？不管怎麼說，也不是用一句『第三代被旁人拱出來之後囂張跋扈，導致政治腐化』就能說完的問題吧？」

「除此之外我還能說什麼啊。原則上我還是有詳細交代了當時的狀況，應該沒問題吧。」

「這個部分你講得也很簡略耶？要是我沒有補充，你說的內容會有點不上不下，可以再針對重點做解說吧。」

兩人馬上開始挑出方才授課過程中的問題點。

可是講師根本跟不上他們的對話。

畢竟他只知道以前學院教導他的歷史。

「對不起……你們講的內容我連一半都聽不懂。再來就是你們要是想檢討方才的上課內容，能不能另外找個地方談呢？」

「啊，抱歉。我們本來已經說好，要等事後的報告會再來進行授課內容的報告與檢討的。真的很對不起。」

「不過既然有發現一些缺失了，就趁現在整理起來吧。」

「要這樣做是沒關係，不過下一堂課會用到這間教室，所以請你們離開吧。我也要回教師辦公室準備下一堂課的內容了。」

講師說了謊。

他接下來其實很閒。

但要是繼續留在這裡，拿自己和這些成績優秀的學生做比較，他很有可能會陷入嚴重的自我厭惡與進退兩難的泥沼中。

他沒辦法忍受那份會讓自己產生這些想法的自卑感，只能催促茨維特他們快點離開教室。

「下一堂課怎麼辦？要講克拉托斯戰役嗎？」

「不可能啦。克拉托斯戰役的狀況相當混亂，還沒人有確切的證據可以發表相關論文，一個不小心就會變成在講述一場虛構的戰爭啊。」

「即使如此，那也是在歷史性的轉變期發生的戰爭吧。我覺得要促使學弟妹在思考時懂得保有彈性，這是個很好的題材耶……」

「我覺得門檻太高了喔。」

『真是可靠啊～感覺已經不需要我在這裡了……』

講師目送茨維特等人的背影離去，完全喪失了自信。

同時冒出了『把課全都推給他們去上比較快吧？』這樣的想法。

接著又厭惡起這樣不負責任的自己，深深地嘆了一口氣。

◇◇◇◇◇◇◇

馬車緩緩地載著大叔一行人穿過平原……

在馬車上搖來晃去的傑羅斯和亞特，一個是睡眠不足，另一個則是宿醉。

尤其是亞特，由於馬車太會晃動，讓他暈眩得更嚴重，只見他忍著反胃的感覺用手摀著嘴巴，臉色很是難看。

睡眠不足的傑羅斯看起來還健康得多了。

「亞特，你酒量真的很差呢。」

「……嗚噁！頭好痛……好難過……」

「而且坐在馬車上這樣晃，想必會更不舒服吧。畢竟坐起來真的是很難過。」

「比……比起我，那邊……更糟糕吧……」

亞特用顫抖的手指著被一群老婆包圍，處於後宮狀態的布羅斯。

但他臉上的表情毫無生氣，而且已經削瘦到令人同情的地步。

『『應該是被榨乾了吧～……』』

傑羅斯和亞特很清楚後宮有多麼可怕。

尤其是獸人族對性的態度相當開放，又很順從且忠於自己的野性本能，晚上的房事當然也很激烈。

再加上布羅斯的老婆有超過三十個人，而且今後還有可能會再增加。

老婆們爭奪布羅斯的戰爭應該會愈演愈烈吧。

導士們來說仍是相當貴重的資料，所以還是能賣出不錯的價錢。

庫洛伊薩斯之所以會有一大堆破銅爛鐵，也是從這些人手中買來的吧。

「是說那些寶藏獵人是從哪裡來的？該不會是經由西邊大國，繞了一圈跑來這裡販售商品的吧？」

「不如說葛拉納多斯帝國本來就是寶藏獵人們的據點。那個國家……之前雖然叫做梅爾基爾特帝國，不過大約是兩年前派來的使者吧，突然說出了一個完全不一樣的國名。」

「喔……他們有派使者過來啊。」

「嗯，雖然沒派人來的時候，中間大概有長達二、三十年的空窗期，我們也是在那時候才知道他們改了國名。」

令人在意的是西方大國為何要特地冒著橫跨魯達・伊魯路平原的風險，也要派使者來造訪伊薩拉斯王國這個小國家。

他們原本以為是對方是為了締結同盟，才派遣了外交使節團過來，但照這樣來看，他們派遣使者來伊薩拉斯王國的間隔實在太久了，目的實在不像是要通商或是在軍事上結盟。

他們實在沒什麼理由需要派遣使節團前往位在東北方的弱小國家。

「……即使想利用伊薩拉斯王國來代替密探，也因為要越過魯達・伊魯路平原而變得沒什麼意義。實在不知道對方的目的是什麼。」

「真要說起來，如果要派密探，他們直接把人送進梅提斯聖法神國裡就好了，我們也想不透他們這樣做到底有什麼目的。」

「嗯～從長遠的觀點來看……會不會是想要摸清楚伊薩拉斯王國的軍事實力呢？畢竟要攻打梅提

斯聖法神國，首先就會面臨聖法神國的領土太寬廣的問題，加上敵國要是政治情勢很穩定，也不適合開戰。他們是不是想利用伊薩拉斯王國當作多方進攻的棋子，才會來調查貴國的戰力？」

「你是說他們想利用我們嗎？」

「先不論獸人族，他們還是有必要削弱梅提斯聖法神國的國力啊。如果聖法神國周圍的小國家能挑起戰爭，那是再好不過了。」

「原來如此……」

這說穿了也只是推測。

不過除此之外，他們實在想不到西方大國有什麼原因需要派遣使者到東北的弱小國家來。

反過來說，葛拉納多斯帝國應該是覬覦著中原的肥沃土地。

就算伊薩拉斯王國攻打梅提斯聖法神國，能夠占領下來的領土也不多，若是由能以軍事實力壓倒性地勝過伊薩拉斯王國的葛拉納多斯帝國出兵，肯定可以奪下更多領地，不過戰爭對國家造成的損耗自然是愈少愈好。

光是有別的地方先開打，就算是幫了大忙了。

「帝國該不會想把整塊大陸納入手中吧？」

「我覺得這不太可能。國土一旦擴張，就會變得難以維持。他們大概只是希望眼前這個礙事的宗教國家消失吧……」

「嘔嘔嘔嘔嘔嘔嘔嘔嘔……」

「「…………………」」

兩人正在談論正經事，亞特卻旁邊吐了出來。

看亞特遺憾地毀了這一切，傑羅斯和薩沙只能默默地『『亞特（閣下），我真是對你（您）太失望了……』』在心中如此嘀咕著。

亞特也不知道兩人的心境，正苦於宿醉和暈馬車帶來的雙重打擊。

◇◇◇◇◇◇

在法芙蘭大深綠地帶深處的更深處，巨大化的魔物之王們正上演著炙熱的生存競爭，這裡已經超越地獄，完全是魔境。

已經不是人類可以應付，達成異常進化的個體在此囂張跋扈，濫用甚至可以控制天氣的強大力量，輕易造出炙熱地獄或是永恆冰原，一邊破壞著森林，一邊相互吞噬。

然而只有這一天不同。

原本在互相殘殺的物種，分別依循生存本能，認知到那個浮在空中的嬌小存在具有威脅性，儘管所有物種一起攻了上去，牠們仍在瞬間爆炸，變成什麼也不是的一團團肉塊。

「……嗯，不管怎麼殺也殺不完哪，真是的……」

單方面蹂躪獸王們的是阿爾菲雅．梅加斯。

在魔力密度濃厚的大深綠地帶得以完成異常進化的魔物之王們，已經變成脫離自然法則的存在，若要保護生態系，就必須將牠們趕盡殺絕。

儘管這也不是魔獸之王們的錯，被稱為「神」的存在仍毫無慈悲地獵殺牠們，毫不留情地滅絕了牠們的多數同胞。

因為阿爾菲雅認為，重生後的世界沒有牠們的生存空間。

她（阿爾菲雅）進行了無情的殘殺，身上沒有濺到半滴血。

『好，大致上解決了……』

單方面蹂躪的爪痕實在太過悽慘，宛如七大地獄般變得一片荒蕪的大地還算是比較好的，裡頭甚至有些地方的空間扭曲了。

面對具備異常強大力量的獸王們攻擊，阿爾菲雅只是反轉向量，把這股力量轉去打在其他異常進化種身上，藉此殲滅牠們。換個說法，等於是這些獸王們盛大的自投羅網了吧。

這地獄般的景象，大概也只要過個一週，就會不留痕跡地消失在森林裡了吧。

『那麼吾也該回去了……嗯？來自本體的情報啊……怎麼樣了，嗯哼……』

從位在宇宙的阿爾菲雅本體處，傳送了傑羅斯和亞特的情報過來。

他們前往的地方是魯達·伊魯路平原。

在那裡有一位和傑羅斯兩人一樣擁有強大力量的「使徒」在。

『這傢伙想向梅提斯聖法神國發動戰爭啊。雖然這樣正好能夠削減那些傢伙手上的棋子……好了，事情會怎麼發展呢。』

可以算是阿爾菲雅手上棋子的傑羅斯和亞特即將與另一位使徒接觸。

阿爾菲雅決定在考慮到今後發展的前提之下，徹底在一旁觀察這三人湊在一起之後會產生什麼樣的結果。

這也是為了判斷另一個人究竟能否拿來當成棋子來利用。

奇招百出的維多利亞 1 待續

Kadokawa Fantastic Novels

作者：守雨　插畫：藤実なんな

頂尖諜報員銷聲匿跡後遠走他鄉
夢想過自己的小日子！

維多利亞是手腕高超的諜報員，因上司的背叛決定脫離組織，過著一般市民的自由人生。憑藉著諜報員時代的長才，她在新天地得以大展身手，然而組織怎麼可能放過她！許許多多的危機正悄悄逼近——重拾幸福的人生修復故事，拉開序幕！

NT$260/HK$87

菜鳥鍊金術師開店營業中 1~6 待續

Kadokawa Fantastic Novels

作者：いつきみずほ　插畫：ふーみ

珊樂莎從平民搖身一變成為貴族!?
才從學校畢業第二年的她竟然要收徒弟!?

與艾莉絲結婚的珊樂莎從平民搖身一變，成為了貴族。久違回到王都報稅的她，卻收到一份要她基於貴族義務掃蕩盜賊的命令!?此外珊樂莎與在學時期的後輩鍊金術師——蜜絲緹重逢，而蜜絲緹竟希望珊樂莎能夠收她為徒弟——？

各 **NT$240~250/HK$80~83**

異修羅 1～4 待續

Kadokawa Fantastic Novels

作者：珪素　插畫：クレタ

為求真正勇者之榮耀，寶座爭奪戰白熱化！
2021年《這本輕小說真厲害》雙料冠軍！

決定「真正勇者」的六合御覽，接下來輪到第三戰，柳之劍宗次朗對決善變的歐索涅茲瑪。面對一眼就能看出如何殺害對手，身懷連傳說都只能淪落為單純事實之極致劍術的宗次朗，充滿謎團的混獸歐索涅茲瑪所準備的「手段」則是——

各 **NT$280~300/HK$93~100**

國家圖書館出版品預行編目資料

賢者大叔的異世界生活日記/寿安清作 ; Demi譯. --
初版. -- 臺北市 : 臺灣角川股份有限公司, 2023.08-
　冊 ;　公分. -- (Kadokawa fantastic novels)
譯自 : アラフォー賢者の異世界生活日記
ISBN 978-626-352-805-5(第16冊 : 平裝)

861.57　　112009557

Kadokawa
Fantastic
Novels

賢者大叔的異世界生活日記 16

（原著名：アラフォー賢者の異世界生活日記 16）

2023年8月23日　初版第1刷發行

作　者：寿安清
插　畫：ジョンディー
譯　者：Demi

發行人：岩崎剛人
總編輯：蔡佩芬
編　輯：黎夢萍
美術設計：黃永漢
印　務：李明修（主任）、張加恩（主任）、張凱棋

發行所：台灣角川股份有限公司
地　址：104台北市中山區松江路223號3樓
電　話：（02）2515-3000
傳　真：（02）2515-0033
網　址：www.kadokawa.com.tw
劃撥帳戶：台灣角川股份有限公司
劃撥帳號：19487412
法律顧問：有澤法律事務所
製　版：巨茂科技印刷有限公司
ISBN：978-626-352-805-5